法医档案02

堕落天使

戴西◎著

FORENSIC

FILE

02

THE

FALLEN

ANGELS

台海出版社

图书在版编目（CIP）数据

法医档案. 02, 堕落天使 / 戴西著. -- 北京 : 台海出版社, 2019.6

ISBN 978-7-5168-2371-2

Ⅰ. ①法… Ⅱ. ①戴… Ⅲ. ①侦探小说–中国–当代 Ⅳ. ①I247.5

中国版本图书馆CIP数据核字(2019)第110931号

法医档案 02：堕落天使

著　　者：戴　西

责任编辑：王慧敏　童媛媛　　装帧设计：仙　境

版式设计：聚贤阁　　责任印制：蔡　旭

出版发行：台海出版社

地　址：北京市东城区景山东街20号　邮政编码：100009

电　话：010–64041652（发行，邮购）

传　真：010–84045799（总编室）

网　址：www.taimeng.org.cn/thcbs/default.htm

E–mail：thcbs@126.com

经　销：全国各地新华书店

印　刷：天津旭丰源印刷有限公司

本书如有破损、缺页、装订错误，请与本社联系调换

开　本：710mm × 1000mm　1/16

字　数：206千字　　印　张：13.75

版　次：2019年7月第1版　　印　次：2019年7月第1次印刷

书　号：ISBN 978-7-5168-2371-2

定　价：45.00元

目　录

▸▸▸ CONTENTS

“你为了女儿不惜杀掉那么多人？难道别人就不是自己父母的女儿吗？”章桐忍不住有了一些激动。

“不，她们都是坏人。像我前妻那样，破坏别人的家庭，抛夫弃子，所以，她们死了活该，我是在为民除害。”冯宇飞的脸上开始了抽搐，语气中充满了愤怒。

突然，她感觉自己脖子后面似乎被什么虫子咬了一下，一阵轻微的疼痛瞬间闪过。她下意识地腾出右手去摸，却什么都没有摸到。正在狐疑之际，一阵奇怪的眩晕袭来，李晓楠发觉自己再也站不住了，身体一软便顺势倒向了右手边的马路沿上。

监控录像是黑白而且没有声音的，所以当画面中一个身穿浅色衣服的人突然毫无征兆地瘫倒在安全岛外的马路上时，章桐忍不住一声尖叫。可是，还来不及等她做出任何反应，画面右上角就很快驶来一辆深色的轿车，直直地在穿浅色衣服的人的身上碾压了过去！

王亚楠不由得皱起了眉头：“120是在四点五十分左右进入死者房间的，而前后小区监控录像我都查看过了，并没有人在凌晨两点至五点之间离开过案发现场。那么，你的意思是120进入房间抢救病人时，很有可能这个犯罪嫌疑人正躲在房间里的某个角落？”

章桐用手电筒照射死者身体下的东西，发现了几个食品袋，里面隐隐约约露出了一些鸡鸭的爪子，显然，死者身子下面还有一些其他冷冻食品。她的身体应该是被人精心安置在了冷冻柜中有富余空间的地方，所以，最终才会形成这个样子。

本来肝脏的供体就非常稀缺，更别提这种特殊的血型了，章桐浑身冰冷。突然，她注意到电脑下方还显示了一行数据记录，她赶紧把鼠标往下拖拉——RH 阴性 O 型血，移植时间是一个月前，供体器官是心脏，来源是自杀，男性，健康。

“现场这么多的血迹，那是因为刘检察官总共划了自己十一刀，左右手臂各两刀，脖颈上四刀，你可以看到严重的地方甚至把颈部切断了一半，腹部两刀，深可见内脏，潘建的验尸报告上都有注明的。最致命的一刀是在左胸口，插入右心室三厘米，直接导致机械性窒息死亡。”说到这儿，王亚楠重重地叹了口气，“我到现在都没办法弄明白为什么刘检察官要这么结束自己的生命，甚至到了自残的地步。现场……太惨了！”

“好！好！我说！我说……”他长叹一声，“其实，我也是不得已啊！两个月前，汪松涛突然找到我，说想和我合伙做生意，是来钱快的买卖，我当时就答应了下来。现在物价飞涨，那么点儿工资说实在的也真的不够花，一大家子的开销啊！”

额头上的汗，边擦还边嚷嚷：“我要报案，我老婆失踪了！谁管这事儿啊？”

大厅保安见此情景，赶紧把他带往接警室。看着他摇摇晃晃的背影，周围忙碌着的人绝对不会想到他们即将面对的是一个多么严峻的考验。

在天长市的另一端，有一个“城中村”。所谓“城中村”，就是指一些正在快速发展的城市中还未来得及开发的一片老城区，这里住的是这个城市最早的居民，房子一般都是自建的，比较凌乱。很多房子都以极为低廉的价格租给了外来打工者，所以，“城中村”的人员非常复杂，治安方面的案子层出不穷，让人颇为头痛。

此刻，“城中村”的一间出租屋门口，房东赵先生正在用力拍打着房门，一边拍一边有些生气地大叫：“快开门！里边有人吗？”原来，早已迁居另一个区的赵先生有几间旧房子在这个“城中村”出租，他拍打房门的这间正是他的资产之一。已经有好几天了，住在隔壁的房客老是投诉说这间屋子里有一股怪味，天气越热，闻起来就感觉越恶心。

没办法，赵先生今天下班后特地赶过来看看。租住在这间屋的房客是个生意人，经常不在家，房租给得倒是很爽快，一次性付清一年，还是现金。赵先生作为房东，可不愿意失去这个有钱的房客。但是他敲了好久，房内一点儿声响都没有，异味却越来越浓。旁边看热闹的人不知谁嘀咕了一句：“不会是有什么东西烂在里面了吧？”赵先生的心里更急了，但是由于房客爽快地付清了房租，他一时大意也没留下房客的联系电话，再说又禁不住房客的要求，总共三把钥匙都交给了他。

当时心想也不会出事，谁想到才过了一个月，他就不得安生了。于是，他敲门更用力了，终于，他再也忍不住了，敲门演变成了捶门，最后变成了踢门，但门好像还是跟他过不去似的。可怜的赵先生又急又热，旁边有好事之人就拨打了 110。没过多久，“城中村”派出所就来了两个值班警察，他们仔细核对了房东赵先生的信息，并登记下来，接着打电话叫来了开锁匠。经过了十多分钟的等待，这把老式却又极度牢固的锁终于被打开了。

赵先生长长地松了口气，一边推开门，一边正要向他们道谢，一股刺鼻的恶臭却从房间里飘了出来，正端着晚饭看热闹的几个人当场就呕吐了。

人们惊恐地四散分开，见此情景，两个警察的脸色立刻变得很凝重，其中一个点头示意赵先生一起向房间里走去，另一个守在了门外。职业的敏感使他们觉察到眼前的情况不对劲儿！

房间里一片漆黑，赵先生拉下了电灯开关，眼前出现的一幕让他灵魂都险些出了窍！他先是傻傻地愣了两秒钟，然后“嗷”的一声惨叫，撒腿就往门外跑去。一到门口，两眼一黑，晕了过去。和他一起进去的年轻警察也好不到哪里去，脸色惨白，勉强挣扎到门口，冲愣在一旁不知所措的同伴大声叫了起来：“快！快！快通知刑警队，有谋杀案……”

现场调度电话打来时，章桐正准备换衣服下班。今天整个法医室的人出奇地多。章桐不是单指那些没有生命的人，而是包括一些找借口来坐一会儿的同事。整栋大楼的中央空调都坏了，光靠那为数不多的几台电风扇是根本解决不了问题的，而法医室由于工作性质特殊的缘故，空调系统是独立的，所以也就成了这次“机器罢工”的唯一幸免者。平时冷冷清清的法医室居然成了很热门的地方，听着真一句假一句的夸奖，章桐和值班的主任唯有无奈地苦笑。

总算熬到了下班的时间，电话铃声却在此刻响了起来。章桐皱了皱眉，无奈地摇了摇头，放下手中的包，接起了电话：“你好，这里是法医室。”

“章法医，云罗区发生凶杀案，请您即刻赶往现场，地址是云罗区‘城中村’甲字四十五号。”调度机械化的声音在章桐的耳边显得很刺耳，没办法，案子是不会按规定时间发生的。章桐记下地址后，提起了放在工具柜里的铝制工具箱，匆忙推门走了出去。

当章桐在门口准备上车时，迎面碰到了正来上晚班的助手潘建。听说有案子，他顿时两眼放光，主动要求和章桐一起去。由于拗不过他，另一个开车的助手就无奈地让出了位子。

由于交通拥挤，当法医通勤车赶到“城中村”案发现场时，时间已经过去了整整半小时。好奇的人们把这儿围了个水泄不通。章桐真是不明白，明明知道是让人恐惧的凶杀案，却还是有那么多围观者，不过还好无孔不入的媒体没在现场出现，要是他们在的话，那就更麻烦了。

远远地就能看到王亚楠脸色很不好，站在门口一副心事重重的样子，章桐心里猛地一沉，她的出现，意味着这个案子不简单，肯定是重案，不然调度是不会通知身为队长的王亚楠的。再一个，那就是神情，因为合作这么久以来，章桐从没在她的脸上看见过这种神情。章桐感觉到右边太阳穴在阵阵反射性地跳痛。

王亚楠一看见章桐，眼中一亮，赶紧站了起来，走到警戒带边，一边登记一边对章桐说："你来接这个案子真是太好了。我总算可以松口气了。"章桐一脸狐疑地瞪着她，不知道她为何感到庆幸。

走到屋子门口的时候，一股熟悉的恶臭扑面而来，章桐心里清楚，屋里肯定有一具高度腐败的死尸。于是，回头示意潘建马上穿上防护服，然后才进入现场。

章桐和助手潘建戴上口罩，穿上连体的白色防护服，把头发塞进了连衣帽子里，还各自套上了鞋套，以免一会儿在尸体周围留下脚印。接着，章桐就小心翼翼地第一个走进屋内，左手提着笨重的工具箱，右手的指尖滑过冰冷的墙面。

房子外屋是一间狭小的厨房，章桐没见到炊具，只看到了冰冷油腻的灶台。空中不断地飞舞着嗡嗡作响的大苍蝇，这是尸体腐烂后的第一批访客。透过口罩，章桐仍能清晰地闻到里屋飘来的让人头晕的恶臭。同样全副武装的助手潘建拍了拍章桐的肩膀，示意尸体肯定在里面，她点点头，继续向里屋走去。

脚刚迈进里屋，就踩到一种黏糊糊、湿漉漉的东西，差点儿滑倒。一具已经呈现高度腐败迹象的尸体出现在眼前，尸体赤身裸体地被绑在一张木椅子上，面朝北，正对着里屋的进门处，手臂扭在背后，而且被细绳绑在椅子的靠背立柱上，双腿也分别被绑在两侧的椅子腿上，身上的皮肤也因肿胀而被撑破。最恐怖的是，本应是脑袋的地方，现在却空空荡荡，脖子上是一道非常整齐的斩切口。通过变形肿胀的尸体，章桐勉强分辨出死者的性别，从尸体娇小的形态特征，再加上尸体表面赤裸的器官，章桐能够肯定，面前的这位惨死的受害者是一位女性。

屋子里到处都是血，仿佛一幕复仇悲剧里的恐怖场景。章桐已经不会思考了。勘查过那么多的凶杀案现场，从未见过这么血腥的一幕。章桐的耳边似乎听到了凄厉的惨叫声和哀求声。这使她忍不住打了一个寒战。

章桐找了一个干净一点儿的角落，放下工具箱，开始了工作。

不知过了多久，时间仿佛都已经静止了。当两人终于把尸体小心翼翼地塞进大号装尸袋，用担架抬出屋子的时候，屋外顿时死一般的寂静，众人的目光齐刷刷地射向了他们，让章桐感觉浑身都不自在。走过王亚楠身边的时候，章桐点头示意现场勘查组可以进入了。作为法医，章桐只负责尸体，现场所有的证据自然会有专门的人员采集。

车子飞快地离开了现场，章桐和潘建都没有说话，想着后车厢里放着的那个沉重的大号装尸袋，谁的心情都好不起来。

回到局里后，无论章桐怎么劝说，潘建都不肯去吃晚饭。确实，在目睹了刚才那么恶心的一幕后，谁还能有胃口吃东西啊。此刻，早已经过了晚饭的时间，章桐一点儿都不感觉饿，似乎周围始终散发着一股恶臭。

足足花了两个小时，章桐才结束验尸工作。没有能够证明尸体身份的证件和物品，连头颅都已不见踪影，章桐没有办法确定死者的身份，就只能提取尸体的组织样本，送往痕迹检验鉴定室进行 DNA 辨认。但是局里的 DNA 数据库还不够完整，所以对于结果章桐不抱太大希望。尸体被凶手处理得很干净。

尸体表面聚集了很多蛆虫，可以分辨出这属于丽蝇的虫卵。一般来说，丽蝇是在人死后二十个小时开始在尸体表面生成的，但是为了进一步确定，章桐还是提取了相关标本，以方便确认其发展的阶段。

尸体是残缺不全的，除了失去头颅外，章桐没有找到尸体应有的两个手掌，断腕处依旧是干脆利落的一道切口，从伤口处乌黑干结的血迹，章桐得出结论——死者是在活着的时候被生生砍断手掌的。除此以外，由于天气炎热，尸体的腐败已经进入了第三期，很多表面的伤口章桐已经无法用肉眼辨别了。无奈之下，在尽可能地提取了所有证物后，章桐示意潘建可以使用一种特殊的方法来得到受害人的骸骨，说得通俗一点儿，就是“高温水煮”。

所谓“高温水煮”是指，如果一具尸体实在没有办法确定身份，又没有相应的 DNA 数据库来进行比对，就只有采用提取骨架的方法。这样做可以进行面部重建，通俗一点儿说，那就是在确定骨龄和性别后，使用黏土根据头骨重建死者的面部特征。这种重建部分基于仔细的测量，部分基于重建者的想象。现在不同于以前，这些工作可以通过计算机扫描来进行分辨和重建，比人工要精确多了！虽然没有旁人的证言，法医无法判定死者的胖瘦，但是，一个大概的容貌还是可以确定的，这对寻找尸源有很大的帮助。另外，有时候，人类的骸骨可以忠实地记录下死者所受的致命伤，比如说骨折之类，哪怕骸骨上的细小的裂痕，对于法医推断死者的死因都有很大的帮助。而面对腐尸，要想尽快取到完整的骨架，就只能够利用高温水煮，杀菌又高效，只是过程难免有些让人的心理接受不了。高温水煮在杀死尸体表面细菌的同时，也能尽快使骨头和肉分离。既然对尸体表面已经束手无策，那么忠实的骸骨或许能给大家一个满意的答案。

面对着整齐摆放在解剖台上的洁白的骨架，章桐仔细地查看着每一根骨头，希望从中找到能辨明死者身份以及死者真正死因的线索。但是，她失望了，除了得出死者的性别、大致年龄以及没有生育过的结论外，一无所获。

章桐叹了口气，看着静静躺在面前的骨架，喃喃自语：“你是谁？在你身上究竟发生了什么可怕的事？你为何会遭此厄运……”

此刻，一脸疲惫的王亚楠也正苦恼地盯着面前解剖台上的这副无名氏的骨架发愁。她的脸色比在现场时好了点儿，但是接下来所要面对的问题却让她更加头痛。凶手的残忍手段在天长市的历史上可以说是独一无二的，无孔不入的媒体就像闻到腥味的苍蝇，很快就会把天长市公安局围个水泄不通。见过现场的人，哪怕只是看过现场照片的人，都会很容易地感觉到那即将到来的“暴风雨”。

良久，王亚楠才艰难地抬起头：“有线索吗？”

章桐很无奈地说道：“很少。凶手的手法很干净，尸体上没有任何遗留物。”

“直接死因？”王亚楠追问道。

章桐感觉到王亚楠的声音就像汽车突然刹车时发出的声音那么刺耳。她伸手在尸体脖颈断口处比画了一下：“干脆利落，一刀致命！”

忽然，章桐又想到了什么，于是来到工作台前，取出放大了的尸体相片，伸手指着脖颈处整齐的切口，说道：“你看，断口处遗留的黑色血迹表明死者是在活着的时候被斩去头颅的。”

把相片放回去后，章桐又来到冷冻柜前，取出冷冻之后死者切口处的肌肉样本，转身递给了王亚楠：“凶手的刀非常特殊，而且异常锋利。我取下了这些切口处完整的肌肉样本，希望能在资料库中找到匹配的线索。”王亚楠点点头，正要转身离去，章桐却叫住了她：“亚楠，找到她的头颅后，请尽快通知我！”

章桐没有想到，第二天一早就在江滨公园的湖中找到了一个死者的头颅，看样子，它已经漂浮在那儿有两天了。当她在现场打开包裹着头颅的黑色塑料袋时，忍不住倒吸了一口冷气，凶手太残忍了！

此刻，王亚楠正站在一旁，询问发现死者头颅的钓鱼爱好者。他们的脸色早已被吓得煞白，其中的一个小伙子更是脸都发绿了，浑身颤抖，惊恐的眼神还时不时地朝这边瞄着，仿佛死者头颅会随时爆炸一样。

章桐相信他们很长一段日子里都不会再去钓鱼了，而做噩梦肯定也是免不了的事。不过还真得感谢他们的好奇心，虽然在现场还无法确定手中这已高度腐烂的头颅属于哪个不幸的人，只能依稀判断出这是一个女性，但从她死后，脑袋被人像一袋垃圾一样扔到这湖水里的结局可以断定，她身体其余的部分也不会好到哪儿去。

章桐低下头，仔细地审视着面前这个无名头颅，长长的头发就像稻草一样缠结在一起，毫无光泽可言。脸被浸泡得严重变形，部分皮肤已经有脱落的迹象。死亡和湖水的浸泡已经使这张脸变得足够可怕了，但是更恐怖的是那两个黑黑的死死瞪着人的眼眶，里边没有眼球。

章桐戴着手套翻遍了整个塑料袋，也没有找到死者的眼球。塑料袋被结结实实地打了好几个结，这说明眼球不可能是被鱼吃了或是掉到河里了，于是可能性只剩下了一种。想到这儿，章桐的心猛地往下一沉，双手捧着头颅，把黑黑的眼眶对准太阳仔细查看，果然，从接近腐烂的眼部组织残余肌肉上，可以清晰地看到干净利落的刀痕。

虽然章桐对眼科并不怎么精通，但是她已经能够得出一个明确的结论——死者的眼球被干干净净地摘除了，就像从树上摘一个果子那么利索。这到底是什么人干的？想到昨天所见到的那具恐怖的无头女尸，章桐浑身直起鸡皮疙瘩。

尽管此刻还未到中午，但气温已经明显高过了人所能忍受的极限，章桐大汗淋漓，头发都湿透了，而头顶的树荫一点儿作用都没有，感觉就像抱着个大火炉。现场围观的人却丝毫没有散去的迹象，议论纷纷，章桐弯着腰蹲在那儿仔细勘查，后背感觉人们那道道射向自己的目光，像针一样扎着。

在做完所有现场必需的工序后，章桐把头颅连同黑色塑料袋一起放进了装尸袋里，然后提上了法医现场车。关上后车厢门的时候她突然想到，昨天，也是同样的车、同样的装尸袋，一具肿胀变形的无头尸体好不容易才被塞了进去，而今天，袋子显得很空荡，就一个头颅。章桐不知道这两天的发现是否冥冥之中有着联系，但是她却感到一种莫名的恐慌，心情沉重极了。

面对无头尸体，章桐可能会束手无策，但是一个头颅，却容易辨明死者的身份。除去“颅面呈像法”以外，还有一种办法，就是提取死者的牙髓进行 DNA 检验。人类的牙髓中保留着完整的 DNA 链条，提取牙髓在系统已知数据库中进行检索对比，确定她的身份就多了一种可能实现的途径。

章桐深感庆幸的是，死者的牙齿很完整，所以提取工作非常顺利。在送走相关检验样本后，她开始进行进一步的检验工作。

她提取了死者牙齿的釉质，转身来到工作台边的仪器上进行碳同位素鉴定。结果很快就出来了，死者年龄在二十四至二十五岁之间。接着章桐又仔细观察了死者头颅的 X 光片，让章桐深感愤怒的是，死者的颅骨表面有两道很深的伤痕，伤口呈奇异的圆锥体状，虽不致命，但也足以使死者陷入昏迷状态，严重的话，也会导致脑死亡！死者的鼻梁骨也被打骨折了，左面颊骨粉碎性骨折。放下手中的 X 光片后，章桐看着眼前摆放在解剖台上的这颗孤零零的头颅，因为肿胀变形而张大的嘴仿佛被牢牢地凝固在了死亡降临的那一刻。章桐摇摇头，不忍再看。

王亚楠还没走进解剖室的大门，沉重的脚步声就已经传进了章桐的耳朵。章桐完全能够理解她目前的心情，宛如一只在风箱中受困的老鼠。来自顶头上司李局的压力和媒体的不断狂轰滥炸，让她连喘气的精力都没有了。接连发生两起凶案，凶手的手段极度残忍，王亚楠此时的心情能好才怪。

果然，她一言不发地走进来，还没开口，就深深地叹了一口气，紧接着来到章桐身边，朝解剖台上的头颅努了努嘴："情况怎么样？"

"我还在等痕检组的 DNA 鉴定报告。但是有一点可以确定，通过保存完好的牙齿，检验得知死者是一个年龄在二十四至二十五岁之间的女性。死前饱受了非人的折磨。"章桐拿出了那张 X 光片，透过头顶的光线，向她指出了伤痕所在地。章桐看到，王亚楠紧闭着嘴唇，一脸前所未有的凝重。

接着章桐又指出了两个让她深感困惑的发现。她走到解剖台前，伸手指向头颅脖颈处的断口，说："亚楠，你看死者颈部的切口，你是否感觉到了什么？"

王亚楠两眼死死地盯着："太整齐了！"

"对，要知道切人脑袋可不同于切一块豆腐，轻轻地不费吹灰之力就行了，即使断了，也会有明显的参差不齐的创面。但是这儿没有。"章桐感觉声音冷酷得连自己都快认不出来了，"这把刀太快了！"章桐最后说道，话语中透露出一丝难以掩饰的恐惧。

王亚楠突然皱眉说道："昨天发现的尸体上也是这么干脆利落的一刀！"

"对！我已经把断口处的取样送往痕检组了，希望我的判断是错误的。"章桐的声音越来越低，心情也变得很沉重。

"还有别的发现吗？"王亚楠的口气变得很急切。

章桐点点头："目前我还不敢肯定与这件案子有关联，但你来看！"章桐来到解剖室墙上挂着的灯箱旁，打开了灯，指着那幅头颅断层扫描图，向站在身旁的王亚楠解释说，"你看，在中脑前丘和丘脑之间，本有一个豆状小体，那就是我们通常所说的‘松果体’，我们每个人都有。它能合成、分泌多种生物胶和肽状物质，主要具有调节神经的分泌和生殖系统的功能等。通俗一点儿说，就是我们大脑的最中心也是最重要的区域。但是，”章桐神色严肃地回头看着王亚楠，“她的松果体不见了。或者说，是被摘除了。”

“凶手不会连这都偷吧？”王亚楠一脸的疑惑，“有什么用吗？”

章桐摇摇头：“目前还不知道，我也无法确定是否与这个案子有关。我还得查些资料来证实一下。”

没过多久，章桐最担心的消息终于来了……

王亚楠打来电话的时候，章桐正手忙脚乱地拽着母亲奔波于医院的门诊室和缴费处之间。

电话响了老半天章桐才听到，整个输液室里充斥着小孩的哭喊声，可怜的章桐根本无暇顾及电话声响。还是精神稍微好一点儿的母亲用手碰碰章桐，示意包里的手机正在狂响个不停。章桐赶紧拿出来，一看是王亚楠打的，她马上跑出输液室，站在走廊里，几乎以吼的声音接起了电话：“喂，亚楠，有事吗？”

“DNA 报告出来了。”

“我马上回来！”

助手潘建正在埋头处理一具傍晚章桐下班后才送来的因一氧化碳中毒而死的尸体。死者是一位才十七岁的少年，后来听说是因为功课压力太大而在家里开煤气自杀的。

章桐打开了办公桌上的台灯，怕不够亮，干脆把大灯也打开了。面前放着好几份刚出炉没多久的检验报告。因为检验程序都比较复杂，章桐知道，今天痕检组肯定为了自己而忙个不停。

在看到第二份有关牙髓组织提取的 DNA 检验报告时，一条额外的标注让章桐愣了一下，上面写着：与失踪人口库有匹配，号码 1187。章桐赶紧打开电脑，按照号码输入搜寻。这个号码是才登记不久的，应该很快就能寻找到。这真得感谢局里有关领导的英明决定，从上个月开始，在失踪人口数据库中加入了DNA识别一项，并明确要求报案的家属尽可能多地向公安局提供失踪人员的可供提取DNA的随身物品，包括牙刷和发梳之类。目前，因此识别了两具无名尸体的身份。尽管亲人的逝去是让人痛心的，但能找到亲人的遗体，对家属来说，又何尝不是一种安慰。章桐眼前的电脑屏幕上很快就跳出了一个检索结果：失踪人员是一个二十四岁的容貌秀丽的年轻女性，叫赵月娥，家住天长市城南新明区开禾小区三十二栋二十七号。报案者是她的丈夫。报案时间就是昨天傍晚。在得知这个宝贵消息后，章桐立刻打电话通知了王亚楠，后者在电话中无奈地叹了口气。章桐理解她的心情，没有哪个警察愿意上门通知被害者家属其亲人的死讯。

章桐挂上电话后，心情变得极度沉重起来。虽然一开始章桐就早有心理准备，这两天所发现的残缺不全的尸体是属于两个人的，但是当自己真正面对检验报告所证实的残酷现实时，心却又不由得如坠冰窟。在这两个可怜的女人身上不知道发生了怎样令人难以想象的残忍事件。现在最主要的问题是，她们身体其余的部分在哪儿？是否能找到？虽说章桐还不能完全肯定这是同一个凶手所为，因为刀痕报告还未出来，但是章桐心中隐隐地感觉到不安。如果真是一个人干的，真不敢想象以后将会发生什么，还会有多少无辜的女性丧命在他的刀下！

很快，110又接到了群众发现残缺尸块的报警电话。出现在章桐面前的这一幕，仿佛就是五天前的再现！

一个多钟头前，当“天马小区”的售楼小姐带着标准的职业笑容，殷勤地替今天第一个预约客户推开样板房的朱红色大门时，她做梦都不会想到，两天前还是装修得好好的高档的房间，只过了一个短短的周末，就变成了一个让人毛骨悚然的人间地狱。

由于是新房子，铁锈的气味不会太引人注意，旁边房间都还在装修，所以客户只是略微皱了皱眉。再加上打扮得花枝招展的售楼小姐正在天花乱坠地介绍周围的前景规划，他也就没往心里去。

当大门被打开后，那股味道更浓了，还有被惊扰的黑黑的大苍蝇嗡嗡叫着从房里飞了出来，数量还不少。站在房间门廊上的客户感觉有点儿不对劲儿，一间新开盘的样板房怎么会有这么多的苍蝇？与此同时，死猫死狗般的腐臭味扑鼻而来，还有愈演愈烈的趋势。客户开始有点儿生气了，心想，连个样板房都搞不好卫生，那这个楼盘的房屋质量也不见得会好到哪里去。

突然，走在前面仍在喋喋不休的售楼小姐，双眼紧盯着朝南的主卧室，面色煞白，紧接着一声惨叫，昏倒在地。客户感到很奇怪，不知道出了什么事，赶紧上前一看……客户事后对警方说，他非常后悔去看了那一眼，太恐怖了，当时只感到胃部翻江倒海，靠着墙就是一顿猛吐，连胆汁都快吐出来了，最后，一屁股瘫坐在地上，颤抖着掏出手机拨打了 110。

现场很快就被封锁了。当章桐的法医现场车穿过重重的围观人群来到黄色警戒带前时，离报案时间已经过去了一个多小时。没办法，正值上班高峰期，无论怎么拉警报按喇叭，周围死死趴着不动的车辆就是一副爱理不理的样子，着急上火都没用。章桐打开车门，跳下车，还没拿工具，就看见王亚楠站在警戒带边表情严肃地说着什么，而她身边站着的一个西装革履却已满头大汗的中年男子正弯着腰，一副愁眉苦脸的样子。不出章桐所料，她询问了一下警戒带旁边值班的警察，得知正在和王亚楠说话的那个看着保养极好的人就是“天马小区”的开发商。那个警察撇撇嘴，最后补充了一句：“这下他可没好日子过了！”是啊，谁会愿意买一套紧邻着凶案现场的房子呢？而且这个凶杀案还不是一般的案子，见过现场的人每次谈起，都会尽可能地避免去回忆那血腥的场景。

尽管已经见过一次类似的场面，章桐还是有些接受不了。进门时，章桐注意到房间门口的空调关着，难怪尸体会这么快就有味道。这是一个典型的三室两厅，如果不去看主卧，其他房间的装修绝对可以称得上高档豪华，而此刻，发生凶案的主卧如同“屠宰场”，墙上溅满了鲜血。屋子正中央的大床上，床单被褥一片凌乱，早已看不出本来颜色，整张床几乎都被鲜血染红了。最让人触目惊心的是——一个女性死者赤裸着被牢牢捆在床头。章桐的心猛地一沉，尸体的头颅也不见了！尸体脖颈断裂处的正上方的墙上，喷溅着大片血迹。

章桐咽了一口唾沫，强忍住那阵阵袭来的反胃的感觉，转身告诉一边的潘建："记下来，死者是活着时被斩首的！"潘建半天都没有反应。章桐忍不住推了推他，小伙子才仿佛从噩梦中清醒过来。

当大家都在忙碌的时候，王亚楠自始至终站在主卧的门口。眼前这具残缺不全的尸体虽然已经开始腐烂，但尸体表面还能看到一点儿原来的样子，没有过度肿胀。结合售楼处的记录，章桐基本可以判断死者的死亡时间是十七个小时前，也就是周日的傍晚。那时候，整个楼房里都是空无一人的，现场不会有目击证人。

现在基本可以确定，这是一个人干的！王亚楠阴沉着脸，转身离去。章桐直到工作告一段落，离开现场时，都没有再见到她。

回局里以后，潘建实在忍不住了，在洗手间里待了整整二十分钟，才摇摇晃晃地出来，眼角挂着泪痕。章桐没说什么，这种情况需要他自己去调整。她只是伸手指了指旁边工作台上的工具，示意他可以开始工作了。在接下来的整整三个小时里，解剖室里的气氛凝重得几乎能让人窒息。

王亚楠不知什么时候站在解剖室门口的，她一言不发地穿上了工作服，走到正在缝合尸体胸腔的章桐身边，沙哑着嗓子问道："有什么不同吗？"章桐知道她还不愿意面对这是一起连环凶杀案的事实，随即指了指尸体的表面，那纵横交错的一道道伤口虽然不会致命，但是会让死者血流不止。

当助手把尸体推入冷冻库时，章桐工作台上的电脑发出了一声清脆的鸟叫声，表示有内部邮件，打开一看，是痕检组的小郑发来的，附有三份加急的刀痕检验报告。为了更清晰地对比，章桐加入了一份今天上午发现的尸体断口处骨头横切面的取样图片，小郑加了班帮章桐赶出检验报告来。看着结果一栏几个大大的黑体字，章桐一脸惊愕——刀口为医用手术刀所致！

"医用手术刀？"王亚楠一脸疑惑的神情，从章桐工作台上的解剖工具堆里找出了一把薄薄的长约二十厘米的医用手术刀，有些怀疑这么小、这么薄的刀是否能把人的脖子削断。章桐也觉得这个结论有点儿不可思议。

于是，她拨通了痕检组的电话，只响了两声，小郑就接了起来。当章桐把自己的疑虑告诉她时，她也觉得这让人很难想得通。"章法医，我试过很多种刀，唯有这种刀的刀锋留下的痕迹与你传给我的尸体上的痕迹是吻合的。我也无法相信这种刀会有这么大的威力，尤其是尸体颈部上的那张相片，让我困惑了好久，可始终没有别的解释可以代替。所以，没办法，章法医，我得相信我的仪器！”小郑电话中的声音充满了无奈。

“那所有的手术刀具的刀锋都差不多吗？”章桐心有不甘地问道。医用手术刀为了配合医生不同手术的需要，会有不同种类，长短不一，薄厚不同，甚至形状都会有一定的区别。

“对，只要是医用手术刀，虽然种类很多，但是它所特有的刀锋和纹路都很与众不同，它属于专用刀。”小郑肯定地说道。

“那么，你的意思是，我们现在只能初步确定凶手使用的是医用手术刀，但还不能确定到底是哪一种？”王亚楠问。

“目前是这样。因为种类太多了，光外科就有好几十种。”章桐和王亚楠面面相觑。看来凶手是一个行家！这可不是一个好消息。

傍晚，章桐匆匆地走出了底楼法医解剖室正对着的大门，正想朝不远处的公车站走去，耳边突然传来了很多人七嘴八舌说话的声音。章桐奇怪地顺着声音看过去，天哪！大楼正门口，长枪短炮聚着很多媒体记者，闪光灯不断地闪烁着刺眼的光芒。章桐停下了脚步，朝人群走去，想看看今天是哪个不走运的人被这帮无孔不入的家伙给抓住了。看阵势，来了不少重量级的媒体。

走近一看，原来是王亚楠。她被这么多人围在中间，明显快要招架不住了。章桐实在看不下去了，忍不住大声吼了起来：“你们别再逼她了！都累了一天了，你们还让不让人活啊！”也许是章桐的声音太响了，又或者是她不顾一切站出来的勇气惊呆了在场的所有人。顿时，周围一片鸦雀无声。王亚楠吃惊地看着能爆发出这么大能量的章桐，眼神中充满了感激。而周围在场的记者中不知道是谁认出了她，兴奋地大叫了一嗓子：“她是负责这个案子的女法医！”顿时，人潮开始朝章桐聚拢过来，一支支长枪短炮也向她伸了过来。章桐呆住了，正在这时，一只有力的手臂将章桐一把拖了出去，然后带着她迅速向底楼停车场跑去。当两人终于气喘吁吁地甩开了记者，停下脚步时，章桐这才看清帮自己解围的正是王亚楠。

“谢谢你！”

“谢什么，我刚才还真得感谢你帮忙，要不是你站出来，我到现在还被困在那儿，这些媒体可真让人头痛。”王亚楠自我解嘲地笑了笑，“你要回家吗？”

“对，那你呢？”

“我送你吧，反正我不急着回去。”她说着，拉开了车门，一头钻了进去，“我还正有情况想在路上听听你的意见。”

“关于这个案子，你那边怎么样了？”章桐问。

“目前唯一能确定身份的赵月娥，经过调查并没有什么可疑之处。她比她做生意的丈夫年轻了二十岁，家境很优越，平时就爱上个网聊个天之类，人际关系不复杂，属于有闲有钱的阔太太阶层。”王亚楠一边对章桐说着，一边留心着前面车子的动向。

“发现第一具无头女尸的‘城中村’那里有没有什么线索？”

她摇摇头：“目前毫无进展。李局被叫到省里去了，这个案子压力太大了！”

章桐的心渐渐沉了下去。

到家了，章桐打开家门的时候，很意外地发现母亲正和老姨在那儿聊得很起劲儿。

“妈，你什么时候回来的？”

“你老姨眼睛不好，这次特地来天长市想找个好一点儿的医院看看。”母亲笑道。

晚饭后，母亲却背着老姨偷偷告诉章桐，其实老姨的眼睛快要看不见了，情况很严重。

“妈，那我明天就给她安排医院去！”

母亲点点头，一脸的愁容：“年纪大了，唉……又没有子女在身边，很苦啊！”

章桐不吱声了。

第二天早上，当章桐匆匆忙忙走进公安局底楼大门时，面前出现的景象让她的心被揪得紧紧的。一对相互搀扶着的六旬老人正在一位年轻警察的陪同下，抹着眼泪，呆呆地看着地面，一副不知所措却又伤心至极的样子。那年轻的警察回过身来，一见到章桐，就高兴地迎了上来："章法医，见到你真是太好了！"

章桐也认出他来了，是她家附近派出所新分配来的大学生。"你们这是？"章桐指了指他身边的两位老人。

年轻警察的脸色立刻变得很凝重，低声说道："这是我片区的两位老人，昨天接到你们刑警队通知说他们失踪的小女儿可能找到了，这不，我就陪他们来了。"

看着这两位伤心的老人，章桐不知道该说什么才好。

这时，王亚楠出现在章桐身后，原来她接到了门卫刚打给她的电话后，就匆忙从办公室赶来了。面对眼前这一对情绪极不稳定的老人，她也没办法多说什么，只能示意大家跟她先去办公室。

坐下后，王亚楠拿出了厚厚的一沓卷宗，神情温和地开口说道："你们是罗小翠的父母吧？"老人一脸茫然地点点头，仿佛在等待着命运的判决。王亚楠接着又拿出了两张打印件，章桐在一边偷眼看了一下，上面写着——失踪人员登记表，记录日期是一周前。章桐的心咯噔了一下。

"这是你们当时申报女儿失踪时所填写的记录，你们确认一下，看对不对。"老先生颤抖着双手接过了记录表，眼泪无声地往下流淌着，他掏出一块手帕擦了擦眼角，仔细看后，默默地点点头。王亚楠拧紧了双眉，犹豫了一小会儿，才终于缓缓开口说道："老人家，根据你们当时留下的罗小翠的私人用品，我们从中所提取的 DNA 配对，我们……"她似乎有些不忍心说出那个大家已经心知肚明的消息，"我们在五天前发现了你们女儿被害的尸体。"

令人深感意外的是，听了这个消息后，老先生却表现得出奇地平静，只是不停地流泪。良久，他附耳对身边伤心的老妇人低语了几句之后，费力地站了起来，突然，他扑通一声跪了下来，大家都惊呆了。王亚楠赶紧拉开椅子，一个箭步冲上前，试图扶起眼前的老先生。老先生却执拗地摇摇头，泪流满面地说道："孩子，请答应我一定要抓住凶手！"王亚楠神情严肃地点点头，扶起老先生后，大家才在他断断续续的描述、回忆中知道了死者罗小翠失踪的前后经过。

罗小翠是两位老人最疼爱的小女儿，天生丽质，大学毕业后很快就在一家规模不小的公司找到了一份收入不错的工作，身边不乏追求的异性。为了上班方便，她独自在外租房居住。但是罗小翠却是个孝顺的孩子，每天下班后无论多晚都会回父母家看望二老，陪他们说说话。有一天，罗小翠突然红着脸告诉父母说自己谈恋爱了，两位老人很开心，期待着能早日见到自己未来的女婿，但是，这个愿望却迟迟未能实现。渐渐地，女儿的情绪也有了微妙的变化，很少再提起这个男朋友了。一周前，女儿下班后没有像往常一样来探望父母，两位老人一直等到半夜，女儿却一个电话都没有打来。老人开始担心，就不停地拨打她的电话，但电话却始终处于关机状态。老人的心悬到了嗓子眼儿，他们连夜打车赶到女儿的居住地，发现屋内却空无一人。两位可怜的老人在女儿冰冷的房间里度过了一个不眠之夜。

第二天一早，罗小翠的父亲把身体虚弱的妻子送回家后，立刻来到了女儿工作的公司，却得知女儿昨天就没有来上班。老先生的直觉告诉他：女儿肯定出事了，于是他平生第一次拨打了110……

听完老先生含泪的陈述，大家的心情都很沉重，巨大的痛苦已经彻底把眼前的两位老人给击垮了。

“你女儿平时有关系处不好的人吗？”王亚楠问道。

“没有，我女儿很善良、很温柔。”老先生轻轻说道。

“你对她男朋友了解吗？”王亚楠边说边在笔记本上记录着。

“只听说他是一家上市公司的经理，比我们翠翠大了十多岁。”老先生眯着眼，仿佛在那些伤心的记忆中努力寻找着什么。突然，他的眼睛一亮，“别的翠翠就没说。但是我记得女儿住的地方有他一张相片，在床头！”

王亚楠点了点头，赶紧示意在一旁等候的助手过来，低声交代了他一些事情。助手立刻匆匆离去。随后，她转过头来，口气又变得很温和：“老人家，今天就到这儿吧，你们看怎么样？以后有情况我会尽快通知你们。”

两位老人神情有些不自然，不一会儿，罗小翠的父亲吞吞吐吐地说出了一个让章桐颇为头痛的请求：“警察同志，能让我见见翠翠吗？”

屋里的空气顿时变得凝重起来，大家的眼光不约而同地射向了章桐。

见章桐一脸尴尬，王亚楠低声说道："章法医，就是'城中村'发现的。"其实不用她提醒，章桐看见编号就明白了。只是，老人情绪濒临崩溃，倘若见到女儿身首异处的惨状，章桐不敢想象后果，于是，她狠心摇了摇头，老人眼中期待的光芒立刻熄灭了。章桐赶忙解释道："老人家，你们今天先回去吧，过几天再说，我还有一些工作没完成。我答应你们，会好好照顾你们女儿的！"说到最后一句，章桐的嗓音竟然有些哽咽了。

老先生点点头，搀扶着身边神情呆滞的妻子，摇摇晃晃地走出去了。章桐悄悄拉住了一直站在老人身边的年轻警察，低声说道："等他们情绪好一点儿后，你打电话通知我。"年轻警察感激地点点头，转身陪着老人离去了。

回到办公室后，章桐的心情一直很低沉，那两位老人的背影不断地在眼前出现，好不容易找到女儿，但女儿那残缺不全的尸体将会是对两位老人的致命打击。想到这儿，章桐怒从心起，一定要抓住凶手，只有这样，对他们，对死者，才是最好的安慰。

这一整天对章桐来说都是灰色的。傍晚下班前，章桐共接手了三具尸体，其中一具是被人遗弃在江滨公园长凳上的一个才出生一天的男婴，乌青的小脸蛋，双眼紧闭，一双小手紧握着，冰冷而又瘦小的躯体让章桐的心紧缩成了一团。死因很特殊，小男孩是一个先天性的严重腹裂患者，肠子全裸露在体外。明显是感染而死。章桐不由得愤怒了，这个可怜的孩子如果能及时得到精心救治的话，完全有存活的希望，绝不应该被父母狠心地遗弃在冰冷的公园长凳上，最终自生自灭。这小小的生命还未来得及看看这个世界的美好，就在孤独痛苦中告别了人世。

另两具尸体是今早游人在天马湖发现的，一对十七八岁模样的少男少女投湖自尽。他们被打捞上来时，两人紧紧拥抱在一起，身上还绑了一块大石头。现场法医一时没办法把他们分开，干脆就这么一起送了回来。当章桐清理尸体的污物，并试图把他们分开时才注意到，他们的手指甲已经紧紧地嵌入了对方的肉体。这明显是一对殉情而死的孩子，他们草率的离去意味着两个家庭的破碎，就在他们生命最后的那一刻，章桐不知道他们有没有想过父母痛苦的眼神。

傍晚，章桐脚步沉重地走在回家的路上，感到从未有过的疲惫……

此刻，在天长市另一端一个黑暗的角落里，一个男人静静地站在窗前，看着窗外渐渐淡去的晚霞。黑夜即将来临，他叹了口气，默默地转身，来到屋子中央一个小小的工作台边，打开了一个黑色的帆布袋，里面顿时露出了几排整齐而又闪着刺眼寒光的工具。他毫不犹豫地挑了一把，然后转身，而当他做着这一切时，脸上一点儿表情都没有，就像一个毫无生气的机器人。

一个年轻的女人结结实实地被捆在椅子上，惊恐而又徒劳地扭动着身体，被堵得严严实实的嘴里拼命地发出“呜呜”的声音，一双恐惧的眼睛死死地盯着他，仿佛站在眼前的是一位死神，而不是人。男人却毫不留情地举起了手中的刀，女人乞求的泪水无声地滑落了下来……

昏暗的灯光下，狭小的房间似乎还回荡着女人临死前撕心裂肺的呜咽。男人却丝毫未受影响，依旧按部就班、有条不紊地忙碌着，这是他的“使命”！至于身边那具早已毫无生命迹象、残缺不全的躯体，仿佛与他毫无关系。房间内浓浓的血腥味让他陷入了极度兴奋的状态中，只见他伸手从随身带来的大登山背包中取出一个黑色的皮囊，然后小心翼翼地把自己的战利品轻轻地放了进去。

突然，他戴着长长的黑色手套的双手又伸入了囊中，把战利品取了出来。他双手温柔地捧着战利品，就像捧着一件珍爱的藏品，就着屋内昏暗的灯光，眯着眼，仔细地看了一会儿，眼中竟然呈现出了强烈的痴迷的目光，仿佛自己手中捧着的是一件期待已久的无价宝物。他一边看，一边点头，嘴里低低地喃喃自语，好像在倾诉着什么。

良久，他意识到此地不宜久留，于是匆匆忙忙地完成了最后一个步骤——把从女人身上早已取下的血肉模糊的双手用塑料袋仔细装好，和手中的战利品一起放进了带来的黑色皮囊中。然后，他轻轻地拉上了拉链，站起身，摘下长长的手套和腰间已经被鲜血染红的围裙，一股脑儿塞进了大背包。最后，他又一次审视了一下身边的地板，确信没有任何遗漏后，倒退着走到门口，取下了脚上的鞋套，脱去被鲜血染红的外衣，用力地塞进背包。自始至终，他不曾看过残缺的尸体一眼。

然后，他用目光扫视了一下狭小的房间，用戴着医用橡胶手套的手关上了灯，屋里顿时陷入了一片黑暗。关上门后，男人用力地背起登山包，很快就消失在黑沉沉的夜色之中。没有人知道他去哪儿，也没有人知道他何时会再次出现。只是，一个无辜的生命又逝去了，如同此刻夏夜中那划过天际的流星……

当章桐接到通知来到现场时，迎接她的又是一脸沮丧的王亚楠，而她的助手正脸色发绿地蹲在一边，竭力要使自己稳定下来。目睹了这几天“非人”的现场后，章桐已经习惯了在现场看到周围人失控的神情。每天和死亡打交道，按理说章桐已经习惯了，但是，此刻，眼前那具被死死捆在靠背椅上的尸体，就像被一个坏脾气的小孩给用力扯坏了的破布娃娃，浑身横七竖八地布满了伤痕。

章桐第一个反应，就是转到尸体身后，果然，只剩下空荡荡的手腕。章桐又仔细地用强光手电检验了尸体断口处的伤痕，看到的结果让章桐心里一阵冰凉。她注意到王亚楠一直急切地死死盯着自己，只好无奈地对她点点头，不用再多说一个字了。这很明显跟前几起案子是同一个凶手所为。王亚楠眼神顿时暗淡下去，示意章桐继续工作，然后转身离去了。

第二章 分裂症

有人很不客气地打断了章桐:“章法医，我想我们现在还没有时间来听你讲心理学课程。再说了，你是法医，不是心理学专家！”章桐正色道:“我是法医，同时又是市里的一级心理分析师。但我不是来给大家上课的，讲这些的原因是我们所面对的凶手极有可能就是一个偏激性精神分裂症患者！”

章桐在现场忙碌了一个多小时，当她随着运送尸体的担架在门口出现时，屋外围观的人群中顿时响起了七嘴八舌的议论声。她很不习惯别人用异样的目光看着自己及身边的尸体，于是，匆匆忙忙地和助手一起把尸体抬上法医现场车后，就催着助手赶紧开车走。

真是害怕什么就来什么，神通广大的记者早就盯上了章桐这么一个不起眼的小人物。当章桐傍晚下班走出大楼时，远远地看见一群人异常兴奋地围了过来，连珠炮似的不停地问着各种尴尬的问题，闪光灯让章桐头晕目眩，这种阵势是她从未经历过的。而章桐也清楚地意识到，眼前的这些精明的记者可不是一句简单的“无可奉告”就能搪塞过去的。没办法，章桐定了定神，大声地说道:“案子还未破，我只是个法医，无权透露案情给大家。请大家谅解！”

但是这样冠冕堂皇的话说出去，就好像被扔进了深不见底的湖水中，没起什么作用。章桐苦恼极了，正在这时，一名站在最前面的男记者似乎把兴趣放到了章桐的个人身上："章法医，听说你参与了好几个大案的侦破工作，你的工作能力在整个天长市公安系统都是有目共睹的。历来公安局中女法医都很少，像你这么出名的就更少了。你能跟我们谈谈你选择从事法医这个职业的原因吗？"

一听这话，章桐的头就大了。在周围不停闪烁的镁光灯照耀下，章桐感觉自己就像站在舞台上的小丑，正在愣神的工夫，旁边又有人问道："听说你们正在办的这个案子现场很血腥，你能承受得了吗？作为一个女性……"

章桐没有吭声，目前很多问题还没有答案。

好不容易从媒体的包围圈中突围，章桐的心情差极了。回家的公车上，一个小伙子明明看到身边站着孕妇却假装没发现而不肯让座，章桐终于忍无可忍地一把将他从座椅上拖了下来，转身对那位已勉强支撑许久的孕妇大声说道："你去坐吧，他早就该让了！"

孕妇感激地看着章桐，整个车厢的人在最初的一片寂静后，爆发出了一阵热烈的掌声，而那个小伙子本来想要上前教训章桐，此刻脸上尴尬得一阵红一阵白，最后在大家的哄笑声中灰溜溜地到站下车了。章桐的心情竟然也随之好了许多。

晚饭桌上，母亲做了一桌子好菜。老姨正坐在一旁看电视，她年纪大了，又患上了糖尿病，所以很少和别人一起吃饭。

老姨明天就要去住院了。章桐有些不放心，问："要我去吗？"

"不用了，我已经联系好了，我陪你老姨去就行了，你上班吧！"母亲头也不抬地回答说。

突然，老姨朝章桐叫了起来："小桐，快来看。这是不是你？你上电视了！"

章桐心里一惊，不会这么快吧！但是，让人苦恼的是，此刻电视屏幕上正播放着一个多小时前的不愉快经历，章桐的脸立刻拉了下来。

真没想到，凶案这么快又发生了。解剖室的冷冻库里，那些残缺不全的尸体却还没来得及辨明身份。

下午接到主任通知后，章桐很快赶到了现场。

现场勘查技术员疑惑地叫了起来："章法医，这封信好像是给你的！"他的话顿时让在场的所有人都愣住了。这怎么可能？章桐努力使自己显得很平静，然后走上前，接过那个紫色的小信封。只见信封表面苍劲有力地写着"法医章桐敬启"六个大字。章桐的心猛地一沉，直觉告诉她，这可能是凶手遗留下来的。

王亚楠不知何时站在了章桐的面前，焦急地说道："快拆开，看里面写的是什么？"

章桐看了她一眼，点点头，小心翼翼地用工具挑开了信封，里面是一张薄薄的与信封相配套的紫色信纸。不知道是戴了手套的缘故，还是忐忑不安的心情作祟，章桐努力了好几次都没能打开信纸。

王亚楠见状将信纸接了过来。她打开看后，皱了皱眉，一言不发地还给了章桐，上面只写了短短的一句话："你是为我而来的！"

章桐愣住了，怎么也想不通凶手作案后所留信息的真正含义。

王亚楠的脸色渐渐变得苍白，却依旧一言不发，只是神色凝重地看了章桐一眼后，走出了现场。当章桐结束现场的工作后，正要上车，王亚楠却不知从哪儿钻出来拦住了章桐，低声说道："回去后，我到你办公室找你！"然后，不等章桐回答就转身离去了。章桐一脸疑惑地看着她离去的背影，隐隐约约地感觉到情况不妙……

当王亚楠出现在解剖室门口的时候，章桐正埋头整理需要送检的样本。刚才，在结束验尸工作后，把尸体推进冷冻库时，章桐留心清点了一下目前已确定与这个案子有关的尸体数目——经章桐手解剖的就有五具。而且案发时间越来越接近，让人痛苦的是——没有一具尸体是完整的！

王亚楠的眼神中充满了焦虑，虽然她一言不发，但是想对章桐说的话已经表露无遗。章桐点点头，叹了口气："我答应你，如果确定这封信是凶手刻意在现场留给我的话，那么为了自身的安全考虑，我不会和凶手单独联系。"

章桐清楚王亚楠是担心性命攸关的事再度上演。上一次，章桐差点儿被凶手大卸八块，让大家为她的安危深深地捏了把汗。值得庆幸的是，章桐只住了一个月医院而已，但谁都无法保证这样的幸运每次都会有，所以王亚楠不得不特地找到章桐，重申她的担忧。

其实，不用再多费精力去猜测，现场那个神秘的紫色信封肯定是留给章桐的，世界上不会有那么巧合的“法医章桐”。章桐不知道凶手是怎么知道自己的，但她深知，凶手主动留下信息，从另一个角度来讲，对目前毫无进展的案情是一个很好的契机，只要掌握好度就行了。

所以，章桐在坚定了内心打算的同时，对于王亚楠出自关切的警告，全都报以一脸诚恳的微笑。但王亚楠却根本没有觉察到章桐内心激烈的思想斗争，对章桐的表现比较满意。章桐再三向她保证一定不当孤胆英雄，有事一定马上找她，王亚楠这才放心地转身离去了。看着王亚楠的背影消失在拐角后，章桐这才感觉到她真的有了很大的变化，至少，变得有些婆婆妈妈了，担心这个担心那个的。唉！章桐叹了口气，回去继续那令人头痛的工作了。

在一阵惊天动地的雷声后，窗外终于下起了期待已久的瓢泼大雨。让人窒息的闷热总算有了一定的缓解。尽管局里的空调已经修好，同事们还是纷纷关上了空调，然后尽可能地打开了窗，呼吸一下这难得的清爽空气。

章桐完成了手头所有的工作，正苦恼地一会儿看看手表，一会儿无奈地瞪着屋外那厚厚的雨帘。看来，今天雨不停，她是走不了了。这么大的雨，即使带了伞，也是寸步难行。章桐背着包，无聊地向底楼大门口走去。正在这时，章桐的手机响了，显示是王亚楠的来电。章桐立刻接了起来，没等她开口，王亚楠急切的声音就在耳边响了起来：“小桐，耽误你一点儿时间，来趟刑警队会议室，尸源基本已经可以确定了！”章桐的心一沉，这对于自己来说是一个好消息，因为有利于并案调查，但是，对于死者的家人……章桐不敢去想。

刑警队会议室里，气氛非常凝重。大家或坐或站，整个房间几乎没有空间让章桐立足了。没办法，她只能从外面的大办公室里拖来了一张沉重的电脑椅，然后用力塞进了后门那狭小的空间，接着就一屁股坐了下去。面对同事不断投来的不满的目光，章桐只能假装没看见，今天在解剖台前站了四个多小时，当时不觉得怎么样，此刻却是再也站不住了。

王亚楠的神情十分严肃，她扫视了一眼整个房间，在确信人员已经到齐后向章桐点了点头，然后从桌上的文件夹里取出了五张放大的相片，转身一一用磁铁吸在了身后的白板上。相片上是五个美丽的年轻女人，她们或秀气温婉，或热情奔放，接着，王亚楠开始沉重地向大家介绍："今天把各位找来，原因想必大家都已经很清楚了。要感谢痕迹鉴定组的同事们，没有他们的不懈努力，我们没有办法这么快确定这些女孩的身份。现在，我按照发现尸体的时间顺序做了排列。第一个，赵月娥，二十四岁，是她老公的第三任妻子，无业在家。"王亚楠指着第一张相片中的一个奔放且略显媚俗的漂亮女人说道。紧接着，第二张相片中的女孩与第一张的气质却完全不同，这个女孩秀丽大方，文静高雅。

"她叫罗小翠，未婚，也是二十四岁，她有一个男朋友，经落实，是天长市丰达电器有限公司的董事长，已婚。换句话说，罗小翠是他的情人。"王亚楠话音刚落，房间里顿时议论纷纷，大家无法把罗小翠那清纯可人的外表与让人唾弃的小三身份联系在一起。王亚楠点点头，示意大家安静，她又接着介绍剩下三个死者的概况，这时，在场所有的人都不约而同地想到了这五个死者除了外形年轻漂亮外，还有一个特殊的共同点，那就是：她们现在或曾经都有当情人的经历。难道凶手残忍地折磨死她们，就是因为她们的情人身份？章桐忍不住倒吸了一口冷气，要是这样的话，那还得有多少漂亮女孩会命丧在他的手中啊！

年轻女人慢慢地睁开了双眼，感觉头脑一片空白，思绪乱成一团。她心中此刻唯一的念头就是，到底发生了什么事？这个男人是谁？眼前昏暗的灯光下，正站着一个男人的身影，由于背着光，再加上难以抑制的头痛，她无法看清男人的脸。

汗水刺痛了女人的双眼，她竭力睁大眼睛，最终却还是不得不放弃。女人又试图活动一下发麻的手脚，令她感觉恐怖的是，自己完全不能动弹。

顿时，她的脑子完全清醒了，于是拼命尖声叫了起来。可怕的是，除了听到一阵令人头皮发麻的“呜呜”声之外，其他什么声音都没有。女人低头惊愕地发现，自己被赤身裸体地牢牢绑在了一张沉重的椅子上，难怪丝毫动弹不得。

她不明白自己怎么变成了这个样子，她愤怒了，用尽全身力气挣扎着，但是不管她怎么使劲儿，一切明显都是徒劳的。最终，绝望的情绪渐渐地占据了她整个脑海，可怜的女人终于彻底崩溃了，泪水夺眶而出。

而此刻，刚才一直静静地冷眼旁观的男人走了过来，他一脸温柔的笑容带着几分狡黠。

男人身上已经换去了原来穿着的那套名牌休闲服，取而代之的是一身连体的工装衣裤，有点儿类似于某种特殊行业才需要穿的衣服，这是他打算开始这个计划前所精心挑选的。男人对自己所做的每一件事情都追求完美无缺，包括穿着，而这些都与他的职业习惯是密不可分的。他一双修长的手已经戴上了长及肘部的黑色橡胶手套，腰间系上了大大的塑料围裙。为了自己他要进行一场特殊的手术了！

看着眼前这个不久前还温文尔雅，穿着品位不凡，举手投足间都让人十分着迷的神秘男人，一转眼之间就换上了这身古怪的打扮，女人不由得倒吸一口冷气。屋内的空气几乎让她窒息，她逐渐意识到自己即将面临的是怎样的结局，但她还是不死心，不愿意去相信，浪漫约会居然变成了死亡约会！她突然记起了这几天所见到的报纸上长篇累牍的血案报道，现在却怎么也无法把自己和她们联系起来。女人拼命地摇着头，眼神中充满了乞求，泪水和汗水已经把脸上精心修饰的妆容给模糊得一塌糊涂。

见此情景，男人摇了摇头，一脸的惋惜与同情。他突然像一个幽灵一般悄无声息地滑到了女人的身后，仔细地端详着女人被绑着的双手。这是一双保养得极好的手，柔嫩如玉一般的肌肤，修长的手指，圆润的指甲上精心地均匀涂抹着肉色的指甲油。这双手也是她被挑选上的原因之一。

现在，男人所要做的，就是带走并好好保存它们，让它们成为真正的“艺术品”！于是，他从容不迫地走到工具袋旁边，略微思索了一下，然后毫不犹豫地挑中了一把形状怪异的长约十五厘米的不锈钢刀具，转身又绕回到女人的身后。女人的心一瞬间跌到了谷底，她痛苦地闭上了双眼。一阵凉风滑过她的手腕，紧接着就是手腕处汹涌而来的撕心裂肺的疼痛，女人几乎昏了过去。

当她再一次睁开眼，眼前的景象让她快要疯了。那个神秘的男人正痴迷地看着她的一双断手，良久，他小心翼翼地用袋子套好后，放进了一个黑色的皮囊中。然后，他又在桌上的布袋中寻找了一番。女人耳边随即传来了清脆的敲击声。不一会儿，神秘男人就挑中了两把特殊的刀具，一大一小，握在手里，向女人笑了笑，俯身在她耳边轻轻地说了一句话。这句话让女人顿时感觉毛骨悚然，眼前一片黑暗。

紧接着，令人恐惧的一刻终于到来了，男人脸上温柔的笑容突然消失了，变得异常冰冷。他左手一把揪住了女人的长发，右手高高举起了手中那把较大的特殊刀具，用力向左下方砍了下去……

女人惊恐的眼神凝固了，神情也奇迹般地放松，她再也感觉不到任何疼痛了。她轻轻地叹了一口气，渐渐地，残存的最后一点儿意识也消失得无影无踪。房间里恢复了死一般的寂静，只留下了神秘男人如鬼魅般的身影仍然在不停地忙碌着……

章桐苦恼地瞪着眼前这又一个没有眼睛的头颅，仿佛这个世界上只剩下了自己和这个孤零零的残缺不全的头颅。在现有的DNA储存数据库的帮助下，已经确定这颗头颅的主人就是第四个死者温倩倩，又一个正处妙龄的女孩。她的身体部分前两天就已经找到了，而这颗头颅是今天凌晨才被清洁工人在清扫垃圾桶时意外发现的，令人遗憾的是那个路段的监控摄像头坏了有一阵子了，所以没能记录下凶手丢弃死者头颅的过程。

在仔细检查头颅时，章桐意外地发现，这颗头颅经过了冷冻，这就能解释死者死了这么久，头颅却比身体更慢腐烂的原因。而眼球与颅内最深处的松果体很明显是在被冷冻前就已经被摘除的！难道凶手是在缴获战利品吗？章桐手头目前已经发现的三个头颅均丢失了眼球和松果体，可以想象，其他尸体肯定也会拥有相同的命运。

想到这儿，章桐倒吸了一口冷气。天哪，这世界上怎么会有人不惜通过杀人来收集这么古怪的东西？那会有什么用？难道生命在他眼中就如同儿戏一般？

章桐转身来到工作台边，打开了电脑搜索引擎，“松果体”三个字就像紧箍咒般让她头痛欲裂。她仅有的关于这方面的医学知识根本不足以解决这个难题。没办法，章桐只能求助于目前国内最权威的一个医学专业交流、咨询网站，希望能得到一点儿专家的帮助。

在输入了相关的查询请求后，页面上很快出现了有关的帖子。原来，松果体是一种非常神奇的物质，东方人称之为“人类的第三只眼”，它的重要性可见一斑。由于它处于人类大脑深处的第三脑室，所以又被称为脑上腺体。松果体由很多非常活跃的神经再生细胞组成，它所分泌的褪黑激素和 5- 羟色胺是掌控人类衰老的中心要素。故此，世界上很多极有名望的科研机构都对它有很高的关注度，但是由于它所处的位置极深，摘取难度大，所以目前可供研究的实验供体少之又少，故称之为“脑科研究专业领域的脑黄金”。看到这儿，一种巨大的恐惧感涌上了章桐的心头。

当章桐把尸检报告放在王亚楠的办公桌上时，王亚楠好奇地抬起头看着章桐，不明白章桐的意思。眼见章桐一脸凝重，王亚楠立刻低下了头，把所有的资料看了不下三遍。渐渐地，王亚楠脸上的表情凝固了，一双手竟然不由自主地微微颤抖了起来。良久，王亚楠低声严肃地说道：“真的吗？他真的只是为了这个就把别人给杀了，而这些人可能与他素不相识？！”语气中充满了不可思议。

章桐叹了口气：“我目前能肯定这就是原因之一，但还不是全部，因为我还无法解释死者丢失的双手和眼球。”

章桐面前的办公桌上摆满了六个凶案现场的相片。对她来说，每次看这种相片都是一场精神上的严峻考验。凶案现场的相片不同于平时的生活照或艺术照，那些相片都是希望尽量烘托出生活的美好与人们的幸福，而凶案现场的照片，却必须不折不扣地真实记录下案发那一刻的血腥和残忍。如果章桐紧紧地盯住一张相片看得太久，耳边似乎就能听到死者临死前的哀号。但是，章桐又不得不看，因为这是自己的职责，如果能从这一桌子的相片中找到哪怕一丁点儿的线索，那么，对于这棘手的案子将是一个多么大的帮助啊!

王亚楠站在一旁默不作声已经很久了，章桐能听到她沉重的呼吸声。这个案子让局里很多人的心理都经受着痛苦的折磨。

正在这时，内部调度室拨通了王亚楠的随身手机。章桐心里一沉，又出事了!

眼前的案发现场，章桐已经再熟悉不过了。尸体和以前发现的那几具几乎没有什么不同，但是，章桐总觉得有些什么和此刻的情景格格不入。她的心突然怦怦地跳个不停，呼吸都快要停止了。

看见章桐愣在那儿的样子，王亚楠知道肯定有什么不对劲儿了。于是，她弯腰钻过了隔离带，走了进来，当王亚楠和章桐同时发现面前的东西时，王亚楠忍不住低声怒骂。

尸体对面的桌子上，端端正正地摆放着一朵美丽而又名贵的紫丁香，虽然已经有一些枯萎，但是颜色却丝毫没有改变。花的下面压着一个小小的淡紫色的信封。章桐正要伸手把它拿起来，王亚楠拦住了她，冲她摇摇头，示意她不要动，然后伸手招呼等在门口的现场鉴证组的同事，让他们小心翼翼地收起了那朵神秘的紫丁香和淡紫色信封。

章桐心里真是五味杂陈，这些东西肯定又是凶手留下的，只是不知道，这一次又留下了什么，上次那封信中让章桐百思不得其解的那句话至今还没有答案。

快要下班的时候，王亚楠脸色阴沉地走进了解剖室。她手中紧紧攥着一个证据专用塑料袋，里面装着的正是那个神秘的淡紫色信封。

章桐戴上了手套，从一言不发的王亚楠手中接过了那个装着信封的证据袋，打开后，那特殊而又苍劲有力的钢笔字跃然纸上:

章法医，你好，这是我送给你的礼物，希望你会喜欢!你是一个很特别而又让我心动的女人。第一次看到你，我就为你而着迷。我们会见面的。等着我!

信的末尾没有署名，章桐倒吸了一口冷气，抬头见到王亚楠的脸色越发凝重了。

王亚楠接过信纸，声音异常严肃地说道：“我已经把这件事向上面汇报了，建议对你采取全面的保护！”章桐点点头，这回不再反驳了。王亚楠继续说道：“你这几天如果感觉身边有任何异常，一定要马上通知我！”看着王亚楠紧张的神情，章桐认真地点了点头。王亚楠正要转身离去，突然又停住了脚步，回头补充道：“从现在开始，我会每天护送你上下班。一会儿我在底楼车库等你！”

章桐吃过晚饭，来到客厅，母亲正坐在沙发上看电视，突然，她紧张地叫住了章桐：“小桐，快来看，这人好像在说你们公安局的事儿！”章桐的心里忍不住咯噔了一下，赶紧坐了下来。

果然，电视台正在播放一个访谈节目，就是几天前把章桐问得哑口无言的那名男记者，他此刻正在接受一个专栏访问。他慷慨激昂地谴责天长市公安局在无头女尸案中办案速度太慢，以及对于案情表示忧虑，甚至还将血淋淋的案发现场给描绘得淋漓尽致，并且断言，如果这个案子再破不了的话，天长市公安局的局长就会引咎辞职。听到这儿，章桐的心情差极了。想到已经被卷入舆论深渊的局领导，还有王亚楠，章桐心里满是担忧。

中午在局属食堂吃午饭，章桐听说王亚楠和前来采访的记者发生了争执，还差点儿打了起来。为此，李局非常生气，除了要求王亚楠当着记者的面郑重道歉外，还在全局各部门主任的会议上严厉地批评了王亚楠。

听到这个消息，章桐心里很难受。社会大众对同事的不理解大家可以接受，因为这个案子确实非常严重，影响也很大，但是不能把周围的同事同美国连续剧中的那些神探相比，在他们手中，任何一个大案在短短四十分钟内都会水落石出，可那是电视，而如今手中的这个案子是实实在在的真实的案子，大家正在尽力侦查啊！

正在这时，手机响了，调度机械般的嗓音通知章桐：“李局在办公室急着见你。”章桐的心一沉，没办法，硬着头皮去吧，也只能这样了。

那名让人头痛的记者正坐在八楼李局的办公室里挖鼻孔。章桐一进门，他的那根手指头立刻停了下来。然后，他装作刚刚注意到章桐，连忙起身，过来跟章桐握手。

“我们见过面，我采访过你一次！我是晨报的记者，我叫孙波，朋友们都叫我小波。”

章桐可不想沾上孙波鼻孔里的东西，于是就把手插在外衣的口袋里，说道：“李局呢？调度通知说他找我。”说完，章桐礼貌地笑了笑。

“哦，他临时有事外出了，马上就回来。他临走时安排我在这儿等你，并且继续我们上午中断的采访。”说到这儿，他把手放了下来，故意叹息道，“苦差事啊！你们的那个王队脾气也太大了，还是个女人呢！”

章桐不置可否地点点头，示意他可以坐下，心里却不由得产生了一种被出卖的感觉，看来李局是拉章桐来当挡箭牌的。现在局里人人见了记者都只有一个念头：躲！

这名孙大记者上身穿着休闲T恤衫，下身穿着休闲裤。他的脖子细长细长的，乍一看几乎跟章桐的上臂差不多粗细，头像乌龟般向前挺着。章桐猜他至多不过二十五岁。

“那么……”两人异口同声地说。

章桐示意眼前的孙大记者先说。

“章法医，能见到你真是太好了。你的大名可以说是如雷贯耳……”

看着他眉飞色舞的样子，章桐心里不由得嘀咕，前几天不刚把我整得够呛吗？

“你前几次参与的案子办得太漂亮了。尤其是那个幼童被害的案子，你最后的举动可让大家敬佩了。其实我很早之前就想对你做个专访了。”

“那不是我一个人的功劳。”章桐冷冷地说道，感觉自己脸上的肌肉假笑得快要僵硬了。

“你的女性所特有的敏锐洞察力和逻辑分析能力在其中起了不小的作用呢！”孙大记者眨眨眼睛，捏捏鼻子。章桐在心里祈祷他千万不要再用手指挖鼻孔了。

“你并不是为了拍我马屁而来这里的吧？”章桐说着，看看手表。

“抱歉，我扯远了。”

孙大记者从随身带来的一个大包里掏出了一个笔记本，翻开封面，拿起笔停放在纸上。

“我想尽可能多地了解一下你们手头上这个案子的情况。”

章桐刚要说话，一个男人出现在敞开的大门前，她下意识地回头一看，乐了，原来是主任。

“小章，又来了一个案子，你下去吧，我来陪咱们这位记者同志好好聊聊。”说着，他向章桐使了个眼色，示意章桐赶紧走。章桐立刻起身告辞了，趁孙大记者还在愣神的工夫，一溜烟地走了。

回到底楼办公室，同事小周一看见章桐这气喘吁吁的样子就笑了：“你也不用怕成这样吧！再说，你死人都不怕，还怕记者啊！”

章桐没好气地瞪了他一眼，说：“你去试试？要不是主任给我解了围，我现在肯定会疯了！”

小周听了，点点头，一脸无奈地说：“章姐，你现在办的这个案子可是出了名了，今天是这个记者，明天还不知道会是谁在那儿杵着。案子不破，你会永无宁日的，你也知道咱们局里的头儿见了这帮记者脑袋会有多疼。”

“算了算了，也别想着烦心事了，赶紧干活吧。”说着，章桐逃也似的躲进了隔壁的解剖室。

接下来的一个下午，章桐对电话铃声十分敏感，心里总害怕那个孙大记者会阴魂不散地来解剖室找她。所以，当内部电话铃声异常急促地响起时，章桐手中正握着的解剖刀哗啦一下就被吓得掉在了地板上。电话铃声一阵又一阵的，章桐知道母亲不会打这个电话，所以咬咬牙也就没理会，继续埋头切割被检尸体的第七、第八两根断裂的肋骨。电话铃声终于停了。可没等章桐喘口气，手机又接着响起来了，没办法，这回章桐不能不看了。她走到办公桌前，摘下手套和护目镜，拿起狂响不止的手机一看，心里松了口气，还好，是王亚楠。

“亚楠，有什么事吗？”章桐随意地问道。

“快来我这儿的会议室，大家都在等你！”王亚楠干脆利落地撂下一句话后，不容分说就挂上了电话。

怎么把这事给忘了呢？章桐懊恼地想着，赶紧脱下了工作服，指示身边已完工的同事小周帮忙处理一下剩余的工作。好在手头这具尸体所涉的案子其实也不复杂，车祸引起的两死一伤，需要法医协助判定死者的真正死因以及死亡的时间而已。

匆匆来到二楼刑警队会议室门口，大家坐得整整齐齐的，看阵势都在等她了。这次章桐不用再愁没椅子坐了，王亚楠示意章桐是这个会议的主角，尽管她有些不习惯成为众人的焦点。

章桐满脸歉意地挤到了前面坐下，见大家都注视着她，没办法，只好站了起来。清了清嗓子后，章桐开始了极不自然的主持工作。

“大家好，今天我先给大家讲一下有关偏激性精神分裂症的特点以及病因。首先……”正在这时，有人很不客气地打断了章桐：“章法医，我想我们现在还没有时间来听你讲心理学课程。再说了，你是法医，不是心理学专家！”

章桐正色道：“我是法医，同时又是市里的一级心理分析师。但我不是来给大家上课的，讲这些的原因是我们所面对的凶手极有可能就是一个偏激性精神分裂症患者！”章桐一口气吐出了心中的推测。话音刚落，全场顿时一片鸦雀无声。大家显然被她的话语给镇住了。

“偏激性精神分裂症患者在精神分裂症患者中所占比例相对比较小，发病比较快，一般是在受了极大刺激后产生的。患者本身的个性非常自恋，而且过于追求完美。患者最大的特点就是敏感多疑，对某样特殊的物品有极强的占有欲，行为神秘，嫉妒心强，对人冷酷，而且对他人具有攻击性。这些完全符合本案中对凶手的描述。现在我来对这个凶手做一次全面的剖析。”说着，章桐走到后面白板前，拿起笔，在白板上画了一个简易的表格，以便于更直观地进行讲解。

“大家注意看，首先，”章桐指着“松果体”三个字说道，“松果体位于人类大脑的最深处，起着非常重要的作用，但是人类却很难开展对这方面的具体研究，因为缺乏足够的研究所用的活人供体。而这次案件中，凡是找到的死者头颅，都会发现死者的松果体已经被完整地摘除了。说明这个凶手具有很好的医学背景，而且，视研究高于一切。由此可以看出凶手行为偏执的地方。”

接着，章桐指出了“手”：“凶手为何要摘取被害人的双手呢？六位死者，无一幸免！”她拿出了一张手模的相片，“大家看，这手模的双手，洁白无瑕，简直就是让人迷恋的艺术品！”

“凶手极有可能是一个手的痴迷者，所以才会不惜一切地来收集美丽的手，只不过，他所收集的是活人的手！”

王亚楠随即转身吩咐身边的助手：“小郑，你们马上带组里的同志去卫生局调查一下，摸排一下全市范围内有能力做这种精细手术的人。”

“最后，我提醒大家别忘了死者所共同拥有的一个特殊身份，那就是‘情人’！”王亚楠站起来总结道，“死者之间互不相识，凶手绑架并残忍地杀害她们，极有可能就是因为她们不光彩的身份。这一点，我提醒各位注意，他还会再杀人，我们得在他再次动手之前进行阻止。”王亚楠脸上的神色极其凝重。

会议结束后，章桐回到办公室。电脑发出了清脆的“嘀嘀”声，提醒有新邮件信息通知。章桐点开一看，原来是一封邀请函：医学院九二届同学聚会。时间是在这周末。正要回复婉拒，突然，章桐停下了手中的鼠标，心里一动：不如去看一看？

在回家的路上，章桐犹豫了一下，最终还是决定告诉王亚楠周末的事：“亚楠，这周末我要去参加医学院的同学聚会。”

王亚楠沉默了一下，随即说道：“没事，我和你一起去。”

“这，挺麻烦你的……”章桐感到挺不好开口的。

“你的安全重要，别忘了凶手已经盯上你了，我有责任保护你的安全。”她的口气不容质疑，章桐只能无奈地作罢。

此刻，那个自命不凡的女人已经彻底停止了唠叨，她的脑袋和双手也早就完全地离开了她的身体。光溜溜的躯干上布满了数不清的刀痕，不致命，却能让人痛苦万分。男人做这一切的时候是咬牙切齿的，仿佛是在发泄着心中压抑已久的愤怒。女人直到死，一双眼睛都瞪得大大的。她不明白这样的厄运怎么会降临在自己的身上。眼前的这个温柔体贴的男人在瞬间就变成了让人毛骨悚然的魔鬼，只是，她再也没有机会知道原因了。

男人从女人的手机短信中意外得知了一个好消息。这周末，她要去参加医学院的同学聚会，而她的同学中就有现在非常出名的天长市公安局法医室的女法医章桐。看到这个消息，男人的脸上露出了一丝激动的神情，对他来说，这是一个实现梦想的好机会！那个特殊而又极富有个性的女人每天都在他脑海里陪着他。这回，他想，她再也不会离开我了……

章桐准备好了。她穿戴一新，略作修饰，然后鼓足勇气在王亚楠异样的目光中钻进了车后座。

没想到来的人有这么多，好几个和章桐打招呼的人，章桐都已经认不出来了，她只能不停地微笑。没多久，章桐就发现，原来笑是一件那么累人的事儿啊。章桐硬着头皮不停地问候，然后在不断点头与微笑中勉强挨到了聚会正式开始的时候。

站在主持台上的小个子，章桐依稀有些印象，他形似鸡蛋的脑袋过了十多年还是丝毫没变。姓赵，挺活跃的一个人，以前是班里的团支书，毕业后听说去了一家大医院的行政部门，如今看情形，还真混得不错。此刻，他正滔滔不绝地向大家讲述着这么多年来班里同学毕业后的各自概况，章桐留心地听着每一个从记忆深处蹦出来的名字，并且努力在这一张张已记不太清的脸上搜寻着过去的时光。

很多同学都是带着家眷来的，看样子挺春风得意。章桐渐渐地有些后悔来了，身边的王亚楠倒挺坦然，随着大家一会儿鼓掌，一会儿开怀大笑。终于讲到章桐了，章桐是班里唯一一个最终选择了“法医”这个特殊职业并且薪水不多的人，再加上最近那个连续杀人案带来的压抑和猜测，所以，周围的热烈气氛一下子冷了许多，反而有一些窃窃私语，让章桐颇感难堪。正在这时，章桐身边响起了一阵掌声，感激之余，章桐回头一看，是一位穿着得体的中年男子，明亮的眼睛正认真地盯着她，眼神中充满了鼓励。章桐赶紧冲他点点头，以示谢意。

好不容易熬过了艰难的时刻，接下来是自由活动、交流时间。大家三三两两地聚在一起，真真假假地互相祝贺着多年来的成就。王亚楠倒算得上是一个称职的保镖，寸步不离地跟着章桐，见人就笑。

章桐终于在人群中找到了刚才替自己解围的那位中年男士，看情形他是一个人来的，章桐怎么也想不起来他是哪位同窗："你好！刚才真是太谢谢你了。要不是你的解围，我真不知道该有多尴尬！"

他笑着点点头："没什么，举手之劳而已。我姓冯，叫冯宇飞。"说着，他热情地向章桐伸出了手。

章桐感觉到他的眼中有一种奇异的亮晶晶的东西，不过，她没太在意："我是章桐，在天长市公安局工作，这是我的同事。"王亚楠淡淡地向他点头致意。

"那，冯先生，你也是我们一个系的吗？"章桐问道。

"不是，我比你们高一届，今天是陪我学弟来的。"他坦然地笑着。

"那你现在在哪儿高就呢？"

"第一医院，眼科。"

章桐顿时肃然起敬，因为眼科和脑科是外科中最难攻读的两个专业，能够在医学院顺利毕业并在大医院工作的更是寥寥无几，可见眼前这位学长必然是成绩优异。再说能进第一医院眼科这个出了名的待遇优厚的地方的人，更得让人刮目相看了。

"章小姐，你选择法医这个行业，需要很大勇气啊！"他微笑着递给章桐一杯桌上的饮料。章桐不自然地笑了笑，略微感到有些脸红，毕竟不习惯被一个刚认识的异性这么直白地夸赞。

正在这时，章桐的耳边传来了一阵急促的手机铃声，王亚楠身上的手机也同时响了起来。章桐的心顿时往下一沉，在周末，两人同时接到电话可不是什么好事。章桐低头看了一下，是调度的号码，于是只能无奈地匆匆和刚结识的学长冯宇飞告别，然后和王亚楠一起赶紧走出了大门。

章桐没想到鼓足勇气去参加的同学聚会，居然会以这样一种方式草草地收场了。还好，认识了一位颇有绅士风度的眼科医生，总算没有白来。章桐正想着，王亚楠已经和调度通完话了，她的眼神变得很忧郁，显得心事重重的样子。她边开车边简短地向章桐做了通报："云罗区的一栋居民拆迁楼里发现了一具无头无手的女尸，很有可能是属于我们办的案子，所以调度找我们了，叫我们先去看看。”不出所料，章桐的脑子立刻冷静了下来，把刚才的同学聚会远远地抛在了脑后。

当章桐赶到案发现场时，法医现场车已经停在那儿等她了。今天是潘建和章桐一起搭档，他正靠着车门在等章桐。一见章桐的打扮，他愣了一下，立刻就开心地笑了：“章法医，你今天真漂亮，可惜走错地方了！”章桐瞪了他一眼，也懒得解释，钻到后车厢，很快脱掉了让她头痛的裙子，换上了连体的拓扑龙工作服，把头发塞进帽子里，然后拎起沉重的工具箱，跳下车，头也不回地向案发现场的黄色警戒带走去。潘建紧紧跟在章桐后面。

趁章桐换衣服的工夫，王亚楠已经接管了现场，看见他们走过来，她马上提起了警戒带。

眼前血腥的现场使章桐的情绪低落到极点，一切情景都仿佛是放电影一般地再现：尸体、鲜血、残忍……空气中浓重的铁锈味让章桐有点头晕目眩。她按部就班地和潘建一起做着体温检验、尸表初检等一系列工作。这些伤痕对章桐来说都已经很熟悉了，凶手有着一套严格的“杀人手法”，比如说先干什么，再干什么，这些从尸体上的伤口都可以看出来，就好像他完全按着一套自定的工作程序来进行的。看来，凶手具有相当程度的强迫症征兆。这可绝对不是一个好消息。章桐不由得皱起了眉头。

当章桐一路检查到尸体的左小腿，看到那处特异的标记时，她一下子觉得仿佛有把巨大的锤子重重地敲在自己头上，心一下子沉到了万丈深渊。死者小腿上的一个蝴蝶小文身标记是那么熟悉，熟悉到几乎能刺痛章桐的双眼。章桐立刻站了起来，身子微微晃了晃，然后向一直站在门口的王亚楠招了招手，示意有情况。王亚楠见状，马上走了过来：“出什么事了？有新情况？”

要知道，一般情况下，章桐是不会惊动现场负责的警官的，上一次是那朵让人心惊肉跳的花，而这一次，王亚楠顺着章桐手指指着的方向，看到了女尸左小腿上的一个略显粗糙的小蝴蝶文身，疑惑地抬头看着章桐，不明白章桐的用意。章桐咽了口唾沫，努力使自己的声音听上去显得平静：“我认识这个死者，她是我医学院时的室友，叫吴燕君，我是从她的这个文身上认出来的。”章桐看了一眼王亚楠，接着说道，“这个文身是我亲手帮她文的！”

每次来到康复院，冯宇飞的心情都会十分复杂。女儿已经是他生命中唯一的牵挂，他不敢想象如果连这唯一的拥有都失去了的话，他该如何独自去面对剩下的日子。不可否认，冯宇飞是一个技艺高超的眼外科医生，经他手恢复光明的病人已经数不清了。整个天长市，甚至整个华东地区的医学界，提到他的名字，无一例外地会和“眼外科手术精英”联系在一起，同行们更是对他肃然起敬。但是，这么多荣誉对于事业有成的冯宇飞来说，却是一种难言的痛苦，众人眼中的“名医”却救不了自己的女儿，至少是现在！

当女儿的主治医生万分遗憾地把病情的严重性告诉他时，他第一个反应就是无法相信。接下来的整整两天时间，他都把自己关在书房里，查遍了所有能够找到的资料，甚至联系了国外的导师。最终，当他失魂落魄地打开门时，家里人都惊呆了，因为出现在面前的冯宇飞与其说是一个人，不如说是一具空壳，疯了一般地查找治疗女儿的方法。妻子就是在这个时候离开他的，年轻漂亮的她终于受不住丈夫的冷落，毫不犹豫地抛弃了这个已是风雨飘摇的家和再也看不到未来、再也站不起来的女儿。

她的绝情给了冯宇飞致命的打击，从此以后，这个男人变了，他生存的意义似乎就只剩下挽救女儿的生命。如今，女儿的下半身已经不能动了，语言功能也受到了很大的影响，但是，每次看见爸爸，她明亮的大眼睛总是会瞪得大大的，仿佛怕一不小心闭上，就再也看不见爸爸了。见此情景，冯宇飞心如刀绞，却依旧不得不满脸笑容，努力使自己显出很开心的样子：“兰兰，今天乖吗？”

女儿吃力地点了点头，艰难地吐出了两个字：“故……事……”可怜的小女孩，听爸爸讲故事是她最开心的事了。冯宇飞的心都快碎了，但是他不能在女儿面前哭，他要让女儿的每一分每一秒都生活在快乐之中。于是，他想了想，假装恍然大悟的样子：“兰兰，爸爸今天给你讲一个小公主的故事，好吗？”女儿的脸上露出了开心的笑容。任何一个女孩都希望自己变成公主，在冯宇飞眼里，女儿兰兰永远都是他最心爱的公主。

离开女儿的病房后，冯宇飞温柔的目光突然变了，变得很冰冷，任何看到的人都会忍不住打个寒战。女儿的病情越来越严重，他必须加快自己实验的速度了，现在，除了自己，没有人救得了女儿。

看着眼前尸体左小腿上的蝴蝶文身，章桐心里真不是滋味。吴燕君和自己不是同一类人，她活泼开朗，在大学里身边总不乏追求她的毛头小子，章桐却沉默又冷清。两人的世界观和人生观也有很大的差异，但是五年寒窗，两人居然成了个性互补的好朋友。她总说章桐是一个智商高但情商很低的女人，将来会吃亏的，章桐也只能一笑了之，因为她的口才让章桐甘拜下风。

这个文身的来历章桐至今还清楚地记得。那时学院里流行看美国歌舞片，大家纷纷迷上了片中男女主人公身上那酷酷的文身，可是国内文身店还太少，再加上学生还没有足够的经济能力，所以大部分同学就发挥了自己的专业天赋，互相圆梦。章桐拒绝了吴燕君在自己身上动刀子的好意，而章桐则模仿片中的镜头，把一只如小孩涂鸦般的小蝴蝶文在了吴燕君修长的左小腿上，当时她兴奋的样子至今还历历在目。只是章桐做梦都没想到，这个自己亲手绘制的文身图案居然会成为日后辨明尸体身份的重要标记。这简直是个巨大的讽刺！

章桐叹了口气，收回了飘到千里之外的思绪，抬头望着一直在身边沉默不语的王亚楠，愤愤地说道：“虽然她不是一个安静的女孩子，但她不是一个坏人，她不应该有这样的下场。”

王亚楠一副若有所思的样子，好像没听见章桐说的话。突然，她没来由地问了一句：“她的婚姻状况或感情生活你知道吗？”

章桐摇摇头。

“那就这样吧，我马上派人去查一下。”说完，王亚楠就头也不回地转身离去了。

医院底楼如迷宫般的病理标本室是整个医院中来人最少的地方，一年到头都不见几个人影。冯宇飞却是这里的常客，这里所放置的每一个标本他都熟知于心。他常常独自在这儿工作整个晚上，尤其是现在，手中的实验已经到了紧要关头，如果真能成功分离出他所需要的那种细胞的话，那么，再经过特殊处理，最后注射入女儿的脊椎中枢神经中，女儿就有很大的机会痊愈。

想到这儿，冯宇飞的双手微微有些颤抖，他盼望这一刻的到来已经很久了。尽管他所做的是一个称得上“医学百慕大”的研究，好在导师所在的医学院发来的信函坚定了他继续咬牙研究的决心。因为这是他挽救女儿生命唯一的出路了。

冯宇飞利用空余时间在这儿打造了一个属于他个人的实验室，把所能想到的各种设备配备齐全，可以说，这个旁人所不知道的狭小的空间倾注了他所有的心血和对女儿的爱。

按照时间推算，今天应该可以看到实验结果了，但是让他失望的是，细胞培养器皿中依旧是一片死寂，他的心也随之沉到了谷底。很快，他又鼓起了勇气——应该是供体不足的原因！他心里想，必须继续努力！在他工作台的上方，贴着一张女儿躺在病床上的相片，需要勇气时，他就会盯着相片喃喃自语道：“爸爸不会放弃你的，爸爸永远都不会放弃你的……”

他神经质的声音不断地在这令人窒息的空间中来回飘荡着。突然，他飞快地打开了身边的一个大冰柜，里面放着三四个白色的厚厚的大袋子。他弯腰翻检了一下，仔细看了一下标签，终于挑出了一个他满意的袋子，然后死劲一拽，“扑通”一声，那圆圆厚厚并被冻得结结实实的袋子就应声而出。令人恐怖的一幕顿时出现在了面前，袋子内是一个没有眼睛的头颅，死者嘴唇微微张开，两个黑洞洞的眼眶仿佛在尖叫……但是这一切冯宇飞早就习以为常。他面无表情地忙碌着，动作迅速又干脆利落。

直到下午三点左右，王亚楠才在解剖室的门口出现，她一脸的无奈：“小桐，你这位室友的感情生活很复杂，她与前面几位死者有着相同的身份。”她没再说下去，因为结果在章桐心中已经是再明朗不过的了，可是章桐的心却还是往下一沉，想着同窗五年的朋友遭此厄运，难免心里会一时接受不了。“DNA 结果确认是她吗？”章桐问道。

王亚楠点点头：“我已经通知她丈夫了，生前再有矛盾，也毕竟是自己的妻子，他明天上午来认尸。希望能尽快找到她的头颅。”王亚楠最后一句话明显是说给章桐听的，毕竟全尸下葬对亲人来说是一种最大的安慰。

但是，她的头颅在哪儿呢？

第三章 恐怖实验室

“你为了女儿不惜杀掉那么多人？难道别人就不是自己父母的女儿吗？”章桐忍不住有了一些激动。

“不，她们都是坏人。像我前妻那样，破坏别人的家庭，抛夫弃子，所以，她们死了活该，我是在为民除害。”冯宇飞的脸上开始了抽搐，语气中充满了愤怒。

冯宇飞小心翼翼地捧着细胞培养皿来到房间另一角的一个小小的、闪着幽幽蓝光的玻璃罩子前，腾出一只手快速地打开了玻璃罩子上的一个小门。这个小门仅能容两只手通过，他全神贯注地把培养皿轻轻放了进去，然后又以极快的速度关上了门，松了口气。他这才意识到额头上已经由于紧张而沁满了汗珠。顾不上这么多了，他看了一眼桌上的小闹钟，快到晚上八点了，该离开了，他还有别的事情要做。

想到这儿，冯宇飞快速地脱去手套、口罩和身上的白大褂，然后，环视了一下整个“私人实验室”，确保没有任何工作被遗漏后，才点点头，转身悄无声息地离开了。走出房间后，他用力地关上了门，上了锁，最后在门上重新贴上了“危险，勿进”的封条，才放心地离开了。冯宇飞做任何事都非常小心，他不允许自己有哪怕一丁点儿的疏漏。他坚信，只有做到万无一失，事情才能真正在他的掌控之中。

“一起去吃晚饭吧！”王亚楠的声音在办公室门口响了起来，看来她心情不错。

“去哪儿？”章桐头也不抬地问道，两只手仍然在桌上乱七八糟的文件堆里不停地寻找着自己的笔记本。要知道，章桐最头痛的事就是找东西，明明放在眼前的，一眨眼就能让她找得吐血。章桐的所有助手都深知她这个坏毛病，所以他们一半的实习时间都不得不花在替她整理东西上了。

“别找了，再找就没东西吃了，反正也不会丢。走吧！”

一听这话，章桐也确实感觉肚子有点儿饿了。于是，她站起身，拿起包就走了。心想着，等会儿回来再说吧，这几天也不急着回家，老妈和老姨都去医院了。

没想到王亚楠居然带章桐慢慢走出了公安局，路上的汽车呼啸而过，傍晚的阵雨下过就停，空气中弥漫着混凝土的湿气、柴油的味道，还有泥土的气息和花的香味。人行道上熙熙攘攘的，有下班回家的上班族、购物的人，还有晚上出来闲逛的人。微风吹来，衣服紧贴着身体。头上，杧果树的叶子上下摇曳着，发出轻柔的沙沙声。

两人来到了公安局街对面的一条小岔道上，这里有很多餐馆和小吃店，章桐不明白王亚楠今天为何要突然请自己吃饭。

终于，在街上走了大约三百米，两人拐进了一家新开不久的拉面馆。一进门，章桐就看见了那只用普通话和山西话尖声叫着欢迎词的鹦鹉，也看到了一位身着白衣白裤、头戴小花帽、系着围裙招呼大家的男人。

“欢迎光临，警官同志。今天还是原样吗？”

王亚楠点点头，她回头看了章桐一眼，见章桐没表态，就补充说道：“原样两份！”

店老板在大声告诉内厨以后，冲她们眨眨眼，说道：“新来的，脾气不好，手艺不错！来，我带你们去雅座！”说着，就领着她们走进了里间，因为开着空调，凉飕飕的，感觉不错。

坐下后，老板很快就送来了牛肉汤和韭菜煎饼，王亚楠拿了一份，把另一份递给章桐。

“谢谢。”章桐说。

“对了，你的老同学刘春晓呢？”王亚楠问。

“出差了，经常不在天长市，他们干检察官这一行的，有时候比我们还要神秘。”章桐嘟囔道。

“他还没有向你表白吗？”

章桐摇摇头，嘴角露出一丝苦笑，心里酸溜溜的：“表白什么？我们只是朋友而已，没有到你所想的那种地步呢！”

回到办公室后，章桐惊喜地发现，潘建已经把桌子收拾得整整齐齐，刚才还毫无踪影的笔记本此刻正安然地躺在桌面上。章桐舒了口气。

忙完后，在回家的路上，手机突然响了。章桐低头一看，是一个陌生的号码，顺手就接了起来：“你好。”

“我是冯宇飞，你好。我们上次在同学会见过面。”一个极富有磁性的中年男人的声音在章桐耳畔响起。

章桐皱了皱眉，记忆中好像没有这个名字……突然，章桐想起了那次尴尬的解围和柔和的笑容。顿时激动地大叫了起来：“哎呀，原来是你啊！真是太高兴了。我工作忙，都差点儿把你给忘了，学长！”

章桐突然高八度的声音把身边正全神贯注开车的王亚楠给吓了一大跳，转而有些生气地瞪了章桐一眼。章桐却根本顾不了那么多了：“学长，你是怎么知道我电话的？”

“你给我的，你忘了吗？”电话中传来了几声善意的笑声。

“真不好意思。看我这记性。”

“没事，你现在正回家吗？听你声音就像在车上。”

“对。”

“有空想请你喝茶。”

好像很久都没听到过这种诚恳的邀请了，章桐的脸有些烫：“好吧，那就周六吧，你给我打电话！”

挂上电话后，看着身边的王亚楠一脸狐疑的表情，章桐尴尬地赶紧转过了头，看着窗外疾驶而过的路灯，撇了撇嘴。

冯宇飞伸手摘下耳机，看着前面不到三辆车距离的灰色SUV，满意的笑容渐渐地浮现在了他的嘴角。为了这个突如其来的邀请，他酝酿了很久。他完全清楚章桐此刻的心情。他不能操之过急，也不能太突然，这是一个非常聪明而又极具有个性的女人，她身上有太多与众不同的地方。要知道，上帝是很少把美貌与智慧同时放在一个女人身上的。他可不能放弃她，必须小心翼翼！

最初吸引冯宇飞的是章桐身上坚韧的个性，紧接着，他就注意到那双忧郁而又美丽的大眼睛，这双眼睛总是不断地在他梦中出现。他知道，这是一双能够读懂自己心灵的眼睛，她的美貌就如紫丁香般纯真脱俗。冯宇飞因此深信不疑，这是一个他等了很久的女人，也将成为他心爱的女儿的妈妈。想到这儿，冯宇飞笑了，似乎看到了重新又回到他身边的温暖的家。

由于冯宇飞在眼科的名望极高，所以每次门诊都会有很多人，冯宇飞总是一脸微笑、极有耐心地对待身边的每一个病人。他深知，只要是挂他号的，十有八九都会有失明的危险，这已经是够不幸的了，他不能再让他们受到不应有的冷遇。他是一名医生，尊重病人是他应该做的。

但是，当他看到一些病人，由于久久得不到眼角膜移植而不得不生活在痛苦的黑暗中时，他的心就揪得紧紧的，不忍再抬头去看那双无神而又空洞的眼睛。奇缺的眼角膜就成了他每天想得最多的东西。

现在，坐在冯宇飞面前的是一个还不到九岁的小男孩，可爱的小脸蛋上洋溢着天真的笑容，但是，冯宇飞却不敢长久地注视着孩子的脸——那双本应明亮的眼睛此刻却被一层厚厚的纱布所包裹着。小男孩的妈妈正忧心忡忡地站在一边，目光一刻都没离开过自己的孩子。

“冯主任，你看我家小强会不会有永久性失明的危险？”小强妈妈的脸上流露着期盼与焦急。

冯宇飞皱了皱眉：“只要有眼角膜移植，小强很快就能重见光明的。”

“但是，现在等待移植的人已经排到两千多号了呀！”小强妈妈的语气中透露着对失明的恐惧。

冯宇飞很同情眼前这对可怜的母子，两个月前的一场车祸夺去了孩子爸爸的生命，坐在后排的小强因为质量过关的儿童座椅得以幸免于难，但是四处飞溅的玻璃碴却让这个孩子再也看不见光明了。冯宇飞记得刚接诊的时候，小强的情绪极度低落，还不停地哭闹。没办法，冯宇飞尽其所能也只保住了一点儿眼底组织，要想重见光明，孩子就必须接受眼角膜移植。

冯宇飞拒绝了孩子母亲要求捐助的恳求，活体捐助是违法的。所以每次复诊时，孩子母亲的伤心与担忧总是让冯宇飞心里很难受。

只是，像这样的病人还有许多，冯宇飞不可能一一照顾过来，只能尽力而为，安慰这对母子：“我会尽快安排小强手术的。你别担心，一有供体，我就让护士通知你们。”他边说边快速地在病历单上写着病情，但他心里非常清楚，要想彻底治好这个孩子，只有眼角膜移植，药物就等同于安慰剂。看着小强母子千恩万谢地转身走出门诊室，冯宇飞的心里一阵阵地抽痛。

明天就是周六了，章桐下班后回到家，却总是有些心不在焉，不是忘了这个就是忘了那个，搞得老妈一脸的狐疑，好几次想开口问，却又担心被章桐责怪。章桐完全清楚自己为何会有这样的心态。晚上八点钟的时候，章桐终于等到了期待已久的电话。

“你好，学长！”

“别总叫我学长，叫我宇飞吧。”电话中，冯宇飞的声音柔和至极。

“那多不好意思，你太太会有想法的。”章桐的脸红了。

“我太太过世了。”章桐没有注意到他的语气中突然透露出的冰冷。

“真抱歉！”

“没事，已经过去了。”他的声音重又变得很欢快的样子，“明天上午十点，你看方便吗？”

“好！那我们在哪里见面？”章桐按捺不住心中的激动。

“中山路的白云茶馆，你觉得怎么样？”

“那就这样定了！”

挂上电话后，章桐才注意到老妈和老姨注视着自己的那意味深长的目光，看上去就像抓住了一个正在偷糖吃的小孩。

章桐从未来过茶馆，在她的生活中，茶馆这种地方跟她的生活轨迹是交会不到一起的，这儿的闲情雅致是自己所不习惯的。所以，今天，当章桐比约定时间早十分钟来到中山路上的白云茶馆时，她居然感觉浑身不自然。

茶馆的服务生在放下一杯招待用的免费花茶后，就悄然离去了。章桐如坐针毡地看着窗外，心中对即将到来的这次约会忐忑不安。

很快，一辆黑色的尼桑静悄悄地滑入了章桐的眼帘，锃亮的车身上找不到半点儿瑕疵。由此可以看出，这辆车的主人非常爱惜自己的车。车子停在茶馆前的停车场上，章桐的心不由得一动。车停好后，走下来一个身穿灰色短袖衬衣的中年男子，当他转过头来时，章桐一眼就认出来了——他就是冯宇飞。尽管他们只见过一面，但他的淡定从容与儒雅的气质给章桐留下了很深刻的印象。

不一会儿，冯宇飞就出现在了茶馆的正门口大堂上，他扫视了一眼整间屋子，很快就在屋角看见了章桐，笑容满面地快步向她走来。来到近前后，他在章桐对面坐了下来：“真不好意思，我来晚了。”

“没什么，我也刚到！”章桐感觉自己脸上笑得假假的。

这时，服务生恰到好处地出现了，一脸灿烂的笑容。章桐顿时愣住了，而冯宇飞却很自然地点了一壶特级碧螺春，等服务生走后，他故作神秘地告诉章桐：“这家茶馆的碧螺春是整个天长市最好的，最纯！”章桐皱了皱眉，心想那价钱肯定低不了。没想到冯宇飞立刻就觉察出了章桐的心思：“没什么，只要东西好，还怕价钱吗？”章桐的脸不由得涨红了……

两人谈得很开心，说实话，章桐没想到冯宇飞是一个这么开朗的人，而且风趣幽默。除了他的眼神，不经意之间看章桐时，会有一种怪怪的感觉。不过，章桐却并不在意。

正在这时，手机突然响了起来，章桐心中不免有些懊恼，低头一看，是王亚楠。章桐只能不好意思地向他打招呼："对不起，我出去接个电话。"

他笑着点点头。

章桐赶紧以跑的速度来到了屋外，接通电话后，王亚楠焦急的声音传了过来："小桐，又出案子了，我上你家来接你。"

"不，我在外面。"章桐忙阻止了她。

"外面？你一个人不危险吗？"

"没事，和朋友在喝茶。"

王亚楠的口气中还是有些担忧："我来接你吧！"她的话中充满了不容反驳的气势。

"那，好吧，中山路，白云茶馆。我在门口等你。"章桐只能无奈地妥协了。

十分钟不到，王亚楠的车就停在了茶馆的门口。当章桐把这个消息告诉冯宇飞的时候，他明显有些失落，让章桐的心里很不是滋味儿。但是，她没有办法，只能遗憾地向他告别，并且头也不回地钻进了王亚楠的车里。

"他很面熟！"

"对，他是我的学长，上次你也见过，叫冯宇飞。"章桐漫不经心地望着窗外。

王亚楠见状，也就没再多说什么。

冯宇飞坐上黑色尼桑后，没有立即发动车子，只是静静地坐着，心里盘算着，下一步他该怎么做。近距离接触章桐，使他更坚定了要得到这个女人的决心。不只是因为她的美貌，更主要的是她的智慧与温柔。冯宇飞相信自己已经让她产生了好感，可他深知，不能操之过急。但是，想着康复院里的女儿，他的心就忍不住一阵紧缩。虽然女儿并没有表露什么，但是他明白她的心思，在这个年龄的孩子没有不渴望母爱的。想到这儿，他发动了车子，顺便看了一下车里的时间，嘀咕了一句"手术该结束了"，车子便扬长而去。

此刻，在第一医院的眼科手术室里，正在紧张地进行着第三例眼角膜移植手术。今天上午有四个幸运儿被安排接受眼角膜移植手术，捐献者都是匿名的。本来，这四个人要等很长时间，也有可能要好几年，再说他们也并不富裕，手术所需费用在哪儿，他们还不知道。如今，有人匿名且指定要捐给他们，这简直就是一个天大的喜讯。

当冯宇飞急匆匆地赶回医院时，他还来得及赶上最后一例手术。他今天心情很不错。昨天晚上，他又完成了一次收藏，那双死去女人的手简直就像是用名贵的玉所雕琢而成的。在经过特殊处理后，将会是他所有藏品之中最完美的一双。而今天，还见到了心中仰慕已久的女人。所以，对于冯宇飞来说，今天是他一周以来最开心的日子了。

小强的妈妈一直惴惴不安地站在门口，儿子被安排在第四例手术，已经进入麻醉阶段了。她突然看到冯主任穿着手术服急匆匆地向手术室走来，赶紧迎上前："冯主任，是你给小强动手术吗？"

冯宇飞一怔，随即点了点头，笑着安慰道："没事的，小强妈妈，你儿子很快就能重见光明了！"说完，他就头也不回地走进了手术室。

身后，传来了小强妈妈压抑的激动的哭声……

当章桐忙完现场的采证工作后，正要上车返回局里，突然，手机急促地响了起来，章桐忙掏出一看，是家里的号码。"妈，出什么事了？我在现场呢！"对面工地上的大冲击钻所发出的巨大噪声使章桐根本无法静下心来听电话。

"你老姨马上要动手术了，正在第一医院，你快来吧！"母亲的声音在电话里有些发颤。

章桐的心一沉："马上来！"挂上电话后，章桐嘱咐助手把尸体送回局里，赶紧拦了一辆车向医院赶去。

章桐最不喜欢来医院了，尤其是亲人被送到这里来的时候。无形之中，章桐心中总有一种恐惧的感觉。虽然由于工作的缘故，章桐每天都和死尸打交道，但是，就像医生从来都不愿意给自己的亲人看病一样，章桐特别害怕再见到熟悉的人出什么事。母亲在电话中没说老姨究竟出了什么事，但是她焦急的语气让章桐的心也悬到了嗓子眼。当章桐急匆匆地赶到医院时，老远就看见母亲正站在大门口等着章桐。

“妈，老姨怎么样了？出什么事了？”

“小桐，你老姨她不能再等了。她必须马上手术，现在已经完全看不见了。”母亲哭丧着脸，眼泪汪汪地看着章桐。

“你别急，走，咱们上去慢慢说。”章桐尽量使自己的语气显得平静一点儿，这样，或许能够让母亲镇定下来。

来到五楼眼科病房，章桐一眼就看到了躺在病床上的老姨。老姨是个非常乐观的人，年纪这么大了，还总是一天到晚笑呵呵的。她听到了脚步声，立刻挣扎着想坐起来：“是桐桐吗？是桐桐来了吗？”

章桐赶紧走上前，拉住了老姨那苍老的手，努力装作很开心的样子：“老姨，小桐来看你了。怎么样了？跟小桐说说好吗？”

“急性眼角膜感染，你老姨她……”母亲没有说下去，只是抹起了眼泪。

章桐的心往下一沉。

病床上的老姨虽然看不见，却已经敏锐地觉察到了周围异样的气氛，她坚强地笑了笑：“没啥的，不就是看不见了吗？我都活这么多年了，没病没灾的，也够了，我知足了。桐桐啊，听老姨的，咱不治了，省点儿钱，回家吧，好不？”

这话深深刺痛了章桐的心，她的眼泪立刻夺眶而出。章桐安慰地拍了拍老姨那如老树根般苍老的手，站了起来，拉着母亲来到了病房外。

“妈，医生怎么说？”

“要眼角膜移植，但是，你也知道，你老姨年纪这么大了，”母亲为难地说道，“那医生说，再移植已经没什么意义了。”

“她胡说！”章桐愤怒地吼了一句，把对面站的几个护士吓了一跳，章桐却顾不了这么多了，“妈，你看好老姨，我有一个朋友在这儿眼科工作，我叫他来看看有没有别的办法。”

“好，那你快去，妈等你消息！”母亲绝望的眼神中流露出了一丁点儿的光芒。

章桐走到护士站，两个刚才被吓了一跳的小护士正一脸茫然地瞪着她。

“冯宇飞冯主任在吗？”章桐直截了当地问道。

“他？不知道在不在办公室，我帮你打电话问一下。”其中一个略微机灵一点儿的小护士立刻抓起了电话。

等待了大约一分钟，电话显然是没有人接。

“他可能在手术吧，要不，你过会儿去他办公室看看，他在六楼。”

章桐点了点头，转身回了病房。

病房里，老姨隔壁床上的病友正在给章桐母亲讲述着什么，母亲的脸上露出了希望的光芒。她一看见章桐来了，立刻站起身，兴奋地说道：“小桐，这位姑娘说这个医院的眼科眼角膜移植的概率非常高，经常会有一些匿名的捐助者！”

章桐疑惑地望着那位显然也是在等待着手术的病人：“你好！请问你能跟我讲详细一点儿吗？”章桐向前走近了几步。母亲的话让章桐感觉很疑惑，法律对眼角膜等人体组织移植都是有一定规定约束的，不是说想捐给谁就捐给谁那么简单。或许是职业的敏感吧，章桐耐心地在老姨的病床边坐了下来。

由于眼角膜属于稀缺性人体组织，再加上不允许活体移植，所以，能有幸得到捐助的患者更是少之又少，得到的概率不亚于中了一次彩票大奖。别的有资质做这个手术的医院一年到头能做上十例已经是很不错了，而在这儿，眼前这位双目失明的姑娘告诉章桐，这家医院以前能做好多例这样的手术，而且，很大一部分竟然是免费的。一个正常捐献者的一副眼角膜能最大限度使四个病人恢复光明。最后，她兴奋地告诉章桐，如果章桐能见到他们的冯主任的话，那就更是板上钉钉了，因为听说有很多捐助者就是直接通过他来捐给医院的患者的。

听完她的话，章桐的心里突然变得沉甸甸的：“那么，你听说这种状况是从什么时候开始的呢？”

“这个月吧。”

不会！这肯定是巧合！有一个声音在章桐的心中拼命地叫着。章桐下意识地摇了摇头。

正在这时，门口出现了一个穿白大褂的人，热情地叫章桐的名字：“章桐！”

章桐回头一看，真是冯宇飞，看样子他刚下手术台，因为他的白大褂里穿着一件蓝色的手术服。章桐站了起来，笑着迎了上去。

“冯主任！”

“叫我宇飞就行了。”他一脸的笑容，“你刚才找我？”

章桐指了指床上正在打瞌睡的老姨，然后拉着他来到了走廊上。

“眼角膜感染，听你手下说要眼角膜移植才行。我想请你来看看，看有没有别的办法。”章桐面露难色，毕竟开口求人不是她的长项，更何况对方是名医。

“没事，你交给我吧。”冯宇飞微微笑了笑，转身走进了病房。

没过多久，他走了出来，身后跟着一脸愁容的母亲。

章桐紧张地注视着冯宇飞，他一脸神色凝重，过了好几分钟又突然笑了：“没事，这两天我就给她安排手术！”

“眼角膜移植吗？”章桐不由得脱口而出。

“对，你就等好消息吧！”说着，冯宇飞就匆匆告辞了。

看着他略微弯曲的背影，章桐不由得心生疑窦，这么简单？不用排名单？不用等待？就好像他的身后就有一个庞大的随手可以拿取的眼角膜库一样？章桐眼前晃过了那几个空洞的没有眼睛的头颅。不会！他是个好人！不会的！章桐为自己有这么黑暗的想法而感到浑身发抖。

由于要照顾住院的老姨，在向局里请过假后，章桐买来很多老姨爱吃的东西，反正她老人家装着假牙，吃起东西来绝对不会输给章桐。这一晚，看着睡梦中的老姨，章桐却失眠了。直到半夜，章桐突然想起了什么，立刻拨通了王亚楠的手机。

“亚楠，你现在什么都别问，一有类似我们办的那个案子的报案，就立刻通知我！”

“好！”

挂上电话后，章桐暗自舒了口气，然后才放心地眯了会儿。

果不出章桐所料，第二天早上八点多，冯宇飞就兴冲冲地走了进来，他开口就告诉了章桐一个让她有点儿胆战心惊的好消息：一个小时后马上进行手术！章桐立刻呆住了，脸色煞白。

“你怎么了？”冯宇飞关切地问道。

“没什么，我身体有些不舒服。对了，是你亲自主刀吗？”章桐借故扯开了话题。

“对！我这就去准备！”说着，他留给了章桐一个灿烂的笑容，转身匆匆离去了。章桐的心里顿时一片空白，下意识地掏出了手机，没有半点儿来电的迹象。章桐有些不知所措了。

手术进行得很顺利，章桐被护士告知，两个月左右老姨的眼睛就能恢复正常了。在激动之余，章桐注意到了身边还站着好几位像是病人家属的人，忍不住，章桐就上前开始搭话。

“你好，我老姨手术刚动完，”章桐同时指了指手术室，“你们呢？也来等手术的吗？”

其中一位中年妇女点头应道：“是啊，我女儿，今天也可以做手术了！我们昨天刚从三院转过来！”她难以抑制一脸的兴奋。

“我们也是！”

“这里眼角膜移植手术的概率是非常高的！”

……

到最后，章桐已经听不进去任何人的说话声了，老姨还得在里面观察一个小时，趁此机会，她赶紧拨通了王亚楠的电话。

“怎么样？有类似的案子发生吗？”章桐焦急地问道。

“我正好要打电话给你，”王亚楠的声音让章桐的心都在发颤了，“刚接到的报案，现场派出所的警察说，丢的东西一模一样，我正要去，你来吗？”

“不，不用了，让潘建去吧，我想我有可能知道凶手是谁了。”章桐喃喃自语。

“你说什么？”王亚楠的声音在电话里高了八度。

“没什么，一会儿回来再说。”章桐匆匆挂上了电话。半个小时后，母亲就赶过来了，章桐还要上班，所以没多说几句话，就离开了。身后传来了母亲开心的笑声，章桐却一点儿都笑不出来。

临走时，章桐特意绕回了手术室。此刻，里边只有一个三级护士在忙个不停，章桐赶紧在门口的衣架上找了件白大褂披上。然后，她来到一片凌乱的手术器械旁，装作在找东西，随口向那个护士问了一句："我是冯主任新来的助手，是来拿刚才送眼角膜的那个盛放容器的。"

护士点了点头，也没多说什么，指了指墙角桌上放着的一个紫色小冰桶。章桐立刻如获至宝般地拿了就走。

等章桐离开医院，终于坐上出租车的时候，这才感觉到背后一片凉意，原来紧张的汗水已经把她的衣服都浸湿了。章桐紧紧地抱着这个冰桶，全然不顾司机投来的异样目光。到了公安局门口后，她丢了一张五十的钞票给司机，扔下一句"不用找了"，快步向底楼办公室跑去。她的心怦怦直跳，就像怀里抱的是个定时炸弹一样。

章桐冲进了办公室，主任正坐在显微镜前看着什么。章桐也顾不上打招呼了，立刻把冰桶放在了工作台上，然后迅速穿上了工作服，戴上手套，拿上提取 DNA 所必需的工具，然后深吸了一口气，打开了冰桶。章桐在心里祈祷着，当她睁开眼睛时，桶内几滴明显的血迹让她兴奋得几乎蹦了起来。此刻，主任已经注意到了章桐奇怪的举动，他让出了显微镜，一言不发地在一边饶有兴致地看着。章桐几乎到了一种忘我的境界，她顺利提取完 DNA，这才长长地松了一口气。

"小章，你找到答案了？"主任微笑地问章桐。

"我想我已经找到凶手了！"章桐的回答一时之间把主任都惊呆了，"就差王亚楠那边的血样做匹配了！"

"你能确定？"

章桐心里五味杂陈："我希望那只是我的想象。如果错了，我会很开心！"

在现场尸体运回来后，章桐同样提取了做 DNA 所需的样品，在众人疑惑的目光中，章桐一道程序一道程序地严格操作着。时间在一分一秒地过去，整个实验室一片寂静，当机器终于鸣响时，章桐几乎扑到了操作台前，眼前的结果让她又惊又喜。喜的是，凶手已经被锁定了；吃惊的是，她刚刚遇到一个让自己心动的人，这场梦就要结束了。

章桐回过头，对紧张地注视着自己一举一动的王亚楠一字一句地说道："你们现在可以去抓人了。凶手就是第一医院的眼科主任冯宇飞。"

一听到这个名字，王亚楠与主任面面相觑。章桐叹了口气，转身离开了实验室。

当章桐正准备下班回家时，王亚楠带着人从停车场走了回来，她一见到章桐，就无奈地冲她摇了摇头。章桐的心里一凉，因为她知道，这个表情意味着他们没有能够抓到凶手。

章桐没有等王亚楠，就直接向公交车站走去了。时间已经来不及了，老姨今天出院，章桐要赶紧去接她。

当章桐走到拐角处时，身边阴影处走出来一个人。

"章桐！"

章桐愣了一下，心想这声音怎么这么熟悉。突然，一块白布向章桐扑面而来，章桐躲闪不及，被捂住了口鼻，顿时一阵天旋地转，她什么都不知道了。

一阵头痛欲裂让章桐几乎呕吐，她拼命睁开了双眼，鼻子里还充斥着那股令人恶心的臭味儿。章桐脑子里一片混乱，就像坐在一列高速列车上看着窗外，即使已经睁开了眼睛，依旧是眼花缭乱，看不清任何东西。没办法，章桐只能无奈地闭上了眼睛，让自己重新又回到了无边的黑暗之中。

也不知道过了多久，章桐耳边传来了轻轻的呼唤声，那声音仿佛来自另外一个世界，虚无缥缈。章桐浑身无力，就像被一根无形的绳索给牢牢地拴住了。她感到很疲惫，忍不住叹了口气，放松自己，又昏睡了过去。

终于，一阵猛烈的晃动把章桐惊醒了，一双手正拼命抖动着章桐，就像要把她的灵魂从她身体中给扯出来一样。章桐咬牙又一次睁开了双眼，眼前模模糊糊出现了一张脸，章桐看不清那是谁，但是他讲的一句话却让她立刻清醒了！

"你终于醒了，章桐！"

是他！冯宇飞！章桐的心顿时提到了嗓子眼。她下意识地挣扎了一下，却惊恐地发现自己根本无法动弹。她往自己身上一看，愕然发现自己竟然被紧紧地绑在了一张靠背椅上，手脚都被粗粗的绳索给结结实实地缠绕住了。

一股难以抑制的愤怒情绪一下子涌上了章桐的脑门："放开我！你想干什么？"尽管章桐说话的声音仍然有气无力，但是她已经知道自己此刻身处险境。头因为情绪激动又开始疼了起来，她忍不住皱了皱眉。

"嘘——别说话。一会儿你就会感觉好一点儿了。"冯宇飞的声音显得很温柔，就像在哄自己的孩子睡觉一样，言语之间非常有耐心。

章桐闭上眼稳定了一下情绪，心里开始思考究竟该怎么办。

正在这时，章桐听到了一阵椅子在地板上拖动的声音，她睁开了双眼，仔细地打量起这个房间来。

这是一个三十平方米左右的房间，墙上没有窗户，屋里昏暗潮湿，亮着一盏二十五瓦的灯，这使章桐完全分不清现在究竟是白天还是黑夜。墙角靠着一个很大的储存柜，有点儿类似于商店中的橱窗，里面整齐地排列着一个个大瓶子，瓶子里泡着的东西看不清楚。除了这个储存柜外，屋里仅有的摆设就是章桐身后的这张靠背椅，以及冯宇飞身旁的一张木椅，除此以外，别无他物。

"我在哪儿？"

"我家。"他的声音听起来依然是那么温柔，"你不用担心，这是楼梯间，没人听得到。"

"你为什么要把我抓来？"章桐竭力使自己显得平静一点儿。在这种环境下，如果章桐很急躁，反而会激怒冯宇飞。

"你知道得太多了。"他显得很无奈。

章桐的脑海里顿时闪过了那个冰桶，看来，当他发现冰桶不见时，马上就联想到了她的头上。

"你杀了那么多人，迟早会被抓的。"章桐嘟囔了一句，感觉自己的胳膊疼得要命，都快脱臼了。

"但是也不应该是在你的手上啊！"他蹲了下来，深情地看着章桐，

“要知道，我很了解你，本来我是想和你一起过完这辈子的！”他的言语中充满了伤感，“但是你为何要毁掉这一切呢？”

章桐的心一沉：“你说什么？”

“我爱你！第一次在电视中见到你，我就被你深深地迷住了！”冯宇飞的眼神变得很迷离。

章桐忍不住打了一个寒战，原来他接近自己是有原因的。

“你别想跑，你没办法活着离开这个房间了。”他一脸的无奈，“你的小聪明已经毁了你自己。”

章桐的心里一凉，不！自己不能不明不白地死在这儿。

冯宇飞突然伸出右手，轻轻地抚摩着章桐的脸颊：“我前妻背叛了我，在我最沮丧的时候，你给了我力量。但是，我没想到这一切毁在了你的手里。为什么？”他说的每一句话就像针一样扎在了章桐的心头，但是声音却像极了在温柔地诉说着情话。

章桐停止了徒劳的挣扎，眼前这个男人具有极度自恋的心理，要想改变困境，只有顺着他。

“那好，既然我就要死了，那你能不能告诉我，你为何要取人家的松果体？”章桐尽量使自己变得很坦然，“让我也好死得瞑目。”

听到这句话，冯宇飞突然变得很兴奋，也开始滔滔不绝起来：“听说过‘运动性神经萎缩’吗？我的宝贝女儿就得了这个病，我研究好久了，发现松果体中有一种特殊的物质，提炼出来后就会治好这种病。”他把脸凑到章桐面前，“你知道吗？女儿是我这辈子最宝贵的东西！”他掏出了一张小相片，由于灯光的缘故，章桐看不太清，只知道上面模模糊糊的是一个小女孩的身影，“看，她多漂亮。我会让她重新站起来的。”

“你为了女儿不惜杀掉那么多人？难道别人就不是自己父母的女儿吗？”章桐忍不住有了一些激动。

“不，她们都是坏人。像我前妻那样，破坏别人的家庭，抛夫弃子，所以，她们死了活该，我是在为民除害。”冯宇飞的脸上开始了抽搐，语气中充满了愤怒。

“那你的研究有成果了吗？”章桐赶紧把话引开。

“对，很快就有了。要不是你横插一脚，我现在就已经成功了。”他的表情中充斥着厌恶。

“你的实验室在哪儿？”章桐尽量拖延着时间，心里想着会不会有人知道她被绑架了。章桐没去接老姨，应该有人会注意到她的失踪。

“你问那么多干什么？”他开始有一点儿警觉了。

“我都快死了，你告诉我也无所谓了，说不准我还能为你的实验做点儿贡献呢！”听到这句话，他脸上的怒容渐渐消失了，“你该让我死得明白啊。”章桐不失时机地添上一句。章桐清楚，现在每延长一分钟，对她来说都是非常重要的，可能换来的就是活下去的希望。

“好吧，我告诉你，”冯宇飞明显犹豫了一下，“我把所有的情况都告诉你。谁叫你这么让我着迷呢？”这该死的温柔又在不知不觉中回到了他的脸上，他走到了章桐的身后，把嘴贴近了她的耳朵。章桐闭上了眼，拼命抑制住浑身的颤抖。

“我也不想走到这一步。杀了你，我也会很痛苦。你和那些女人不一样。”他又转回到章桐的面前。这一次，他坐了下来，断断续续地告诉章桐事情的前因后果。

原来，天资聪慧的他因为女儿的病情严重，自己无法医治，所以非常自责。在拼命寻找治病方法的同时，冷落了妻子。结果他妻子找情人私奔了。在他意外找到了“松果体”这个特殊的研究方向后，由于供体来源问题，他把目光投向了那些背叛家庭的女人，用他的话来讲，那就是让她们做一件正确的事。听完他的话，章桐不禁毛骨悚然，真的无法判断眼前这个男人究竟是魔鬼还是天使。

“那么眼角膜呢？”章桐忍不住问道。

“哼，反正要切下头颅，那也不能浪费呀！”他一脸的无所谓，“你老姨不就是我治好的吗？”

“手呢？”章桐此刻如果手中有一把刀的话，一定会狠狠地扎在他的胸口。

冯宇飞站了起来，骄傲地走到墙边那个大储存柜的边上，然后小心翼翼捧下了一个大玻璃罐，走到章桐面前。

眼前的一幕让章桐的头皮都发麻了，她不由得倒吸一口凉气。玻璃罐里明显装满了福尔马林，这些还并不可怕，真正让人恶心的是药水中那上下浮沉的一双手。章桐惊恐地瞪大了双眼。

“对，纪念品！这是我的收藏。怎么样，不错吧？”冯宇飞自言自语地说着，笑得更开心了，“好了，你什么都知道了，咱们也要谈正事了。”忽然，冯宇飞语气一变，将手中的大玻璃罐放回原处，然后走到门后，从挂着的那个大布袋里变戏法似的拿出了一个小布口袋，走到章桐面前，冲她笑了笑，然后弯腰把小口袋放在了章桐面前的这张椅子上，打开，一片寒光在章桐面前闪过，她不由得低低惊呼了一声。

“没错，这就是我的工具！漂亮吧？”冯宇飞拿出一把形状怪异的刀在章桐面前晃了一下，“这是我自己设计的，非常锋利，只要在关节处轻轻一挑，筋腱立刻就断了，而且还非常整齐。”他突然转到了章桐的身后，低下头凑到章桐耳边，“等一下你不会感觉痛苦的，相信我！”

章桐绝望地闭上了双眼，泪水顺着脸颊淌了下去。她感觉到冯宇飞揪住了自己的头发，脖子处凉飕飕的，完了，看来一切就都要结束了。章桐放弃了挣扎，准备坦然迎接死亡的降临……

突然，门被狠狠地撞开了，一声枪响，章桐什么都不知道了。

章桐醒来时已经是三天后了，守候在床边的是匆匆赶回天长市的刘春晓，胡子拉碴，一脸憔悴。见章桐终于醒过来了，刘春晓瞬间开心得就像个孩子。这一幕，让章桐的心里酸溜溜的。尽管刘春晓从没有向自己真正表白过，但是一切其实都已经表露得一清二楚了。

由于章桐只受了一点皮外伤，所以在她的再三要求下，医生让章桐在医院里又停留了四十八小时就让她出院了。

章桐迫不及待地来到了天长市公安局，死里逃生的她想知道，在自己失去意识后，究竟发生了什么。

主任平静地为章桐揭开了这个谜底，原来，她被绑架后不到一个小时，就引起了大家的警觉。老姨打章桐电话没人接，再联想到章桐下午从医院带来的冰桶和失踪的冯宇飞，王亚楠马上就做出判断，章桐被冯宇飞绑架了！

在派出所同事的帮助下，他们很快就找到了冯宇飞在郊外的住处，在搜到楼梯间的时候，踢开门的那一瞬间，正好看见一把刀朝章桐砍了下来，王亚楠毫不犹豫地一枪结束了他罪恶的生命。

“那他的实验室找到了吗？”章桐急切地问道。

主任点了点头：“在他们医院的病理实验室里。一个很隐蔽的地方，要不是监控录像，还真抓不住他的尾巴！”

“找到多少个头颅？”

“七个！”听到这话，章桐忍不住摸了摸自己的脖子，心想，还好自己不是第八个！

一周后，章桐抽空去了趟第三医院，听刑警队的同事讲，冯宇飞的女儿被安排在了那儿，康复院送来的，小姑娘快不行了。当章桐赶到那儿的时候，一块洁净的白布已经无情地盖在了她的脸上。瘦小的躯体在停尸房的床上显得异常孤单。

章桐叹了口气，转身离开了。

医院外边，天空依旧湛蓝，已是秋天了，空气中飘着一股清香。章桐深深地吸了口气，活着真好啊！

第四章
堕落的天使

突然，她感觉自己脖子后面似乎被什么虫子咬了一下，一阵轻微的疼痛瞬间闪过。她下意识地腾出右手去摸，却什么都没有摸到。正在狐疑之际，一阵奇怪的眩晕袭来，李晓楠发觉自己再也站不住了，身体一软便顺势倒向了右手边的马路沿上。

天气不是一般的热，这秋老虎还真恐怖，空气中一丝风都没有，走在小区过道上，阿成感觉自己有点儿喘不过气来。厚厚的保安制服早就牢牢地贴在了身上，让他感觉浑身难受，每走一步都像是和穿在身上的衣服打架，阿成的心里郁闷极了。

虽然时间已经是午夜一点多，但是闷热的程度却丝毫不输于白天在大太阳底下。阿成的晚班刚刚开始，他抬头朝两边的大楼看了看，高高的看不到楼顶，没有几家亮着灯，一片黑漆漆的，耳边只有空调外挂机发出的嗡嗡声。他数过，这里已经是第五排楼栋了，前面拐个弯后，就可以抄近路回到小区门口的保安监控室。这一圈巡逻就算结束了。

突然，耳边一阵怪异的风刮过，阿成浑身一哆嗦，还没来得及反应过来，就听到左边不到两三米的地方发出了一声沉闷的巨响。“嘭！”在这寂静的夜晚，声音听起来格外清晰刺耳。

难道有人半夜三更扔垃圾？可是声音听着又不像。阿成迅速把手电筒的光照向了发出巨响的地方，眼前的一幕让他顿时胆战心惊——一个人正一动不动地面朝下趴在不远处的血泊中。

时间仿佛凝固了，阿成的腿有些发软。他忐忑不安地向前走去，硬着头皮看了看水泥地上躺着的人的动静，又下意识地把手电筒照向楼顶。他相信是自己眼花了，他似乎看见一个黑影在五楼还是六楼的窗口探了一下脑袋，随即就消失得无影无踪。

阿成蹲在跳楼人的身边，脑子里一片空白。他颤抖着伸出右手想去触摸那人的颈动脉，手指还没有触到皮肤，突然，趴在地上浑身是血的人竟然动了一下，隐约还发出呻吟声。阿成立刻就像触了电一般猛地跳了起来，拼命甩着双手，然后赶紧掏出手机，拨通了 110，结结巴巴地报警说道："快……快来温泉……小区，我是保安，有人……有人跳楼，还活着。对，还活着。温泉小区……"

接到 120 中心的紧急出诊指令后，天使医院急诊科医生李晓楠从昏昏欲睡的状态之中迅速清醒了过来。她一边招呼着今晚的两个助手，一边强忍着剧烈的头痛匆忙拎起急救箱向已经发动的救护车跑去。

李晓楠很累，她很肯定自己有生以来都没有这么累过，如果不算刚才在值班室的木条长凳上那十分钟打盹的时间，她已经整整二十三个小时没合过眼了。她很清楚自己的身体在不断变差，大概是太累的缘故吧，这段日子以来急诊科的出诊量骤增，仅有的三个医生几乎每天二十四个小时连轴转。李晓楠都已经记不清自己有多久没洗过澡了，刚才经过外科重症监护区的水槽边停下洗手的时候，她一边就着凉水吞下了两粒散利痛，一边随意朝着镜子里的自己瞥了一眼，心情立刻变得糟糕透了，黑黑的眼圈下有两大块眼袋，头发凌乱地挂在额前，结成个黑团。可是尽管如此，出诊命令一来，李晓楠就完全顾不上抱怨形象和剧烈的头痛了。

救护车拉着长长的刺耳的警报声冲进了温泉小区，硬生生地把凌晨的宁静给撕开了一道口子。小区里高楼上的灯一盏盏地亮了起来，睡眼蒙眬的人们要么摇摇晃晃地走出家门，要么皱着眉头从窗口探出头，试图弄清楚究竟发生了什么事情。

事发地在五号楼和六号楼之间的空地上，此时，最先发现坠楼事件的保安阿成正一脸沮丧地向匆匆赶来的当班主管汇报着事情发生的前后经过，还时不时地回头，心有余悸地看一眼地上血泊中的那个人。

120急救车在人群外停下了，李晓楠带着两个助手扛着担架挤过了人群，来到了坠楼者的身边。放下急救箱，一阵头晕袭来，她赶紧伸手撑住水泥地面，一边为躺在地上正逐渐失去意识的坠楼者紧急检查生命体征，一边回头询问着站在旁边的保安阿成："他是什么时候摔下来的？"

"大概，大概，十分钟之前，我没注意看时间。"保安阿成紧张地搓着双手。

李晓楠冷静地对身边的助手说道："颅骨多处下陷复合性骨折，左侧锁骨和肱骨骨折，昏迷指数是二级，对刺激有反应，生命体征微弱，马上插管做固定处理。通知医院，准备二号手术室，我们这边有一个需要紧急抢救的高空坠落危重病人，十分钟内到达……注意脖子，我担心会引起他脊髓断裂！"

救护车发了疯似的冲进了天使医院急诊科专用通道，早就有急诊科护士拉着轮床守在了通道旁。等救护车停下后，迅速打开后车门，浑身血淋淋的病人紧接着就被拉出了车厢，移到了病床上。李晓楠紧跟在护士身后，向手术室跑去。此刻的她心里只有一个念头，多一秒钟，就多一分挽回生命的机会。

急诊室的手术就是在和生命、和时间赛跑，所以急诊科的每一个人都很清楚时间的宝贵。

一个护士伸手调整头顶上方的无影灯，将光束集中在病人的胸部，另外两个护士则迅速用剪刀剪开病人前胸的衣服，准备做术前清理。麻醉师和手术助理也正在紧张地做着各项准备工作。

"先准备八百毫升O型血！"

"血压？"

“上压八十，下压四十，还在下降！”

“脉搏？”

“每分钟……”

突然，负责做术前清理工作的一个护士发出了一声低低的惊呼，打破了急诊室里紧张的气氛。

“天哪！”

李晓楠闻声皱眉抬起头，手下的这几个护士都不是新手，做急诊科的人是不应该见到病人血淋淋的伤口后就大呼小叫的，今天有些反常。不过，这几天急诊科的每一个人都很反常，猛增的工作量让大家的神经一天到晚都绷得紧紧的。

“怎么了，小陈？有什么问题吗？”李晓楠一边准备手术，一边顺口问道，言语之间有少许责怪的意味。

“李医生，你快看，这人应该是刚刚动过大手术。”

果然，顺着护士小陈胖胖的手指所指的方向，急诊室里的人都注意到了病人赤裸的腹部有一道很清晰的缝合伤口，伤口的肌肉还很新鲜，显然形成并不太久。由于高空坠落所产生的巨大撞击力，伤口已经被撕裂开，血肉模糊。

李晓楠的脑子里发出了嗡嗡的响声。不会的，世界上不应该有这么巧的事情，短短的三天时间里，类似这样的诡异伤口李晓楠已经第五次看到了，她没有办法使自己冷静下来。

“李医生，我们下一步该怎么办？”耳边传来麻醉师小吕善意的提醒。

“清理伤口，马上手术！”这一刻，李晓楠没有忘记自己是一个救死扶伤的医生，而面前正躺着一个随时有可能失去生命的病人。

当心电图上的那个亮点最终变成一条可怖的直线时，李晓楠的心都凉了，她麻木地尽着最后的努力，可是，肾上腺素和电击在病人的身上却丝毫没有起到挽救生命的作用。虽然这样的结局李晓楠在实施开胸手术时就已经预料到了，但是真正面对死亡时，李晓楠还是感到很痛苦。她推门走出急诊室的时候，脚步已经有一些踉跄不稳，一阵剧烈的头痛伴随着恶心猛烈地袭来。

“李医生，你别太难过了，我们已经尽力了。”助理护士徐贝贝在一边安慰，“你脸色很差，是不是太累了，要不要我扶你去休息室？”

李晓楠苦笑着摇摇头：“没事，我还有事情要做。我回办公室，有电话打到那边找我吧！”

徐贝贝点点头，走开了。

推开沉重的办公室大门，李晓楠脸上的神情顿时变得凝重了起来，她走到办公桌前，迅速打开电脑。在等待电脑开机的短暂间隙，李晓楠犹豫了一下，终于妥协了，剧烈的头痛丝毫没有减轻的感觉，为了让自己此刻保持清醒的头脑，她掏出了随身带着的小药盒子，从里面倒出了最后两粒散利痛，就着桌子上不知道什么时候放的一杯冷水仰脖喝了下去。李晓楠的心情糟糕透了，又眼睁睁地看着一个病人死在自己的手术台上。作为一名急诊科医生，却无力挽回生命，李晓楠感到从未有过的深深自责。

电脑终于进入了医院平台页面，李晓楠随即调出了一个月以来自己所经手的每一个急诊案例，甚至查阅了科里其他医生的病历报告。随着一页页病历的翻动，她的目光中再也看不见刚刚走下手术台时那疲惫的神色，取而代之的是莫名的恐惧与疑惑。

粗略看过所有病历后，李晓楠拉过鼠标，点击了几份有疑问的病例，最后按下了“打印”，打印机在刺耳的“吱吱嘎嘎”的声中开始了工作。

尽管知道私自打印病历是违反院里的相关保密规定的，但是李晓楠却顾不了那么多了。打印机结束工作后，她迅速把厚厚的几页纸收了起来，放进了自己的抽屉中。这几页病历的主人都没有能够顺利地走下急诊室的手术台，每一页病历的最后都有这么一句冰冷的话语——该病患已经死亡！

做完这一切后，李晓楠长长地松了口气。她刚要伸手去拿办公桌上的电话机听筒，想了想，又抬头看了看墙上的挂钟，才凌晨三点多，这个时候给人家打电话不好。她微微一笑，或许是太多的止痛片终于起了作用，沉沉的倦意迅速冲进了她的脑海中。李晓楠下意识地伸了个懒腰，趴在办公桌上，很快就进入了梦乡。

窗外，夜空中没有半点儿星光，没有一丝风，空气依然闷热难耐。远处传来的熟悉的急救车鸣笛声，很快就被空调的嗡嗡声给湮没了。李晓楠睡得很熟，她太累了，所以周围随后所发生的一切对于她来讲，似乎都已经无关紧要了。

办公室的门在被轻轻地开启后，没多久又被轻轻地关上了，一个黑影迅速闪进了过道尽头的另一间空办公室，里面一片漆黑。黑影掏出了手机，按下了一个快拨键，电话在响过一声后就被接通了。黑影随即压低了嗓门："她可能发现了我们的秘密，我查看过电脑访问记录。我该怎么办？……这样合适吗？……好的，好的，一切都听你的。"

电话很简短，前后不过几秒钟的时间。黑影挂断电话后，闪出了办公室。他左右看了看，过道里静悄悄的，没有一点儿声响。为了节约电费开支，医生办公区的走廊每天晚上都不开灯，所以黑影根本就不用担心此时有谁会注意到自己。他熟门熟路地推开了楼道旁的一扇小门，迅速离开了办公区的范围。

第二天一早，离八点交班还有很长的时间，汪松涛教授同往日一样早早地来到了医院。今天是周三，他有门诊，不用打听，此刻门诊大厅里挂他号的人肯定已经排到了大门外。所以每周的这天，他都必须比平时早一个小时来上班。

刚走进医院门诊大楼，就有人在身后叫住了他："汪教授，等等我！"

汪松涛一愣，转身看去，立刻就认出了来人正是自己的得意门生李晓楠，他的脸上随即露出了关切的笑容。

"还没下夜班啊，小李？"

李晓楠点点头，满脸凝重："汪教授，我想和您谈谈！"

"哦？有什么事吗？我一会儿还有门诊。"

"我知道，就耽误您一会儿时间。您说过我遇到任何困难都可以来找您的，而这件事情非常重要，去您的办公室，可以吗？"李晓楠神情执着地拍了拍手中抱着的一个文件袋。

"好吧，那就跟我来！"汪松涛显得很无奈，转身向楼上走去。

上满发条的老式闹钟总是能够及时把章桐从沉沉的死睡中惊醒。尽管这个闹钟已经陪伴了她十几年，外表早就已经锈迹斑斑，但她却还是没有办法习惯闹钟所发出的刺耳尖叫声，所以每天早上只要闹钟一响，章桐立刻就醒。紧接着就是一个常年不变的动作——扑向闹钟，按下闹铃开关。基本上这套动作做完，房间里重新又恢复平静时，章桐要想再睡回去，那就已经是不太可能的事情了。

这是一个有点儿闷热的早晨，虽然还是清晨六点，可是窗外却已经早早地显露出了耀眼的太阳光。章桐深吸了一口气，下了床，扭动着脚趾穿上了拖鞋，懒懒地向盥洗室走去。身后，刘春晓送给她的一只一岁半大的金毛犬则打着哈欠乖乖地走回了卧室门口的小窝里，这标志着它守夜的使命完成了，而新的一天也由此开始了。

妹妹失踪的案子了结后，章桐不顾母亲的反对，把原来家里的老房子卖了，重新在城市的另一头贷款买了一套小两居。房子并不大，毫不夸张地说只有原来老房子面积的三分之一，最糟糕的是两间卧室全都背阴，对于在一年四季中有三个月是雨季的天长市来说显然是一个不太明智的选择。可是尽管如此，签合同付定金的时候，章桐却一点儿都没有犹豫过。她只想尽快换个环境，好让自己的生活恢复平静。

她走进鸽子笼般拥挤不堪的厨房里，打开水龙头开始接水准备下面条。老姨做完眼角膜移植手术后，就回老家去了，母亲也就有时间去舅舅的医院里接受调养。其实章桐也明白，名为调养，实为散散心，换个环境居住而已。舅舅的话说得一点儿都不错，像自己这样的特殊工作，再要照顾一个年纪大的老人，真的是不太现实，所以，章桐也就逐渐听从了舅舅的善意劝告，只是在有空时才去疗养院看望母亲，或者，趁天气好时带她出去转转。

在等水烧开的间隙，章桐又重新溜进了盥洗室，开始认真地打量起镜子中的自己，眼睛肿胀不说，还有红红的血丝，这都是因为昨晚加班赶了一个尸检报告。说实话，章桐早就已经记不清这个月里加了多少个晚班了。自从法医室的老郑退休后，整个天长市重大刑事案件的尸检工作以及最后把关审阅的一系列琐事就都压在了她一个人身上，章桐都忙晕了。她下意识地伸手摸了摸自己厚厚的眼袋，暗暗叹了口气。工作忙是好，但是，章桐总觉得这样一来自己的生活中就少了点儿什么，难道这就是所谓的“有得必有失”吗？

匆匆吃完面条，章桐换好衣服后，拿上挎包和钥匙，准备出门上班。她刚走到门口，正要打开门，身后却传来了一声轻轻的狗吠。

章桐的脸上顿时闪过一丝笑容，她抿着嘴转过身，蹲下，亲热地伸手拍了拍金毛馒头宽宽的大脑袋，馒头则仰着一张憨厚的狗脸讨好地注视着新主人，嘴里叼着一只早就被咬得面目全非的棒球。

“馒头，我要上班去了，你好好看家，等我回来给你带好吃的！”

馒头似乎听懂了章桐的嘱咐，它摇了摇毛茸茸的大尾巴，乖乖地把球放在地上，然后站着一动不动。馒头是刘春晓执意要送给章桐的，当然了，刘春晓这么做也带有一种赔罪的性质，自己工作忙，总是不在章桐身边。话说出口当然不是这样的，刘春晓性格比较内向，只是说章桐一个人住，身边有只狗相伴，总要感觉放心一点儿，而馒头也很通人性，每晚忠实地守护在章桐的床前，这样一来，只要伸手摸到那毛茸茸的大尾巴，章桐晚上睡觉就会踏实多了。

走出楼栋的时候，章桐一抬头，天空不知道何时竟然变得阴沉了，刚才还明晃晃的阳光好像从未出现过一样，东边出现了一片黑压压的乌云，风一阵一阵地大了起来，空气自然也就没有那么闷热难耐了。

章桐皱了皱眉，没想到天变得这么快，今天看来一场雷阵雨是避免不了的了。她伸手在挎包里摸了摸，直到触到了一把硬硬的伞骨，这才放心地走下了楼梯，顶着风，斜着身子，向不远处的公交站台快步走去。

尽管早起了一个钟头，章桐还是坐着笨重的公交车在拥挤的马路上左冲右突了四十多分钟后，才远远地看到天长市公安局的大楼。这座六层高的建筑，在对面光鲜亮丽的十二层高的天长市中国银行大楼的映衬下，显得更加陈旧，灰色的外墙、铝窗、玻璃门，还有每一个进出大楼的人脸上那长年累月的疲惫的神情，让章桐不由得默默叹了口气。她走下公交车，沿着公安局大楼前的台阶拾级而上。

“章法医，你来得可真早！”

和章桐打招呼的是保安老马，他的晚班还有半个钟头才结束，坚持了一个晚上，再壮实的年轻人的脸色也不会好看到哪儿去，何况老马。章桐知道，老马总是选择上晚班也是有难言之隐的，要不是为了替女儿积攒上大学的费用，五十岁的老头也不至于为了那少得可怜的几个夜班津贴而天天晚上卖命上班啊！

“老马叔，还没下班啊？你要注意身体，多休息。”

“还没下班呢，不过也快了。谢谢关心！”老马的脸上永远都洋溢着幸福和满足的笑容。

章桐急匆匆地走进大厅，在等电梯的间隙，她瞥了一眼通往刑警队办公室的走廊拐角。不出她所料，王亚楠的办公室里依然亮着灯。看来昨天晚上又有案子了。不过话又说回来，平时即使没有案子，王亚楠作为刑警队的一把手，又是一个女人，不拼命工作的话，在这个男人的圈子里是很难站得住脚的。

相比之下，章桐感觉自己要幸运多了，她不由得无声地苦笑了下，没人会和自己争法医这个位置的，大家躲还来不及呢！人们对于死人总是有着一种天生的畏惧感。章桐对着电梯里的镜子看了看，几乎天天和死人打交道，她唯一担心的是，这种坦然面对死者的感觉哪一天会突然消失，要真是那样的话，那就糟糕了。

电梯里除了章桐以外，没有别人，本来除了法医室那寥寥无几的工作人员外，就没有人会没事上那个冰冷的地方串门。所以，章桐平时上班一点儿都不用担心会在狭窄的电梯里被挤得喘不过气来。

红色的指示灯显示地下一层到了，随着电梯门缓缓打开，章桐迫不及待地跨了出去，没想到却和一个人撞了个满怀。

“潘建，怎么啦？一大早就风风火火的，到底出什么事了？”章桐一边倒吸着凉气蹲下身子伸手揉被潘建踩痛的脚趾，一边抬头皱眉抱怨道。

话音刚落，还穿着工作服的潘建却早已钻进了电梯。他伸手按住了正要关闭的电梯门，探出头来，并没有正面回答章桐的问题。

“章法医，刚才有你一个电话，打到办公室了，打了两次，是个女的，姓李。她急着找你，说是天使医院的，你的同学！”

“哎，你说详细一点儿，她说有什么要紧事吗？”章桐猛然意识到因为搬家，所以还没有来得及把新的电话号码发邮件告诉朋友，之前因为手机不慎丢失而不得不重新换了号码，这段日子工作一直很忙，很多事碰到一块儿，也就自然而然地把这些琐事给丢在脑后了。想到这儿，她赶紧站起身，刚想追问，话说到一半，电梯门却已经牢牢地关上了。

“这小子，火急火燎地赶着去投胎啊！”章桐无奈，只能嘟嘟囔囔地转身向走廊尽头的法医办公室快步走去了。她可不想再误了这个突然到来的电话，说不准真的有什么要紧事呢，看潘建刚才一脸严肃的神情，不像开玩笑的样子。

一推开法医办公室的门，扑面而来的就是一股隔夜的炸鸡腿的味道，混杂着办公室里本来就有的浓浓的消毒水气味，章桐的脑袋不由得有些晕晕的，她把排气扇开到最大挡，又反手把门打开。看着办公桌上一堆乱七八糟的肯德基食品袋，章桐只能在开始一天的工作前先清理干净。

最后一个油花花的纸袋子被塞进了圆圆的垃圾桶，章桐还没来得及喘口气，潘建像一阵风一样冲了进来，满面笑容，手里抱着个大纸袋子，肯德基叔叔正在上面咧着大嘴巴憨笑着。

“不会吧，你还吃？这办公室里都什么味道了！”章桐终于爆发了，“我已经忍你大半个月了。”

没想到潘建听了这话后却立刻一脸的委屈：“章法医，我也没有办法啊，小辛在对面肯德基餐厅上班。”

“小辛？”章桐立刻恍然大悟，“我说你这个学医的怎么就突然迷上这些乱七八糟的东西了呢，原来你是……”

潘建点点头，有些脸红了：“这也是人家的一番心意嘛！”

“唉——”章桐长叹一声，“你啊，真是的！对了，那电话没再打来，你记下号码了吗？”

潘建赶紧把手里的纸袋子随手放在了工作台上：“当然有，我记下了！”说着，他在工作台上一通乱翻，终于在角落里找到了一张淡黄色的小纸片，转身递给了章桐，“这是她的电话号码和留言。她说她一会儿可能没空打了，要出诊，所以叫你下班后去这个地方碰头。她有重要东西要给你看！”

“是什么时候打的？”

“七点差一刻的时候。”

章桐皱了皱眉，看着手中的字条：“你直接说六点四十五分不就得了，麻烦！”

潘建委屈地撇了撇嘴，视线落到了工作台上还在冒着热气的肯德基外卖上，又抬头看了看面前的顶头上司，不由得咽了口唾沫，小心翼翼地问道：“章法医，你还没吃早饭吧，这肯德基，还热着，你吃不吃？”

章桐摇摇头：“还是你自己吃吧，别辜负了人家小姑娘一片心意！”

在去更衣室的路上，章桐满脑子里就一句话——傍晚五点三十分，凤宾路上星巴克咖啡馆，李晓楠。

窗外，乌云密布，雷声隆隆，一场大雨倾盆而下，刺眼的闪电犹如丑陋的蜈蚣般，时不时地在天空中划过。狂风夹杂着豆大的雨点，没一会儿的时间，天地之间就编织起了一道让人几乎喘不过气的厚厚的雨帘。

“真可怜，这人还是个孩子，比我小不了多少。”潘建一边按快门，一边在嘴里嘟囔了一句。此刻，章桐正弯着腰蹲在一具男性尸体旁，这具尸体年龄不超过十八岁，被弃置在天长市郊外的荒地里已经将近两天的时间了。现场周围湖泊和水道交错，离海边有四十五公里，尸体就在一条小河边，一半在水中，一半在岸上，脸部朝下。身穿一件蓝白相间的校服，染有明显血迹，后背印着“天长市第一中学”的字样。

不远处的警戒带外，王亚楠带着助手小郑正在和匆匆赶来的天长市一中教导主任说着什么，时不时还朝章桐这边看上一眼。

章桐朝天空看了一眼，满脸的担忧。

“快点儿干吧，很快雨就要下到这边来了。”

“没事，章法医，这是阵雨，郊外下不到的。”

章桐皱着眉仔细地检验着尸体。死者生前肯定是一个体格非常强壮的人，肌肉发达，身材高大。尸体浑身遍布了各种各样的伤痕，以至光凭目测，一时之间无法数清死者究竟被扎了多少刀。但是有一刀却是很致命的，在他的心脏部位，一个很深的刀口。这一刀下去，死者是撑不了多少时间的。她回头又看了看案发现场，从现场依旧存在的血迹范围来看，凶杀发生在方圆五米左右，持续过程较长，由此可见，在这荒郊野外，死者曾经与凶手进行了激烈的搏斗。

匆匆做完尸表检查后，章桐示意潘建一起抬起尸体，和王亚楠打了声招呼，就径直向法医车走去。

回到局里后，章桐刚进办公室准备相应的工作记录表，就在门口碰到了刑警队重案组的小王，她身边跟着一位头发花白的中年男子，神情非常痛苦。

“这是王强的父亲。他孩子两天前失踪了，今天得到消息刚刚赶来。”

一阵尴尬之后，章桐先打破了沉默：“跟我走吧，尸体就在隔壁解剖室，刚运回来。”

王强的父亲木然地点了点头，紧紧地跟在两人的后面。在走到解剖室门口时，章桐停下了脚步，回头认真地说道：“有件事，我得提醒大家，尸体在郊外已经被弃置了两天左右，有些腐烂，你们要有心理准备。”

一听这话，王强父亲的脸上顿时挂满了悲伤，却自始至终都没有多说一句话，只是不停地点头。

推门走进解剖室，由于要保存尸体，所以，解剖室的温度控制在十五摄氏度左右，初来乍到的人在心理压力的作用下，就会无形之中产生一股阴森森的感觉。那具河边发现的尸体就放在最中间的那张宽大的解剖台上，盖着一层白布，正式的验尸工作还没有开始。潘建在一边已经准备好了解剖工具。

章桐首先拿过了在另一张解剖台上放着的从尸体上脱下来的校服，孩子的父亲抿紧了双唇。

接下来，当死者身上盖着的白布揭开时，孩子父亲脸上的表情一下子就变得极度紧张，尽管尸体的头面部已经出现了明显的肿胀变形，但是，基本轮廓还是可以很清晰地辨认出来。他强迫自己仔细看了看，顿时痛哭失声：“是他！是强子！我儿子……”

“王先生，您能确定这就是您的孩子？”

“那是！你看他的眼角，那道疤还是上周打篮球时蹭破的，我带他去医院缝合的……我的儿子……”

章桐顺着他手指的方向看过去，果真，死者的左眼角部位一道尚未完全愈合的伤疤清晰可见，针脚依稀可辨。她随即冲潘建点了点头，赶紧拉过白布盖回到尸体上去。

小王一边引着王强的父亲向解剖室外走去，一边耐心地说道："您别太伤心了，案子我们会尽快破的。孩子已经去了，我们需要您的大力协助……"

等他们离开解剖室后，章桐赶紧示意一边早就等在那里的摄像师开始工作。她很清楚解剖这具尸体对于进行尸检的法医来说，会是一次比较烦琐的工作体验。死者全身上下布满伤痕，法医必须仔细辨认出这些伤口是凶器造成的，还是受害者死后被弃置在小河边时，被动物光顾过的痕迹。这些伤口的一一辨认对于凶手和凶器的确认有很大的帮助，甚至能够帮助重现凶案发生时的情景。

在死者的后颈部，章桐找到一处一厘米左右长度的刀伤。这个伤口虽然并不足以致命，但是却会引起大量失血，从而使受害者的体力迅速下降。

随后，章桐又在死者右太阳穴发现了一处两厘米深的伤口："小潘，你来看，这是类似棍棒之类的东西猛击造成的，这一击的力量非常大，和刚才后颈部的伤口完全不是一个人造成的。这一击的后果直接导致死者的脊柱断成两截，使死者无法站立。"

"你的意思是当时的凶手不止一个人？"

章桐点点头，走到工具桌旁，拿起一个弯角尺，重新又来到死者头部所处的位置边，指着颈部前方的伤口说道："还有这边，两处锯齿形的伤口，一个四厘米长，一个五厘米长，横贯颈前部，但是力道没有那么重，只是划破了死者颈部表皮，引起了出血，说明凶手是一个力道很小的人。"

她又把死者的头向左边转过去，在死者的头骨后方，发现了几处凹痕："拿X光机过来，我们扫描看一下。"

潘建点点头，赶紧拽过了笨重的X光机。经过扫描，显示凹痕处的头骨已经碎裂，是用钝器用力击打造成的，从伤口形状来看，至少击打了三次才会形成这样的伤口。

“章法医，这个伤口又和前面的几处不一样了！”

“肯定还不止这几处，全身都要看。你推一下机器，朝下体方向。”

果然，几分钟后，死者小腿部的伤口就赫然出现在大家面前，死者两条小腿已经完全粉碎性骨折，是被棍棒之类的凶器直接敲打造成的。

在检查到死者的腹部时，章桐发现了一处开裂的三厘米伤口，伤口很深，打开死者胸腔后，愕然发现这处伤口已经直接贯穿了死者的腹部，在后背处有一个小小的裂口。

而最致命的一处伤口在死者的心脏部位，两个心房和两个心室共有三处被扎破的痕迹，凶器穿透心脏直接扎破了左肺。

尸体的惨不忍睹让在场的两个法医感到从未有过的心理压力，究竟是谁会对这么一个还未走出校园的孩子下这么狠的手？

这时，王亚楠推开解剖室的大门匆匆忙忙地走了进来，边走边打喷嚏，一脸的疲惫。

“王队长，你没事吧？”潘建抬起了头关心地问道，“要不要叫我们章法医给你看看病？”

“去你的！哪有法医给活人看病的？”王亚楠嘟囔了一句，话锋一转，面对章桐问道，“情况怎么样？”

章桐指了指尸体的尸表：“综合所有伤口，我推断出至少有四种凶器，分别是包有铁皮之类的棍棒，导致了死者深达头骨的伤口；很粗的棍棒，导致死者太阳穴上的伤痕，脊柱断裂；长长的匕首，刀尖至手柄有十五厘米以上的，这造成了贯穿死者腹部的伤口；还有一种，带有锯齿的，这与死者颈部的伤口相吻合。

“可是，据我的经验，像这种暴力型的犯罪，凶手是很少在行凶过程中更换手中的凶器的，更别提凶器有四种之多。再加上死者身上同时具有钝物击伤、刺伤，而且遍布死者全身的伤口有深有浅，可见凶手下手时力道不一，也就是说，造成这起案件的犯罪嫌疑人不止一个，可能是一个团伙。他们在将受害人置于死地之前，故意折磨他，让他痛苦不堪。”

“这些究竟是什么人干的？有那么恨一个孩子吗？”王亚楠倒吸了一口冷气。屋里的寒意让她又打了个喷嚏。

为了能够确定受害人死亡的确切时间，章桐把从尸体身上早就取下来的幼虫标本转交给了精通法医植物生态学的同事老赵。虽然说死者在被发现尸体前已经失踪两天了，但是，这并不表明死者就是失踪那天死亡的，必须要有确切的证据来确定一个时间范围。

利用昆虫学知识来推断死者死亡的时间是法医领域当中一种非常有效的办法，尤其是面对这些已经进入腐烂期的尸体。这些昆虫的幼虫，很大部分就是平常所说的“蛆”，它们是最早光顾尸体的“客人”，几乎是在死亡发生后没多久，就在尸体上安家落户了。专业的法医会根据尸体上所提取到的苍蝇幼虫虫体的长短、虫龄、类型，粗略估算幼虫生长年龄，以此推断死后间隔时间，当然，这也要结合当时所处的温度、湿度以及季节来综合分析。此外，尸体上昆虫的类型不仅只有苍蝇的幼虫——蛆，还有很多其他昆虫，因为对于它们这些大自然的细小生物来说，尸体就是一场盛宴，而不同品种的昆虫在尸体上出现的顺序、时间也有一定的规律，通过研究这些昆虫幼虫相互交替的品种及其规律，就可以顺利推断出受害者的死亡时间。

很快，结果就出来了，直至尸体被发现，死者在小河边待了整整两天的时间。

章桐正在埋头写着尸检报告，王亚楠的电话就打来了：“小桐，下班后去哪儿吃饭？”电话中王亚楠的声音听上去有些懒懒的，提不起精神头。

章桐抬头看了看墙上挂着的大钟，离五点下班还有半个钟头，此时要是没有案子的话，今天应该能够准时下班的：“亚楠，我五点半有个饭局，在星巴克，是一个老同学，要不，你一起去吧？”

“好啊，我一会儿来找你！对了，那老同学是……”

章桐并不笨，她太了解自己这个好朋友的鬼心思了，于是，微微一笑，把话接了下去：“女的！你放心吧，你不会当电灯泡的。她有事找我，你就顺便一起去吧，就当陪我啦，也认识认识她。我和她有段日子没有见面了，她可是当初我们医学院里出了名的系花啊。”

“好啊！”王亚楠爽快地答应了，“对了，那个案子结了，就是郊外那个中学生被害案。”

“是吗？抓住凶手了吗？”

王亚楠长叹一声：“五个还没有成年的孩子，跟那个死者还是同班同学呢。一起玩网络游戏入了迷，结果相约去郊外比个高低，同时要惩罚一下那个自视清高的孩子，就模仿着网络游戏中的镜头对受害者下了毒手。现在这帮孩子，真的是没治了！”

章桐的心情也随之变得沉重起来，她想了想，劝慰说：“算了，亚楠，别想太多了，案子破了，对死者也是个交代，我们就是干这行的，想开点儿好，都习惯了。这个世界上，悲剧是每天都在发生的。”听了这话，王亚楠没吭声。

此时，在城市的另一头，天使医院急诊科办公室，急诊科医生李晓楠正心不在焉地抬头看着办公桌上电脑显示的时间。她已经不记得这是一个钟头里第几次看时间了，以前她从未有这么心神不宁过，现在却感觉自己每一天似乎都如履薄冰。昨天，院里的领导已经话里有话地警告过她要安心工作，不要为一些子虚乌有的事情四处打听，扰乱医院的秩序，不然的话，自己的工作合同随时都有可能会被终止。而今天，她得面对这一切了，不过，在院方正式剥夺她的医生身份之前，她必须尽职，必须忠于自己的诺言。想到这儿，她又一次把焦急的目光投向了身边办公桌上的电话机，老同学现在肯定已经出发了吧，现在或许真的只有她才能够帮自己的忙了。

正在这时，晚班同事孙月琴兴冲冲地推门走了进来，同时死劲儿甩了甩手里的雨伞，嘴里嘟囔着：“好大的雨啊，撑伞都不管用！晓楠啊，我接到你的电话后，今天可是冒着大雨提前一个钟头出门的。你有事就快走吧，主任那边有我挡着呢，放心吧！”

一听这话，李晓楠脸上紧张的神色顿时显得轻松多了，她一边站起来，一边整理着办公桌上杂乱的笔记本。

“那太谢谢你了，孙姐，下回接你班的时候我一定会把时间补回来的。”

“看你说的。咱们姐们儿还分那么清楚不就太没情分了嘛。快去吧，别耽误事儿了！”

孙月琴比李晓楠整整大了两岁，所以平时说话就显得老成许多，她注意到了李晓楠苍白的脸色，忍不住关心地问道：“晓楠，你没事吧，脸色这么差？以前你可不是这样的啊！没休息好吧？”

李晓楠腼腆地笑了笑：“这几天大家都很累，我今晚回家好好睡一觉就没事了。”

“这样啊，那路上小心点儿。下大雨，路上的车子都不长眼。看把我新买的裤子给溅得都是泥巴。”孙月琴又开始抱怨起外面没完没了的大雨。

“我知道了。谢谢你，孙姐！”李晓楠刻意把昨晚准备好的打印件塞进了挎包的内夹层，以防被雨水打湿，然后端过电脑旁边的半杯咖啡一饮而尽，向孙月琴点点头，随即快步走出了办公室。

窗外，雨越下越大，晚班护士长拉长着脸站在窗口看着屋外的雨势，忍不住嘀咕道：“这雨究竟下到什么时候才是个头啊？这种下雨天是最容易出车祸的了，我担心今天晚上又要忙个不停了！”

“你别瞎说，乌鸦嘴！”教训别人的话是很容易就说出口的，可是孙月琴的心里却也随之有些七上八下，她的目光落在了办公桌对面李晓楠那空空的办公椅上，“到底出啥大事儿了，这种鬼天气还要出去？”

凤宾路上的星巴克咖啡馆和天使医院就只隔了两条街，平时步行只需十多分钟，看看离约定时间还早，李晓楠就打定主意步行。在走出医院大门的时候，她又一次拨打了章桐办公室的电话，得到的回复是章法医已经看到留言了，李晓楠这才放心地挂上了电话。她把肩上的挎包带子往上拽了拽，好让自己的双手能够最大限度地腾出来撑住手中这把沉重的大伞。

“李医生，雨太大了，你等等再走吧。”保安老王善意地提醒道。

“没事，”李晓楠微微一笑，扬了扬手里的伞，“王叔，这伞，我明天还你。”

“不急，李医生，回家好好休息吧，路上小心！”

看着李晓楠纤弱的背影逐渐消失在茫茫的雨雾中，保安老王点点头，转身慢慢走回了小值班室。这天使医院里的医生大大小小的他几乎都认识，但是像李晓楠这么平易近人的医生，真的很少。再加上每次见面，总是亲热地管自己叫王叔，老王的心里就会有一股微微的暖流划过。雨还在不停地下，关上玻璃门的那一刻，老王轻轻地嘀咕了一句："真是好人！"

终于可以看到马路对面的星巴克咖啡馆招牌了，李晓楠微微松了口气，把渐渐滑落的挎包往肩膀上再用力拽了一下。雨越下越大，想着只要走过马路就可以躲开眼前这场倾盆大雨时，李晓楠不由得加快了脚步。

在马路边的安全岛上等待红灯的人很多，因为很多人都没有带伞，所以小小的安全岛的遮雨棚下几乎都挤满了人，李晓楠渐渐地被挤到了安全岛的边上。

"小心点儿嘛，伞拿过去一点儿！都戳到我了！"耳边传来了小声的抱怨，李晓楠赶紧把手中的伞往一边倾斜，同时尴尬地笑了笑。

眼前的红灯似乎特别漫长，等了老半天，还没有让人走的意思。李晓楠不由得有些焦急了。

突然，她感觉自己脖子后面似乎被什么虫子咬了一下，一阵轻微的疼痛瞬间闪过。她下意识地腾出右手去摸，却什么都没有摸到。正在狐疑之际，一阵奇怪的眩晕袭来，李晓楠发觉自己再也站不住了，身体一软便顺势倒向了右手边的马路沿上。

在倒下的那一刻，她一回头，很惊讶地认出了站在身后的人。当视线接触到那人手中一闪而过的亮晶晶的东西时，李晓楠不由得皱起了眉头。

可是，太晚了，当周围的人们意识到身边有人倒下时，一辆黑色的雷克萨斯已经来不及刹车，车轮无情地从她身上碾压了过去。

李晓楠眼前一黑，一切都结束了。

"到了没有，小桐？这雨太大了，我都快要看不清楚前面的路了，待会儿上哪儿停车还是麻烦事儿呢！"王亚楠不停地抱怨道。她使劲儿地按着喇叭，可是，车头前面的行人却好像根本就没有长耳朵一样，依旧自顾自地朝前匆匆忙忙地走，车子在人流和车流中就像蜗牛一般慢慢地爬着。

"别急，就在前面，你车头拐过去就是了。这都已经到凤宾路上了。"章桐也有些着急了，距离约定的会面时间已经过了十多分钟了，她努力朝着车窗外看着，生怕车子开过了头。

突然，前面的人流越来越稀少，渐渐消失了，取而代之的是一根再熟悉不过的蓝白相间的警戒带，一个身穿警察制服的人正狼狈不堪地清理着场地，进行交通管制。

“出什么事了？难道出了交通事故？”章桐和王亚楠面面相觑。

“亚楠，你把车停一下，我想出去看看。反正车子现在也开不了了。”说着，章桐从挎包里拿出伞，打开车门，走了出去，大风夹杂着豆大的雨点刮进了狭小的车厢里。章桐转过身，扒着车门低头对王亚楠说道：“你先找个地方停车，一会儿到前面找我去，我先去看看！”

“好吧，听你的。”王亚楠知道拗不过章桐，只能无奈地点点头，关上车门，把车子向马路的另一边开去。

雨势一点儿都没有减弱的迹象，相反却越下越大，章桐不免有些心情烦躁起来，一边撑着伞，一边向前快步走着，很快就来到了警戒带的边上。她注意到前面二十米左右远的地方就是和李晓楠约定见面的星巴克咖啡馆，此刻，尽管下着大雨，马路两边却站了好几个围观的人，大家撑着伞，都在神色紧张地注视着警戒带里的动静。章桐并没有在人群中看见李晓楠，不免有些诧异，这个老同学是急诊科医生，难道她没有注意到就在离她不远处发生的这起车祸吗？

耳边除了哗哗的雨水声，几乎听不到别的声音，那一刻，章桐忽然有一种难以名状的孤独感。

“女士，请您绕道走，好吗？这里刚才发生了交通事故。请您配合我们的工作！”浑身被淋个湿透的年轻小警察走到章桐的身边，礼貌地拦住了她的去路。

“哦，是这样的，我是市公安局的首席法医章桐，这是我的证件。”回过神来的章桐掏出了自己的工作证，递给了面前的年轻警察。她注意到了警戒带里面不远处地面上躺着的那个人，虽然被警用雨衣盖住了，但是那一动不动的身体显然已经没有了生命的征兆。

“方便让我看看现场吗？”章桐紧接着问道。

“这……”小警察显然有些措手不及，他把证件递还给了章桐。

“我们都是一个系统的，我只是看一下，不插手现场。”章桐无法解释自己为什么突然会对眼前一起普通的交通事故这么感兴趣，自己一般接手的都是敏感的命案现场，交通事故中死亡的人自然会有专门部门的人前来检验。

小警察犹豫了一下，随即点点头。“好吧，你进来吧！”他似乎又想到了什么，赶紧解释，“不过这看上去是一起交通事故，不是刑事案件，你们市局的法医……”

“没事，我就看看。等你们的人来，我马上就走，我不会动现场的。”章桐开始为自己的这个冒失的念头感到后悔了，事后肯定会听到一些人的抱怨和不满，年轻警察说得没错，显然没有人会喜欢别人插手自己的工作的。可是想归想，她却还是加快了脚步来到盖着雨衣的尸体边上。由于下雨，地面上已经看不到鲜血的痕迹，相信等会儿把尸体抬走后，用不了多长时间暴雨就会把地面冲刷得干干净净，没有人会想到这里曾经发生过一起悲惨的车祸。

章桐在尸体边蹲了下来，伸出右手轻轻拉开了盖在死者脸上的雨衣。突然，周围的雨声停止了，章桐的脑海里一片空白，她感觉自己的胸口被狠狠地揍了一拳，抽搐般地吸了口气，一股说不出的恶心感觉随即迅速袭上心头——她太熟悉这张被雨水打湿的毫无声息的脸了。

“李晓楠——”章桐颤抖着声音脱口说出这个特殊名字的瞬间，泪水顿时夺眶而出。

第五章 神秘录像

监控录像是黑白而且没有声音的，所以当画面中一个身穿浅色衣服的人突然毫无征兆地瘫倒在安全岛外的马路上时，章桐忍不住一声尖叫。可是，还来不及等她做出任何反应，画面右上角就很快驶来一辆深色的轿车，直直地在穿浅色衣服的人的身上碾压了过去！

“小桐，你怎么了？出什么事了？”王亚楠从没有在章桐的脸上看见过这么糟糕的表情。

“她就是我们要去见的人。”章桐伸手指了指地上躺着的李晓楠，感觉自己的喉咙隐隐作痛。

“你说什么？这就是……”王亚楠意识到了情况的不妙，“不会这么巧吧？你确信是她？”

章桐默默地点了点头，身体却依旧一动不动地蹲在死去的李晓楠身边。

“小桐……”王亚楠实在找不出合适的言辞来安慰自己的好朋友，只能把视线转而投向地面上盖着雨衣的尸体。

正在这时，交警大队事故科的人终于赶到了，一听说市局刑警大队的队长和法医都在，不由得感到很诧异。他撑着伞来到王亚楠身边，刚要开口询问，王亚楠意识到了局面的尴尬，赶紧把章桐拽了起来："对不起，死者是我同事章法医的朋友，我们正好经过这里，所以来看了看，我们马上离开，请您继续工作！"

"哦，没事的，只不过我刚才向现场目击者了解了一下事发情况，基本上可以确定是一起交通意外。死者不知什么原因在安全岛上等红灯时不慎摔跤，跌落到马路上，很遗憾，撞到了迎面驶来的小轿车，而小轿车当时的车速并不慢，所以当场死亡。肇事司机已经被我的同事带到交警大队去了。你们要不要一起过去看看……"

"不，不，没事！我们马上就走！"王亚楠心里明白眼前的情况最好是赶紧见好就收。她转身刚想提醒身边一直默不作声的章桐，谁想到后者却先开了口："尸体没被移动过，是吗？"

交警大队的人不由得皱了下眉毛："最先接到报案赶到现场的同事说他来时死者就是这样躺着的。"

"她随身带着的包呢？还有，这么大的雨，她不可能没有带雨具的。亚楠，这案子有问题！我想看看监控录像！"说着，她伸手指了指离自己不远处的一个交通监控探头。

气氛一下子又变得微妙起来，事故科的人的脸上的笑容明显有些挂不住了。

王亚楠急了，她不容分说硬是把章桐拉离了现场，直到离开警戒带五十多米远的距离，这才忍不住怒吼了起来："小桐，你太不像话了，我知道你朋友意外去世，所以你心情很难受，这一点我可以理解，但是，我们办案是有严格规定的，交警不把案件移交给我们，我们就不能够插手你明白吗？今天让你进现场都已经是很不错的了。我敢打赌，今天让你进现场的那个小警察一会儿回去为了你还得挨批。你就替别人想想吧！别神经质！"

"可是她的包……"章桐的脸色有些发白。

"包又怎么了？也许被别人顺手牵羊了，你不能光凭这点就叫我插手。立案没有这么容易的，要有实际的证据，你明白吗？证据！"

"我……"

“好了，别说那么多了，现在怎么办？我们不能老在这边站着吧？我去开车，我们赶紧离开这儿！”王亚楠一挥手，转身步履坚决地向对面巷子走去了，边走边大声地重申道，“你给我站在这儿别动，我不想等会儿再开着车满大街找你去！”

此刻的章桐就像一个木头人一样呆呆地站在雨地里，李晓楠毫无血色的脸在她的面前不停地晃动着，王亚楠的话她一个字都没有听进去。

在回去的路上，王亚楠一边开车一边忐忑不安地关注着章桐的情绪，见她半天没有说话，她不免有些担心了：“小桐，对不起，我刚才对你发脾气了，但是，也请你理解我，好吗？我们警察不能情绪化办案的，做事要有证据。”

“我明白，我没有怪你。”

“和我说说话好吗？憋在心里不好受的！”

一听这话，章桐转头仔细地打量了一会儿王亚楠：“你把车停到路边。”

王亚楠乖乖地照做了。

车停好后，章桐这才缓缓说道：“李晓楠和我是医学院的同学，我很了解她，她在天长市这边没有什么亲人，父母都在上海生活，她毕业后就自己在天使医院急诊科找了一份工作。我对她印象最深的就是，她做任何事情都非常有条理，从不会丢三落四。平时，因为急诊科的工作非常忙，她也了解我特殊的工作性质，所以她几乎从不主动找我。而这一次，她一反常态在一天之中接连打了两次电话找我，并且主动约我在这里见面，说有要紧事，而等我们赶到这儿时，她却又出了意外事故，要不是我亲眼看到了尸体并且认出了她，真不知道事情会发展成什么样。亚楠，我提到她的包也不是没有原因的，她从小就有哮喘的毛病，为了得到天使医院的工作，她隐瞒了自己的病情，话说回来，尽管不常犯病，但是她随身都会带有一个装有应急药物的小挎包以防万一，这是她亲口告诉我的，我也曾经亲眼见到过。可是在尸体周围，我却没有找到这个包，所以，我才会对她的意外死亡产生怀疑，因而建议你去查看一下监控录像。”

王亚楠把头靠在了驾驶椅的后背上，咬着嘴唇半天没有吭声。

“亚楠，我有直觉，晓楠的死肯定不是意外！”

王亚楠一脸的无奈："要不这样吧，110 监控中心的副主任是我的同学，我给他打个电话，调看一下这段录像，如果真像你所说的那样的话，我们就有立案的根据了。"

章桐点点头。

前面马路拐弯处出现了一辆白色的医院殡葬车，与王亚楠的车擦肩而过的那一刻，两人谁都没有说话，车里的温度降到了冰点。

"你说什么？今天傍晚凤宾路上五点到六点的路面监控录像你那边现在找不到？这不可能，你们 110 的监控探头现在马路上到处都是，我当时就在现场，安全岛附近不到五米的地方就有你们安置的探头。上面的红灯在闪，我亲眼看见的。"因为焦急，王亚楠讲话的语速越来越快，"你再查一查！我十分钟后再找你！"

挂上电话后，王亚楠皱眉查看着面前办公桌上的李晓楠的个人档案复印件。尽管她嘴上说不插手这件蹊跷的交通事故案，但是既然涉及了自己最好的朋友，而且章桐所说的疑问想想也确实有道理，所以王亚楠决定先了解一下，这样一来，对章桐也好有个交代。

"王亚楠，110 指挥中心刚才来电通知说，有人从温泉小区打电话报案，声称她丈夫今天凌晨被人害死了。"说话的是王亚楠的新助手，副队长王建，身材不高，却很壮实，面相很和善。负责刑侦的李副局长也是没有办法，王亚楠身边的副手就像走马灯般不停地换，原来的副队长赵云直到现在还因伤在床上躺着，按照医生的保守说法，能坐起来就已经是个奇迹了，正常说法是第三节脊椎骨断裂，不死都是个高位截瘫，现如今这样的恢复情况就已经大大超出想象了。这样一来，王亚楠身边不能没有固定的助手，李局就只能咬咬牙把目光投向了新分来的转业干部王建，心想找个生手或许能够容忍一点儿王亚楠的坏脾气，名为让王亚楠带着他入门，其实则是希望一物降一物，本来就正愁没地方安置这个新来的什么都不懂的转业干部呢。

王亚楠却不是那么容易适应身边有新面孔的人，她本来心情就糟糕到了极点，王建却似乎没注意到顶头上司脸上的微妙变化，相反一边低头看手里的电话记录，一边还在继续问道："我该怎么办，王队长？"

"你说你该怎么办？你是副队长，你连怎么处理这种突发情况都不知道吗？还好意思问我！不要动不动就把那些鸡毛蒜皮的小事情往我这边捅，我们办案最重要的就是证据，你明白吗？自己去查吧！"

"我查？"

"你看我闲得无聊是不是？这点儿事情难道还要我成天跟在你的屁股后面吗？"

王建没再吭声，尴尬地点点头，算是领下了命令，然后转身离开了王亚楠的办公室。

章桐犹豫了好一会儿，这才下定决心拨打了刘春晓的电话号码，铃声响过两声后，电话那头传来了一个熟悉的男低音。

"刘春晓，是我，章桐！"

对方停顿了有两三秒钟的时间，背景传来了关门声，紧接着刘春晓的声音又传了过来："小桐，我在开会，你找我有事吗？"

"想请你帮个忙，我现在在局里，你什么时候方便见面？"

"我开完会就过去。"这一次，刘春晓没有丝毫犹豫。只要章桐需要，刘春晓愿意随时随地陪伴在她身边。他非常清楚，倔强的章桐没有碰到真正的困难是绝对不会向自己求助的。

大约一个钟头后，刘春晓驾车匆匆赶到市公安局，在职工餐厅里见到了紧锁着眉头的章桐。他努力在脸上挤出了一丝笑容："小桐，让你久等了。院里一个普查会，都开了一整天了。你怎么还不回家？"

"刘春晓，我要你帮我个忙。"

刘春晓不由得一愣，点点头："说吧，我会尽力的。"

"今天傍晚五点半左右在市区凤宾路上的星巴克咖啡馆门前马路上，发生了一起车祸，死者是天使医院急诊科的医生，叫李晓楠，我要马上查看她的尸体。就在今晚。"

"你的意思是你要验尸？"刘春晓有点儿糊涂了，"那已经确定是一起凶杀案了吗？"

章桐摇摇头：“目前还没有。”

“那……”刘春晓犯难了，“目前来说这不是一起凶杀案，处理起来就走交警那边的程序，而死者又有家属，我想人家可能不会愿意让你们法医介入的，你有足够的证据证明这个急诊科的医生是死于谋杀吗？”

“死去的医生是我的大学同学，叫李晓楠，她被撞死的时候，正在赶来和我见面的路上。”紧接着，章桐就一五一十地把李晓楠的电话内容以及相约见面的经过都告诉了刘春晓，最后补充道，“李晓楠和我是一样的人，我们的工作都很忙，只不过不同的是，她的病人都是活着的，而我每天所面对的，则都是死人。我们几乎没有业余生活，维持友谊的方法就是逢年过节发个电子邮件，偶尔打个电话问候一下而已。我们几乎从没有主动约过对方见面闲聊，因为我们没有时间。但是这一次，她在短短一天之内接连打了两次电话给我，说找我有要紧事情，非得今晚约我见面，还说有重要东西要给我看。可是，刘春晓，案发现场，我没有找到她的包。”说着，章桐的眼中闪烁着亮晶晶的东西，“你知道吗？她是在安全岛上等红灯时突然摔倒在马路上出事的。我没有来得及仔细查看伤口，但是，很明显，她是被车轮碾过了身体。刘春晓，我想请你想办法通过你的朋友帮我延缓这起交通事故案件的处理，哪怕只有一天也可以，只要一个钟头，让我有机会好好查一查她的真正死因。她是急诊科的医生，做任何事情都必须头脑冷静，因为那是她的工作方式，在安全岛上突然跌倒而惨死，我没有办法相信这只是一起简单的车祸。”

刘春晓神色凝重，半天没有吭声。

“刘春晓，你倒是说话呀！”章桐有些急了。

“好吧，好吧，我马上和交警大队事故科的朋友联系，做做思想工作，想办法让你尽快看看尸体。但是，”刘春晓话锋一转，“不一定会让你解剖，除非家属要求，或者你们市局将之作为刑事案件介入才行。我很遗憾我真的帮不了你太多。”

章桐稍感安慰：“你有这份心，我已经很知足了。”

当出租车缓缓停在章桐所住的楼栋下的车道上时，小区里早就是一片漆黑，除了几盏发出低沉的嗡嗡声的黄色路灯，周围看不见一丝亮光。

章桐下车后，径直向黑乎乎的楼栋走去。刘春晓本来要送她回家，却被她婉言谢绝了，章桐还不想那么快就把感情带进自己的小屋。接近凌晨的空气虽然还是有些闷热，但是因为下过一场很大的雨，呼吸起来明显要舒服多了。

走出电梯门，拐弯来到房门口，刚打开门廊灯，章桐还没来得及掏出钥匙，就已经听到了门后传来的呜呜低鸣声，她不由得笑了，好忠实的馒头。

再一次见到李晓楠的时候，章桐简直不敢相信自己的眼睛。冰冷的太平间里，薄薄的洁白的床单底下，李晓楠的躯体看上去仿佛缩小了整整一圈，显得更加单薄，尤其是脸色惨白惨白的，双眼紧闭，肌肉没有任何光泽和弹性。这就是死亡，章桐本应该非常熟悉这种特殊的演变过程，毕竟每天工作的绝大部分时间都是和死人在一起，她已经习惯了死亡的面孔。可是，今天却不一样，章桐的目光迟迟不能离开李晓楠紧闭着的双眼。

这一切不是真的那该多好！她在心中默默地念叨着。

“章法医，死者家属的意见您明白了吗？”交警大队事故科的张警官不放心地又叮嘱了一句，“老人家不希望您……”

章桐挥手打断了张警官的话语：“我懂，我只是看看，绝对不会去碰她的。你放心吧！”

张警官点点头，随即转身退出了冰冷的太平间。

门关上后，整个太平间里就只剩下了章桐一个人，她从兜里掏出医用橡胶手套戴上后，迅速拉开盖在李晓楠尸体上的白布，开始仔细查验起来。

时间在一分一秒地过去，由于紧张，尽管身处冰冷的太平间里，章桐却仍然感觉到额角的汗水开始渐渐滑落了下来，流到眼睛里，有种说不出的刺痛。她没有时间去找东西擦汗，对方只给了一个钟头的时间，章桐生怕耽误了，以后就再也没有机会找到李晓楠死亡的真相了。

死因基本上可以肯定是典型的车祸碾压伤所导致的多脏器组织破裂，内部大出血，伤口惨不忍睹。从伤口在人体所处的位置来看，惨祸发生时，李晓楠是仰面朝天躺在地上的，车轮从胸口碾过。死亡可以说是在瞬间发生。章桐只能期望当死亡来临的那一刻，李晓楠没有感觉到丝毫的痛苦。

她默默地把白色的床单重新盖回到李晓楠的身上，然后把轮床推进了冷库，紧接着摘下了手套，丢进了身边的一次性垃圾回收桶中。

直到走出天使医院太平间的时候，章桐的脑海里依旧在不停地纠结着一个疑问，十字路口的车速一般都不会很快，再加上当时正下着大雨，那么究竟是什么样的车会让李晓楠连躲避的时间都没有呢？她不敢去想象这个问题残酷的答案。

在走廊拐弯处，章桐迎面和一个正匆匆走来的穿着白大褂的人撞了个满怀。

“对不起！对不起！”来人连忙打招呼道歉。

章桐没心思多说话，只是瞥了他一眼，微微点了点头，随即加快了脚步向出口方向走去。

她一边走，一边掏出手机拨通了刘春晓的电话：“刘春晓，我是章桐，我这边结束了，替我谢谢你的朋友……不，你不用来接我了，我还要回趟局里。”

天使医院医务科科长王金明是个个子矮小的男人，他从不轻易透露自己的心事，在别人眼中，他是一个和蔼可亲的小老头，见人总是三分笑。

此刻，他正站在太平间接待室的门口，紧锁着眉头，自己的下属出了这么大的事情，虽然说和院方没有任何直接的关系，但是他王金明可不能袖子一拢当个旁观者。死者是医院的职工，如今出了事，院方总要给些抚恤金，而死者家属那边如果不安抚闹起来的话，那会让医院的头头脑脑寝食难安的。他今天来到这里，目的就是要大事化小小事化了。

“王科长，你来了，这是你要的所有李医生昨晚入院到现在的相关登记资料。”

王金明点点头，伸手接了过来，翻了几页，顿时发现了问题。他伸手指着表格中来访者的一栏，抬头不解地问道：“小丁，你不是说李医生的家属还没有到吗？这个章桐是谁？”

小丁有些尴尬：“王科长，这个章桐是市公安局的法医，交警大队事故科的张科长交代的，说已经和死者家属沟通好了，人家只是最后和死者道个别而已。”他又补充了一句，“听说她们是同学。”

“是吗？医院不是有规定说除死者亲属之外其他人都不让见的吗？你怎么忘了？”王金明有些不开心了。

“这不，是张科长亲自交代的嘛，我也没有办法啊。王科长，您体谅一下吧！再说了，我检查过了，她没有损伤尸体。”

“她人呢？什么时候来的？”

“大约一个钟头前，刚走没几分钟！”

王金明的脑海里立刻闪过了刚才上楼来的时候，和一个女人撞了个满怀的情景，他突然记起那个女人的脸上没有别的死者家属那样痛哭流涕的样子，相反却很平静，一点儿泪痕都没有。

王金明的心里开始打鼓了。

章桐刚走上公安局门前的台阶，一眼就看到了王亚楠的助手王建正站在大门口，此刻他正在竭力向站在面前的一个女人解释着什么，那个女人脸上则充满了愤怒的神情。

“您听我解释，顾女士……”

女人果断地一挥手：“你不用跟我在这里浪费时间，你不就是找理由不想接我的案子吗？”

“顾女士！我们警察办案是要讲证据的，现在调查下来没有迹象表明您的先生是被人谋害的！您听我说！”

章桐实在看不下去了，毕竟王建刚分配到局里没多久，理论上还是一个新手，她觉得自己有义务帮一帮，于是就走上前去：“您好，顾女士，是吗？”

女人的目光顿时充满了警惕：“你是谁？是要来赶我走的？”

章桐微微一笑，摇头说道：“顾女士，我是市公安局的首席法医，我叫章桐，请问我能帮您什么吗？”

一听说面前站着的是法医，女人立刻激动了起来，她一把拽住了章桐的手，眼泪瞬间滚落了下来。

“章法医，你来得正好。我老公被人谋杀了，你的同事不肯接我的案子，还说是意外，不能立案，你可要替我主持公道啊！我要求验尸！”说着，女人还不忘记狠狠瞪了一眼身边一声不吭的王建。

“您要验尸？”

“对！我要求验尸！现在尸体就停在天使医院的太平间里，我不让他们火化。我怀疑我老公的死有问题。章法医，你一定要帮帮我！”

看上去眼前这个女人说话时的神态并不像是在开玩笑的样子，虽然说局里每年都会接到一些悲伤过度不愿意接受家人死于意外而刻意归罪于他杀的人的报案，但是凭直觉，章桐意识到这个女人所说的话并不是凭着一时的情绪激动，相反很有条理，而且作为妻子，肯定是比别人更加了解自己的丈夫，包括他生活中的每一个细节。想到这儿，她略微迟疑了一会儿，随即点头说道：“要不这样吧，顾女士，您跟王副队长先进去登记一下，我一会儿就过去。”

“那太谢谢你了！”说着，女人头也不回地径直走进了公安局一楼接待处的办公室。

见此情景，王建倒是犹豫了：“章法医，我了解过了，她先生确实是从高空失足坠落而死，现场根本就找不出他杀的迹象，我觉得……”

“没事，按照规定，只要死者家属提出来，我们就有义务替死者进行尸检，不管立不立案，你帮她办申请去吧。结果怎么样，等出来了，也能让她放心。”

“你说的话也有道理，那我先过去了！”王建点点头，转身也走向了不远处的接待处办公室。

透过玻璃窗，章桐看到了女人眼中执着的目光。

尸体很快就被天使医院的灵车给直接送到了市公安局停尸房。在签家属同意书时，章桐注意到了顾女士握笔的右手在微微地颤抖，以至好几次都把笔画给写歪了。她很能理解死者家属这种矛盾的心情，讨回公道是一回事，真要让逝去的亲人再次经历冰冷的解剖器械的伤害，换谁心里都不会好受的。

“顾女士，您放心吧，我会尽量不伤害到您先生的遗容，让他能完整体面地离开这个世界。”

“谢谢你，章法医！”顾女士点了点头，随即在同意书的最后一栏用力签下了名字，然后郑重地交给了章桐，“我会在走廊里等你的消息！”

解剖室里，冷气开到了最低点，章桐拿着家属同意书推门进去的时候，助手潘建已经准备好了所有的解剖工具，冰冷的解剖台上，白布下面盖着的正是顾女士丈夫的尸体。

章桐迅速戴上手套，来到尸体边，一边拉开白布检验尸体，一边头也不抬地问道：“小潘，告诉我病历本上的详细记录。”

潘建赶紧拿过另一边工作台上放着的医院送来的病历记录，翻开念道：“死者刘建南，男，四十三岁，昨天凌晨从四楼坠落，重伤，肋骨骨折，第三节脊椎错位，颅骨多处下陷复合性骨折，左侧锁骨和肱骨骨折，昏迷指数是二级，对刺激有反应，生命体征微弱，被120救护车紧急送往医院，经抢救无效，于凌晨两点四十二分正式宣布死亡，死因是内部大出血，多脏器官衰竭……不对啊，这是什么意思？”

潘建突然发出的自言自语让章桐吃了一惊，她下意识地抬起头：“你说什么？”

“章法医，你看，”说着，潘建把手里的病历本递了过来，“这上面有个标记，很特殊！就在当班医生签名的上面。”

章桐仔细一看，顿时感到有些头晕，值班医生的签名栏里竟然端端正正地写着“李晓楠”这个名字。她定了定神，又顺着潘建的手指向签名上方看去，出现在她眼中的是一个三角形，里面重重地画了一个问号，要不是仔细看的话，还真的不会留心到。这个标记太小了，和病历上别的龙飞凤舞的字体混合在一起，很容易被忽视成笔误。

她皱了皱眉，抬头问潘建：“这个标记有什么特殊含义吗？”

“是这样的，我朋友是外科的，他和我说起过这个标记，只要是天长大学医学院外科专业出身的，当遇到疑问时，都会下意识地在病例上打下这个疑问标记，就像我们当初在自己的教科书上做标记一样，只是特殊一点儿罢了。章法医，你要知道，这在咱们天长市这个小小的外科手术圈里是一个很通用的标记，只要是天长大学医学院毕业的外科医生，都看得懂，知道原来接诊的同行对这个病历有疑问。”

“是吗？”章桐突然想起李晓楠在医学院里的专业就是外科。她想了想，于是低头又仔细查看起了面前的尸体。

尸体符合病历中的描述，是典型的高空坠落伤，死因不会错的。可是，章桐总觉得好像尸体上有些不对劲儿的地方，但是她一时却想不起来。

“章法医，需要开胸吗？”潘建在一边提醒。

“开胸？你等一下。”说着，章桐重新转回到尸体的右侧面，仔细地查看着死者腹部怪异的伤口，良久，她手一伸，“潘建，开胸器！”

人体的内部是一个非常奇妙的世界，各个器官都有它自己应该待的位置。章桐仔细查看着这些已经毫无光泽的死气沉沉的器官，突然，她看到了一个熟悉的东西，就在死者的腹部伤口下面，那是一个典型的手术扎口，只不过显得很随意，一点儿都没有外科医生一贯的严谨风格，就好像敷衍了事，而原本应该连着的死者的左侧肾脏不见了。再看过去，肝脏也缺失了三分之一，并且没有迹象表明做过任何血管修补手术。章桐不免有种错觉，被割剩下来的肝脏就像是被胡乱塞回了死者的腹腔一样。再结合腹部被撞裂开的伤口缝合针，章桐心里的疑问越来越多，她甚至感觉到了无比的愤怒，自己虽然是一个法医，但是也同样是一个医生，身为同行的医护人员怎么可以这么不负责任。而死者腹部的伤口边缘含有瘀血的表皮组织显示，死者在经历这可怕的器官摘除手术时，竟然还是有生命迹象的。想到这儿，章桐再也没办法控制自己的情绪了，她用力摘下了手套，扔进了一边的垃圾桶：“你先拍照，再缝合！我出去一下！”

说着，她不顾潘建投来的疑惑不解的目光，一声不吭地径直推门走了出去。她打算好好地问一问正等在门外走廊上的死者家属。

走廊上静得可怕，空气中是一股刺鼻的来苏水的味道。章桐觉得奇怪，顾女士并没有像她先前所说的那样在走廊里等待，冰冷的绿色长椅上冷冷清清没有一个人影。

“顾女士，顾女士？您在哪儿？”章桐一边叫着，一边在同楼层四处寻找，甚至还去了楼道尽头的洗手间，里面空无一人，依旧不见顾女士的踪影。

章桐一时之间没了主意，不知道在刚才究竟发生了什么事情，但是必须尽快找到这个女人，有很多的疑问正在等着她的解答。

想到这儿，章桐加快了脚步向大门口走去。一路上，她不放过身边擦肩而过的每一个人影，但是，顾女士仿佛从来没出现过一样，消失得无影无踪。

来到门卫接待室，章桐探身向正坐在里屋的门卫打了声招呼：“请问你刚才看到一个身穿浅绿色连衣裙的女人走出去了吗？她留着齐耳长发，戴着一副玳瑁眼镜。”

门卫皱了皱眉，想了想，随即茫然地摇摇头：“没有，章法医，我一个钟头前接班到现在，没有看见过这样穿着的女人从这儿走出去。”

这就奇怪了，顾女士到底去了哪儿？难道还在公安局里？章桐有些犹豫了。

“麻烦你，如果一会儿你看到这样一个人出来，请你留住她，并且马上打电话到法医室找我！”

门卫点点头。

王亚楠正坐在办公室里瞪着电脑屏幕发呆。交警大队刚刚打来电话，言语之间颇有不满，王亚楠也不好多说什么，自己一直在不停地打听那起车祸的调查进展情况，却至今还拿不出任何立案的理由来，现在又不停地催着要找监控录像，交警那边微词连连也是可以理解的。

作为警察，出于工作需要也好，个性也罢，没有一个自尊心是不强的，无论是在轻松的治安大队，还是在紧张的刑警重案大队、忙碌的交警大队，性质都是一样的。问题是有些人的自尊心却强过了头，甚至喜欢上纲上线地看待每一个在自己面前经过的问题。这一点王亚楠是最看不惯的，面对交警指挥中心负责人的一再推三阻四，王亚楠实在没办法，使出了最后一招——逼人还人情债！

“张队长，上次SM路口的那个肇事逃逸案，要不是我帮你的话，你能这么快就结案吗？再说了，我要求不高，就只要录像……对，我只是看看，你找到后马上传给我吧！”

挂上电话后，王亚楠心里感到说不出的别扭，要不是为了章桐，她才不愿意去这么逼人家，现在指不定对方在怎么唠叨自己呢。唉！她长叹一声，陷入了沉思。

正在这时，门被推开了，章桐没打招呼就走了进来，随手关上了门，一屁股坐在了王亚楠对面的办公椅上。

“小桐，你不在你的法医室好好待着，倒有闲工夫跑我这儿来串门闲聊？”王亚楠没好气地抱怨道。

“没有，我遇到麻烦事儿了，可能需要你的帮助。”章桐一脸的严肃。

王亚楠脸上的笑容消失了：“说吧，如果是车祸的事儿，我这边还在等交警那头给我传监控录像过来呢！”

“不是车祸的事，你放心吧。”说着，章桐把自己怎么遇到顾女士，又怎么接下她的验尸申请，而等到发现疑问后，顾女士却又离奇失踪的经过详细讲述了一遍，最后补充道，“我联系过她在申请书上留下的手机号码，结果显示关机，我去过了所有她可能去的地方，又去了保卫科，查遍所有监控录像，都没有看见她离开局里，你说这是不是活见鬼了？咱们偌大的公安局里，一个大活人就这么不见了踪影，而偏偏又在她丈夫的死亡被发现有疑问的时候……亚楠，我感觉有点儿不安。”

“这个顾女士是不是那个声称她丈夫是被人谋杀的女人？温泉小区的？”王亚楠翻开了桌子右角上放着的那本厚厚的报案记录副本，一边查看一边询问。

“应该就是，我在局大门口碰到她的，当时她就是和王建在一起，坚持说她丈夫死于谋杀，不是意外，我这才接的案件，并且按照规定应死者直系亲属的要求做的尸检。我感觉这女人很执着。亚楠，我的判断最终证明没有错！”

“但是那只是证明死者被无良医生做了不合格的器官摘除手术，按规定应该首先按照医疗纠纷处理，最重要的是这并不是导致死者死亡的直接原因，跳楼自杀才是，所以目前我认为不符合刑事案件立案的标准。”

章桐咬了咬下嘴唇，想了想，然后换了一种口吻：“知道吗？亚楠，这个死去的刘建南生前最后一个医生就是车祸中死亡的李晓楠，你不觉得太巧了吗？”

王亚楠刚想开口，电脑发出了一声清脆的“叮咚”，她赶紧朝章桐做了个手势，然后直接打开了邮件，邮件附有一段几分钟的视频资料。

在接下来等待的时间里，房间里一片静悄悄的，章桐甚至都能够听到自己紧张的呼吸声。

时间仿佛过去了一个世纪那么漫长，视频终于看完了，王亚楠重重地倒在了自己的办公椅上。略微迟疑了几分钟后，她的目光避开了章桐的视线，转而投向了窗外的天空，缓缓说出了一句让人颇感意外的话来：“小桐，我想，你的同学很有可能是被人谋杀的！”

虽然早就已经做足了心理准备，章桐的脸色却还是瞬间变得煞白，这个消息对她来讲，不知道究竟是该喜还是应该感到担忧。

监控录像上底部时间小框里所显示的时间是车祸发生当天，也就是八月三日傍晚五点二十分，下面地点注明的就是在凤宾路上的星巴克咖啡馆门前的安全岛附近。

画面中最先出现的景象就是红灯，为了躲避丝毫不见减弱的雨势，人们蜂拥在安全岛上小小的遮阳棚下面，安全岛很快就被挤满了，后来的人几乎没有了立足之地。来往的车依旧川流不息，是啊，谁都想早一点儿回家。

监控录像是黑白而且没有声音的，所以当画面中一个身穿浅色衣服的人突然毫无征兆地瘫倒在安全岛外的马路上时，章桐忍不住一声尖叫。可是，还来不及等她做出任何反应，画面右上角就很快驶来一辆深色的轿车，直直地在穿浅色衣服的人的身上碾压了过去！

“老天爷！”章桐一声惊呼，她突然意识到躺在地上的人就是李晓楠。

又过了几秒钟，录像戛然而止，屏幕变得一片漆黑。王亚楠回过头看向站在身后早就被惊呆了的章桐，脸色一片苍白。

“你为什么说李晓楠很有可能是被人谋杀的？”

“在那种特殊的情况之下，一个正常人被拥挤的人群推搡而不慎失足跌落安全岛也不是没有可能，但是你没发现从摔倒到遭到汽车碾压期间，录像上显示前后有将近半分钟的时间，这个人根本就保持原来倒下时的姿势没有做过任何移动吗？”

章桐顺口嘟囔了一句：“这个我知道，正常人遇到危险的反应时间一般在三秒钟前后。”

王亚楠点点头：“所以，如果说李晓楠是一个八十岁的老人的话，我可以理解她的迟缓行为，面对逼近的死亡，毫无还手之力。可是，死者是一个拥有丰富临床经验的急诊科医生，急诊科医生的强项就是对突发事件在最短时间里做出最快的反应，而且死者才三十岁出头，所以……”说到这儿，她神色凝重地回头又看了一眼电脑屏幕，“我的推论是，要么，她得了突发的急病而昏迷了，这一点我们要查阅她生前的病史资料；要么，就是有人做了手脚，不想让她来见你。”

“但是无论哪一点，我们就都有理由介入这个案件的调查了。”

说出这话的时候，章桐鼻子一酸，突然有一种想哭的感觉。眼前的结果正是她所期待着的，王亚楠已经很肯定地表达了自己准备介入这个案子，可是，这时候的章桐却一点儿高兴的心情都没有。虽然自己的努力争取被证明并没有白费，但是，现实已经没有办法可以再做任何改变了，章桐永远都见不到活着的李晓楠了。

王亚楠默默地站起身，伸手轻轻地拍了拍章桐瘦弱的肩膀。

“我知道你已经尽力了。小桐，别太难过了。我们会弄清楚真相的！”

回到解剖室，潘建早就已经做完了所有的收尾工作，刘建南的尸体也已经被送回了冷库，冰冷的解剖台被冲刷得干干净净，屋子里消毒水的味道更浓了。见到章桐满脸疲惫地推门走进来，潘建先是犹豫了一下，随即就把已经到嘴边的话给吞了回去。他很了解章桐的个性，这是一个不喜欢废话和客套的女人，所以他知道自己此刻就该乖乖地闭嘴。

章桐在房间里转悠了一圈，突然想起了什么，皱眉问道：“潘建，我不在的时候，死者的家属来过吗？”

“没有，我正纳闷呢，刚才手里的活儿忙完，找她签字，却没在门口走廊看见她，还以为她跟你走了。”

“她没跟我在一起，”章桐的心里隐约之间感到一些不安，“你打过她电话吗？”

潘建点点头：“打过好几次，却都显示关机，联系不上。下一步我们该怎么办？”

“我会向李局汇报这件事的，你把尸检报告整理一下吧，我马上要。”说着，章桐拿起挂在门口的公用厚外套披上，然后快步向解剖室里间的冷库走去了。

因为经费的问题，天长市公安局法医室的冷库已经好几年都没有翻修过了，平时还好，尸体不多，四个储藏室的空间绰绰有余，但是如果碰上案件高发阶段，冷库的容量就显得有些可怜了，那还不算无法确定身份的尸体，它们在冷库里存放起来可是没有一个固定的时间的。为了解决这尴尬的局面，上一任法医官老赵退休之前，想出了一个不是办法的办法，那就是在冷库里多加几张轮床，然后亲自动手把冷库里的制冷设备彻底整修了一下，确保不出故障，室内温度始终保持在零下二十摄氏度左右。这样一来，放不进储藏室的尸体就可以暂时存放在外面的轮床上了。

此时，三张轮床上就只有一具尸体，被厚厚的白布遮盖着，其余两张床都空着。章桐核对了一下脚上的标签，确定正是自己所要查看的死者刘建南的尸体。尽管穿着厚厚的外套，章桐还是感觉到彻骨的寒冷正向着自己步步逼近。她竭力把身上的外套再裹紧一点儿，然后戴上手套，揭开白布，仔细观察起了尸体。

十多分钟后，章桐一声不吭地走了出来。她不明白李晓楠为什么要对刘建南的死因产生怀疑，刘建南尸体上的种种迹象显示完全符合高空坠落所导致的死亡，该查的也都查过了，除了那个笨拙的器官摘除手术外，章桐实在想不出有什么不对的地方。再说了，器官摘除手术也并不是导致刘建南死亡的直接原因。而刘建南的身上也看不到死前曾经遭受过虐待的伤痕，难道，李晓楠判断有误？

急促的电话铃声打断了章桐纷乱的思绪，她伸手接起了电话。

“你好，我是章桐。”

“章法医，我……”电话中，对方欲言又止。

“请问你是哪位？”章桐一边把话筒夹在了肩膀上，一边抓过了手边的便签本和铅笔。

“我……我是刘建南的妻子……”

一听这话，章桐顿时来了精神，她赶紧坐直了身体，继续追问道：“是顾女士吗？你现在在哪儿？你先生的尸检已经结束了……”

还没等章桐说出心中的疑问，电话那头却传来了令人意想不到的话语：“章法医，真的对不起，让你费心了，我现在只想早一点儿领回我先生的遗体安葬，别的我没有兴趣知道。你就不用再浪费时间了！”

章桐不由得一愣：“那你的意思是你不想知道尸检的结果了？”

“人都已经死了，我的费用也已经结清了，章法医，半个钟头后我弟弟会拿着我的委托书前来办理遗体认领手续，我不想再有任何纠缠了，只想让我先生早日入土为安。谢谢你，再见！”

还没等章桐反应过来，电话就被匆匆挂断了，听着话筒那头传来的“嘟嘟”的单调的电流声，章桐没办法相信刚才所发生的那一幕。顾女士前后的态度简直判若两人！早些时候还在竭力声称自己的丈夫是被人害死的，并且不惜花费重金要求尸检，而半天的时间还未到，就迅速改变主意要求领回丈夫的遗体，对于尸检结果却不闻不问。这真的让人有种出乎意料的感觉。

“章法医，怎么了？出什么事了？”办公桌另一头正在电脑前忙碌的潘建好奇地抬头问道。

“死者家属要求领回尸体。”

“哪一个死者？”

“就是刚才我们解剖的刘建南。”

“是他啊，我正好要找他家属签字呢，不然的话我这份报告就完成不了。”潘建一边在自己办公桌上翻找着刚才所填写的尸检报告，一边继续唠叨，“我说章法医，你发什么愁呢？你刚才不是还四处找她吗？现在事主自己出现了，不就省事儿了？”

章桐皱起了眉头：“你不懂，她连问题都不让我问，好像急于领回自己丈夫尸体似的，我总觉得有些突然！”

“这刘建南的案子又没有立案，只是家属申请尸检而已。只要死因没有什么疑问，我们的工作就算是完成了。章法医，你不用想那么多。他活着的时候所发生的事情，我们管不了的。”潘建终于在一堆登记表下找到了自己刚才填写的尸检报告，脸上顿时露出了笑容。

章桐没有心思听潘建的好心劝慰，她看了看手腕上的表，又把目光投向了桌上的电话机。王亚楠说过，今天就会通知医院和家属做好沟通工作并且尽快把李晓楠的尸体运过来的，只要尸检有任何疑问，就可以向局里申请立案。算算时间，也差不多了，章桐突然有一种想远远地躲开眼前这种尴尬局面的感觉，她平生头一回开始怨恨起了自己所从事的这个行当。

王亚楠是个几乎脚不沾地的女人，时间对于她来说就是这个世界上最宝贵的东西，所以，当矮矮胖胖的天使医院医务科科长王金明站在她面前哼哼唧唧半天没给出确切答复的时候，她有点儿恼了，于是就冲着身边站着的王建一使眼色。王建立刻绷起了脸，神情严肃地说道：“王科长，我们已经等了你两个钟头了，你这样做就是不对了，我们警方已经掌握了充足的证据来证实你们医院原急诊科医生李晓楠的死并不是那么简单，你这样子拖下去的话，延误了我们的调查工作，我想这个责任你可是担不起的。再说了，你这么毫无道理地拖延，我们完全有理由怀疑你的动机！”

听到自己要被搅和进这个案子里，王金明脸上的笑容顿时消失得无影无踪，转而替代的是一脸的尴尬与紧张。他拼命摇手，竭力和面前这个让人头痛的局面撇清关系：“我说警察同志，你们可千万不要误会，我和这件倒霉事没有任何关系的！你们可要讲道理的啊！”

“那你为什么要拖延？我们马上就要带走尸体进行检查！”

“尸体……尸体已经被送往市里火葬场了！”

“你说什么！简直是胡来！”王亚楠再也无法顾及对方的脸面了，冲着王金明一声怒吼，继而快步冲出了医务科办公室。

身后传来了王金明委屈的抱怨声：“这可都是家属要求的，我们医院也是没有办法的啊！”

等王亚楠和王建两人匆匆忙忙地赶到市火葬场，并且亮出身份说明来意后，工作人员查了查身边的电脑记录，随即双手一摊，满脸的无奈神情：

“没办法，一个小时前已经送进火化操作炉了。”

一听这话，王亚楠顿时傻眼了：“你确定？有没有可能搞错？”

“警察同志，我们这边是火葬场，不能随便开玩笑的。火化昨天晚上就预约好了。”工作人员的脸上明显已经有些不乐意了，“我们对预约客户都是准时办理业务的！”

正在这时，又有一辆挂着黑色布条的灵车缓缓开进了火葬场的大院里，工作人员干脆就丢下了王亚楠和助手王建，消失在后面的通道里了。

“王亚楠，这可怎么办？”王建没了主意，“尸体都火化了，我们……”

“等等，我和章法医联系一下，看看她的意思再说！”

王亚楠随即拨通了章桐办公室的电话，把眼前的突发情况告诉了她，电话那头很快就没有了声音。

王亚楠急了：“小桐，怎么办？尸体火化了，我总不能给你把骨灰带回来吧？你倒是说句话呀！我可不想在这边干耗时间！”

“和家属商量一下，给我带回一些还没有被完全火化的骨头，即使是碎片也没有关系的，五十克左右重就可以了。”章桐的声音显得很平静，听不出任何一点儿波澜。

“骨头？不是火化了吗？”

“去吧，亚楠，再晚就来不及了，等你回来后我会向你解释的！”

“好，那我就听你的！”容不得多想，王亚楠径直就推门闯进了火化操作间。

熊熊的火化炉刚刚熄灭，两个戴着口罩和厚厚的大手套的操作工正准备打开火化炉的铁门，见到身边出现了陌生的不速之客，不由得愣住了，随即不满地问道：“你们是谁？到底想干什么？”

王亚楠也懒得解释，她掏出了随身带着的证件，然后伸手指了指火化炉：“里面是不是一个多小时前送进去的？”

稍微年长的火化工点了点头。

“死者的名字是不是叫李晓楠？”

火化工随即查验了一下遗体交接簿，点点头：“没错，是叫这个名字，很年轻的一个女孩子。死因是车祸，天使医院送来的。”

王亚楠悬着的心总算放了下来，她微微松了口气："继续吧，我等着。"

两个火化工不由得面面相觑，实在不明白眼前这个女警察的真正来意，但是又不敢吱声，只能继续手头的工作。

在等待的时候，王建凑在王亚楠身边小声问道："我们应该通知家属吧？"

王亚楠叹了口气，神色凝重地说道："等骨灰出来后再说吧！"

话音刚落，一阵怪异的声响过后，炉门缓缓打开了，一股逼人的热浪很快就扑面而来，王亚楠下意识地闪在一边。灰白色的骨灰被一个不锈钢铁盘装着，被慢慢拉出了巨大的炉门口。

王亚楠皱了皱眉，目光不由自主地又一次投向了尽管火焰已经熄灭了，却还依旧冒着骇人的热浪的巨大火化炉。突然之间，她感觉到一种莫名其妙的恐惧油然升起，却很快又被自己这种有些幼稚的念头给逗乐了，她的嘴角划过了一丝尴尬的苦笑。

果不其然，在灰白色仍然冒着阵阵热气的骨灰中，王亚楠一眼就看到了为数不少的细小骨头。她伸手指着这些骨头不解地问道："师傅，怎么还会有骨头？"

"哦，这是因为炉温不够的缘故，等会儿我们在交给家属整理的时候会处理掉的。每一具尸体火化后几乎都是这个样子，不可能完全彻底烧成灰的。"

王亚楠心里顿时有了主意。

回到局里的时候已经快到吃中午饭的时间了，王亚楠一下车就急速来到了位于大楼底层的法医办公室，她知道不得到自己的回音，章桐是绝对没心思吃中午饭的。

一推开门，章桐果然正在电脑边埋头整理着什么资料。

"小桐，我把你要的东西带回来了！"说着，王亚楠从证据袋中小心翼翼地取出了那个装有李晓楠遗骨的特殊的袋子，递给了章桐。

"太好了，我要的就是这个。"章桐迫不及待地仔细查看着手中的塑料证据袋，目光中闪烁着亮晶晶的东西。

“小桐，这些骨头都已经被火化炉高温烧过了，你确定还有用吗？我想上面的证据应该没剩下多少了吧？”

章桐点点头：“你说得没错，尸体火化了，我确实找不到很多证据，但是，”说到这儿，她指了指证据袋中那小小的灰白色的骨头碎片，“这是我目前唯一能做的补救措施了。我的导师曾经说过，骨头从来都不会让我们法医失望的，你就等我的消息吧！我今天会给你电话的。”

王亚楠没有再多说什么，只能忐忑不安地看着章桐的身影很快消失在通向隔壁法医实验室的过道小门里。

法医实验室很小，只容得下一个人在里面工作。堆满仪器和化学制剂的工作台面上，满是污渍斑斑。章桐没有顾得上整理一下凌乱的桌面，如果运气不够好的话，或许得在这个狭小的房间里耗上一整天的时间，就这也还不一定能够得出预期的结果，可是，时间已经不等人了，如果再不做毒物检验，那么，手中这袋子里小小的骨头碎片上的证据就会迅速流失得无影无踪。李晓楠的尸体已经不存在了，现今揭开她死亡之谜的唯一方法就只能是进行骨头上的毒质残留物检验了。

毒物检验需要经过层层筛选，提取合适的样本，然后做相应的配对。天底下的有毒物种有很多，而这些配对工作目前基本上都是要人手来完成。

章桐先从最常规的几种毒物开始检验，她选择了有关砷的检验。砷是一种最普遍的下毒物。砷，就是人们平常所说的砒霜中的成分，属于一种非金属类物质，对人体的危害非常大。中毒的人最显著的一个特征就是神志恍惚，反应迟钝，这和监控录像中李晓楠临死时的怪异表现是差不多的。

章桐先从仪器柜里找出检验砷所要用到的雷因希铜片。在特制的含有检材样本的盐酸溶液里，砷能与铜发生反应，在铜的表面形成黑色的沉淀物，这种实验方式通常被用来作为是否有砷中毒的筛选，如果是显示阴性，那么，就能够排除；如果是显示阳性，那就表明检材中含有可疑物质。但是，这并不一定就说明是砷中毒，因为一些重金属也会有这样的反应，比如说铅。

所以，当章桐在铜片表面顺利发现黑色沉淀物时，她随即取过了试验台另一边的酒精灯，点燃后将显示阳性的雷因希实验铜片进行加热升华，然后用显微镜检验。在那小小的显微镜片下，她终于看见了有六面体和八面体的黑色结晶。现在已经完全可以肯定该检材中含有砷元素了。可是，很快一个疑问在她脑海中又迅速升起，没有办法确定李晓楠在生前究竟中毒多久才倒地。她的视线落到了手边那个还剩下十三克左右骨碎片检材的证据袋上——最好再找到留有她 DNA 的遗物，进行进一步的比对。想到这儿，章桐摘下了手套，拨通了王亚楠的手机，然后把自己心里的打算告诉了她。

“没问题，我这就派人去医院宿舍。”王亚楠爽快地一口答应了下来。

“任何东西都可以，只要是她最近刚刚使用过的。”章桐想了想，补充道，“最好是死者用过的梳子或者牙刷。”

“好的！”

一个多小时后，王亚楠如约给章桐带回了一把用塑料证据袋装着的黄杨木梳，当章桐在黄杨木梳上看到几根长长的头发时，她心里那块悬着的大石头终于可以落下了。

第六章
凶手

王亚楠不由得皱起了眉头："120是在四点五十分左右进入死者房间的，而前后小区监控录像我都查看过了，并没有人在凌晨两点至五点之间离开过案发现场。那么，你的意思是120进入房间抢救病人时，很有可能这个犯罪嫌疑人正躲在房间里的某个角落？"

负责刑侦工作的李局办公室里，此刻正灯火通明。这几天局里唯一的会议室正在维修发霉的墙面，所以，一有案情汇报分析会议，李局就只能把所有人全都集中到自己的办公室里。这样一来，开会时站着的、坐着的，甚至于席地而坐的人都有，经常把这个小小的办公室给挤得水泄不通。

"小王，你怎么确定死者是在死前两天被下的毒？并且最后一次剂量更大呢？要知道，死者的尸体已经被火化了，我们手头的证据并不多啊！"李局一脸愁容地翻看着王亚楠上报的案情进展资料。

"是这样的，在死者家属的配合下，我们找到了死者生前所使用过的一把木梳，上面有死者的头发。章法医在已经通过骨碎片毒物化验证实死者在生前砷中毒后，为了进一步确定剂量以及中毒的具体时间，她对提取的死者木梳上的头发进行了取样化验。根据人类头发的平均生长速度，以及死者的年龄，推算出了头发生长的每一个阶段，最终得出结论，死者中毒的时间不会超过三天。而最靠近发根的那一段，砷含量激增，所以，我们就此得出推论，死者是最近三天之内中的毒。而死者临死前的那段监控录像更加证实了我们上面做出的推论，也就是说，我们的死者，天长市天使医院急诊科医生李晓楠，很可能是被人巧妙地谋杀的。”

“可是，死者是死于车祸的。我们只能对她生前被人下毒进行调查，但是这下毒并不是直接导致她死亡的原因。所以，我认为这个案件目前只能作为投毒案处理，不能定为谋杀案。小王，你还得对死者出车祸那件事做进一步的深入调查才行，我们立案要的是具体证据！”李局的话语不容半点儿质疑。

王亚楠点点头，站起身说道：“好的，我会立刻亲自跟进调查！一有消息就向您汇报！”

刚刚走出会议室，王亚楠的手机就响了。接听完电话后，她的脸色顿时沉了下来，回转身拦住了助手王建的去路，硬邦邦地丢下了一句话：“马上跟我出现场。”然后迅速向地下室停车场跑去。

王建才被分配到局里没有两个月，自己平时就跟个打杂的差不多，能真正出现场的机会也很少，更别提跟着王亚楠这个一把手了。这冷不丁地听到要出现场，王建顿时来了精神头：“好，我来开车！”

王亚楠并没有搭理他，在她眼中，王建只不过是一个刚出道的小孩子罢了，自己现在和个保姆没有什么两样。带着这么个毫无实际经验的所谓“副队长”在身边，王亚楠的心情实在好不到哪里去。

案发现场在位于天长市城北的一处拆迁工地上，一路上道路坑坑洼洼，搞得警车不断地摇晃颠簸。王亚楠终于恼了，她一声怒吼：“王建，你到底会不会开车？不会开，给我滚一边去！”

“这是路况不好的原因，和我没关系的。”王建有些委屈了，透过车窗望去，四处都是洋灰，那些拆迁的土石方工程车不断地来来去去。他不由得心里嘀咕，再好的道路都禁不起这么折腾啊。

警车终于艰难地停在了一栋歪歪扭扭的老居民楼下，尽管已经被拆得七零八落，很多楼面墙体也已经被大锤子给狠狠地敲开了，但是，一眼看过去，还是能够看出房子的本来结构。

几个面部表情十分异样的拆迁工人正远远地蹲在一堆拆下来的旧预制板的旁边，时不时地还互相嘀咕着什么。派出所的同事早就在现场的周围拉起了黄白红相间的隔离带。见到王亚楠一行人过来，他点了点头，一位工头模样的中年男人就起身带着他们穿过隔离带向里面走去。楼道里四处都是拆下来却还没有来得及被运走的建筑垃圾。大家深一脚浅一脚地来到了三楼，此刻，这栋大楼里的所有工作都已经停止了，工人们也已经被清理出了现场。耳边除了单调的脚步声以外，几乎就没有别的声音了。

“你们市局的法医已经先来一步了，她带着一个助手正在里面。”

“哦？他们在哪儿？”王亚楠一边嘴里应付着，一边回头狠狠地瞪了王建一眼。

王建没有吱声。

进入现场后，首先映入眼帘的是一面房屋的承重墙，它位于房屋整体位置的东面，从脏兮兮的墙面上可以看出以前这个房间曾经被屋主用作厨房。承重墙的旁边，蹲着两个身穿白色连体工作服的人，正是先期赶到的章桐和助手潘建。

一见到王亚楠，章桐立刻站起身来，脸上露出了迫不及待的神情：“亚楠，立案申请批下来了吗？”

王亚楠知道章桐话中所指的是李晓楠的那个案子，她摇了摇头，走到章桐身边蹲下：“目前的证据可以定投毒，但是却定不了谋杀。先就这么办吧，我会跟进的，你放心吧，一有情况我第一时间就告诉你！”她抬头看了看章桐助手正在仔细勘验的墙面，一眼就看到了已经被清理出来的一根人类的手指骨正清晰可辨地露在墙面外。

“说说眼前这个案子吧，情况怎么样？”

章桐只能无奈地点点头：“目前来看所有的尸骨还都被砌在墙里面，尸骨大体上还是比较完整的，听先来到现场的人说，工人们最先发现的是死者的头骨。”说着，章桐伸出戴着手套的手指，轻轻地摸了摸裸露在墙体外面的小部分头骨，然后转身让王亚楠看，“我手套表面没有任何附着物，这意味着眼前的这具尸骨已经在墙体里面待了至少有五年以上，尸骨表面已经得到了充分的分解。”

“接下来你准备怎么办？”

章桐微微一笑：“和考古差不多，慢慢清理吧，尽量避免第二次伤害，你帮我找盏应急灯过来，估计今天我和小潘要忙到晚上天黑了。”

东西很快就备齐了，现场除了两个法医留下以外，其余人都撤到了门口。

时间一点点地过去，太阳很快就下山了，四盏应急灯把整间屋子照得雪亮，章桐身边的塑料布上，已经整齐地摆出了一副骨架，还有一些碎布条，从它们所附着在尸骨上的位置来看，应该就是死者的衣服。在依次照过相后，尸骨上所有的外部附着证据都被按顺序装袋，准备等痕迹鉴定组的同事前来接收。

摆在章桐面前的这副白骨除了两节小指骨和一小块椎骨没有找到以外，其余的都已经一一安放到位。人体总共二百零六块骨头，六百多块肌肉，这副被人砌在墙里面的尸骨，过了这么多年，还能够找到二百零四块骨头，在章桐看来，已经是挺幸运的了！

最后看了一遍凌乱不堪的现场，确保没有物证被遗漏，章桐点点头，这才对潘建说道：“可以了，我们撤吧！”

人被砌在墙里面，不用说这肯定是一件谋杀案，所以，拆迁工程被搁置了下来，何时才能继续开工，那就得看公安局的破案速度了。

章桐小心翼翼地把尸骨都装在一个专门的黑色运尸袋子里，然后，送回局里进行下一步的验尸工作。

王亚楠把王建打发去了天使医院了解情况，自己则干脆跟着法医车回到了局里。她很清楚就算自己有再大的能耐，死者的身份以及死因不搞清楚的话，这个案子就是在抓瞎。

来苏水味是在寒气逼人的解剖室里唯一能够闻到的味道，洁白的瓷砖由于被清洗过无数次，早就变得暗淡无光。一推门进来，王亚楠就忍不住抱怨：“我每次来，都会被这里的味道熏晕！你们就不能换种消毒水啊！”

章桐不由得瞪了她一眼：“来苏水是最便宜的了，效果又好，不用它，难道你想被臭死？”

王亚楠乖乖地不吱声了，这儿是章桐的地盘，什么事情都是她说了算的。

潘建利落地找出早就已经准备好的含有酶的专门清洗剂来清洗骨骼表面。由于在墙体里被封住五年以上，尽管在搜集证据时，章桐已经非常注意，但是她知道还是有一些地方免不了会受到一些不必要的外力损坏。为此，在骨骼清洗工作开始前，她要一一辨别出来尸骨上所有的外伤裂痕并且登记在案，以防止和以前死者所受到的一些旧伤混淆。

很快，一具干净的骨架就基本完整地被摆放在解剖台上了，除去三处因为敲墙而引起的间接伤痕外，其余的可以暂时推断为死者身上的旧伤。

“亚楠，根据耻骨下面的明显生理特征来看，死者是男性，而肋骨的软骨关节已经发育到了最后阶段，这也就意味着死者死亡时已经超过了三十九岁这个特殊的人类生理年龄，标志着已经进入了中年阶段。”章桐边仔细查看尸骨，边说道。

“还有，你看这边……”她指了指死者的颈椎骨，“这里有一处明显的不同寻常的伤口，表明死者的第四颈椎骨关节已经断裂，显示出死者在生前身体曾经遭受过重压，导致脊柱变形。而通过对死者的一处关节的查看，骨质异常疏松的特征非常明显，这正好符合我对于死者曾经因为意外导致过下体不能行动的推测。你再看这边的死者右侧桡骨上，也找到了相应的钙化点，这也印证了我的推论。

“而脊柱骨关节上我发现了相对应的三处矫形螺丝留下的孔，还有三处金属托架，这表明死者曾经为了脊柱受伤的病因做过多次矫正手术。”说着，章桐小心翼翼地取下了那三个金属托架，在金属架的反面，她看到了一串商品编码，嘴角不由得微微地往上一翘，“任何大型的矫正手术所用到的医用移植器械上，都会有相应的商品编码。这样，或许能够使我们多一个方法来确定死者的身份。”

“你的意思是死者是一个肢残人士、中年男性？那还有什么办法能够更快确定他的身份吗？”

章桐随即把目光转移到那个一直还没有检查的死者的头骨上。她轻轻拿起了头骨仔细端详了一会儿：“脑干所处位置的上方有明显的裂开的痕迹，这不是刚形成的伤口，根据伤口边缘的钙化程度，应该有好几年的时间了。伤口呈龟裂状，那是钝器击打后留下的样子，我会尽快进行颅面成像复原的工作。”

“那死因呢？”

“可以初步定为钝器打击致颅脑损伤死亡。而死者的死亡时间，我还要利用质谱仪对头骨伤口进行进一步的确定后才可以告诉你。”

王亚楠心满意足地离开了，尽管还没有确定死者的真实身份和真正死因，但是目前的手头线索已经能够让她开始放开手进行工作了。

对于一个法医而言，人体骨骼就是一个完整的记录一个人从出生直至死亡的信息库。无论外界如何变幻，也无论生命已经离开人体有多长时间，骨骼总是毫无保留地把其所经历的一切统统展现于活着的人眼前，而法医所要做的，就是仔细去观察，揭开死亡所掩盖的真相。

看着自己面前无影灯下的死者头骨，那异样的颜色让人心里很不舒服，看上去就像法医办公室里的那具人体解剖模型，与一个曾经鲜活的生命似乎毫不相干。

“准备好了吗？”

潘建点点头，伸手做了个 OK 的手势。

笨重的三维激光扫描仪发出了“吱吱嘎嘎”的声响，一缕缕红色的激光束穿透了整个死者头颅，忠实地记录着每一个细微的数据。章桐知道，用不了多久，死者的大概相貌就会被打印出来，只要是死者亲近的人，通过这张模拟画像，很快就会认出死者的身份。

而刚才的全身 X 光扫描显示，死者的后脑伤口是真正致命的伤口，也就是说，死者是被人从上往下六十五度角钝器击打致死。

半个多钟头后，死者的模拟画像出来了，在通过传真机传送给王亚楠办公室后，章桐拨通了王亚楠的手机：“死者身高在一米六三至一米六五之间，坐在轮椅上大概一米二。袭击他的人在他身后下的手，当时他应该是坐着的。我测量了伤口的角度，是六十五度，也就是说，凶手很有可能是一个身高在一米七二左右的人，而且身体强壮，是死者亲近的人，所以才会有机会在背后袭击死者，并且是一击致命的。”

“我知道了，谢谢你提供的情况。”

“我一个小时后派人把尸检报告给你送来。”

“好！”

终于忙完了手头的工作，章桐婉言谢绝了潘建请吃肯德基的盛情，看着小伙子乐滋滋地啃着手里的汉堡，她一点儿胃口都没有。墙上的钟已经走到了凌晨一点，章桐彻底打消了给刘春晓打电话要他来接自己下班回家的念头，这段日子刘春晓本身也很忙，常常是电话也不能够马上接了，经常打过去就被转入语音留言系统。章桐唯一知道的消息就是刘春晓被调到了反贪局工作。没办法，章桐开始想念起了家里的馒头，她发愁地又一次看了看墙上的挂钟，自己今晚要是不回去的话，馒头就会饿肚子了。王亚楠的车也是指望不上了，人家今晚肯定会通宵加班的，还是打出租车回去吧。

想到这儿，章桐下意识地直起身子，背部肌肉的酸痛使她顿时龇牙咧嘴起来，紧接着就是浑身肌肉酸痛，连肩膀也开始抽痛。章桐皱起了眉头，走到门边，拿下自己的外衣和挎包，转身对潘建说道：“我先回去了，有情况给我打电话吧。”

“这么晚了，章法医，你还回去？”谁都知道章桐住的地方离局里非常远，“这个时候外面还打得到出租车吗？”

“没事，这么晚回去我已经习惯了。家里的狗还没有喂呢！”章桐笑了笑，推开门走了。

城市的夜晚和白天是完全不同的两个世界，如果用雍容华贵来形容白天的话，那么夜晚就处处流露着诡异的神秘和凄凉的寂寞。凌晨一点多钟的街头，华灯依旧亮着，在它照耀得到的地方，一览无余，空空荡荡，连个人影都没有；而灯光背后的黑暗，章桐却根本就看不清楚，除了黑暗还是伸手不见五指的黑暗。

站在公安局门口的大街上，别说看到出租车了，连个过往行人的影子都看不到。章桐微微苦笑，是啊，都这么晚了，有谁还会像自己这样在大街上傻傻地站着等出租车呢？看着远处路灯下的引桥，章桐的眼睛都快看酸了，却还是见不到有亮着车灯的出租车过来。她抖了抖因为紧紧抓着挎包而变得麻木的手臂，试图能找回一些感觉，可是，努力了好几次，却都像是在晃一条根本就不属于自己的胳膊。章桐开始有些犹豫了，记得刘春晓说过馒头已经是条大狗了，饿一天两天无所谓的，只要有水喝就行了。想到这儿，她又一次朝着远处看了一眼，还是没有空的出租车向自己站着的方向驶来，那今晚就干脆在办公室里凑合一晚吧。章桐打定主意后，刚要转身向公安局的方向走回去，突然，挎包里的手机响了起来，在寂静的大街上，声音听上去格外刺耳清脆。

容不得多想，章桐赶紧接起了电话："你好！哪位？"

电话那头传来"沙沙"的声响，似乎线路不是很好，听不到对方的任何回答。

"喂？你是哪位？有事吗？"章桐忍不住追问了一句。

在几秒钟的紧张等待后，章桐刚想失望地挂上电话，电话那头终于传来了说话声，刻意压低的嗓音中透露着明显的慌乱与害怕："章法医，我是刘建南的妻子，我想请你帮个忙！"

"你丈夫的遗体不是已经被你委托别人在今天白天领走了吗？"

"是，我知道，只是，我想请你们调查我丈夫的死因，他是被人害死的！……"话还没有说完，电话就突然中断了。

"喂，喂……"章桐急了，赶紧把电话回拨过去，听筒中却传来对方已经关机的提示音。"这究竟是唱的哪一出啊！"章桐不满地抱怨了一句，这半夜三更毫无来由的电话让她顿时心生不满。但再细想想，对方之前态度非常坚决，不一会儿又来了个一百八十度大转弯，现在却又这样……究竟出了什么事？章桐的心里突然隐约感到一些不安。

王亚楠完全沉浸在手头的工作中，她全神贯注地比对着手里的每一个数据，时不时地在右手边的纸上做着记号，脸上看不出任何表情。

心乱如麻的章桐在王亚楠的办公室门口已经站了有一段时间了，她在犹豫着究竟该不该把心中的疑虑告诉王亚楠。从公安局大门口走进来直到现在，短短两百米不到的路程，章桐已经不止一次地回拨了刘建南家属顾女士的那个来电号码，可是，对方始终处于关机状态。由于李晓楠的原因，章桐总是觉得刘建南的死似乎哪里有些不对劲儿，不是死因，是他腹部怪异的伤口。章桐虽然是一个法医，面对的都是尸体，但是，同样是医学院毕业的她却很清楚这个世界上没有一个真正的外科医生会这样不负责任地对待自己的病人。这是违背道德常理的，甚至是犯罪。当然，刘建南并不是死于这种潦草的外科手术，但是，很显然手术后还不到二十四小时的时间，他就选择了自杀，这解释不通啊！难道他后悔向别人捐献自己的器官了？那也不至于落到跳楼自杀的结局，应该还有很多别的选择的。

“小桐，你怎么了？这么晚还鬼鬼祟祟地站在我的办公室门口，不回家睡觉啊？你到底想干吗？”王亚楠半开玩笑地打断了章桐纷乱的思绪。

“我想找你谈谈那个案子。”章桐干脆走到王亚楠办公桌前的椅子旁，一屁股坐了下去。

“李晓楠那个？”王亚楠一脸的无奈，“我不是跟你说过了吗？现在还没有足够的证据证明她是被人杀害的，还只是处于推断中，王建找线索去了，很快就会有结果。你的心情我能够理解，你不要太伤心太纠结这个案子了，好吗？”

章桐摇摇头：“你搞错了，我不是说这个案子，只是有一丁点儿连带关系，我说的是我们法医室今天接手的那个家属要求解剖验尸的案子。”

王亚楠皱眉：“温泉小区跳楼的那个男的？”

“对，刘建南！他最后的医生就是我的同学李晓楠。”说着，章桐把前前后后的经历以及自己心中的所有相关疑虑一字不落地都说了出来，最后，她把自己的手机放在了王亚楠面前，“这上面的最后一个来电号码就是她的，我回拨了好几次，她关机了！”

王亚楠拿起手机，仔细查看了来电号码和时间，189×××××××8：“这是电信的号码，这种天翼号码都是用身份证登记的，我们这里有他们电信部门的工作平台链接，我查一下资料和登记户主的名字，看看能不能联系上户主，确定一下情况再说。”说着，她在电脑页面上调出电信天翼内部服务平台，在输入手机号码后，上面很快就显示出一个信息框：

机主：顾晓娜

身份证号码：350088××××××××1023

居住地：天长市北三区温泉小区5栋408室

“能马上联络上她吗？亚楠，我总感觉她的声音中有些不安，不知道会不会出事，她这么反复肯定是有问题的！”

“这不好说，丈夫刚刚去世，妻子的情绪失控那是很正常的，再说了，现在是凌晨，天还没有亮，这么贸然上门，不太好。我想还是等天亮后，我派人去她家了解下情况吧，你说呢？”

章桐点点头：“看来也只能这样了，这女人，确实很情绪化，我第一次在咱们局门口见到她时，就有这种感觉。就是你那副手，被她整得够呛，连插嘴的机会都没有，是个老实人！”

王亚楠轻轻哼了声，显得很不在意：“那小子，还算是部队转业的，笨得要死。我真不明白，什么都不懂的人，李局竟然还把他派到我身边来做副手，知道副手的重要性吗？我要是不在的话，他就要顶上去的，他现在什么都不懂，到时候怎么顶得上去？我能放心到时候把手下的人交给他吗？”

“亚楠，对人要有宽容心，我看你这个副手也是挺不错的人，从来都不会抱怨你的坏脾气，你还是忍了吧，过段日子习惯了就好了。再说了，李局把他安排在你身边，那也是信任你，想叫你带带他，你是师父嘛！”

王亚楠不耐烦地挥了挥手：“行了，拜托你别做我思想工作了，你那套大道理我都知道的！省省力气，赶紧回去休息吧，这都几点啦，明天还得上班呢。”

章桐回头看了看王亚楠办公室角落里间那张小小的行军床：“看来我今晚就只能在你这边凑合一下了。”

“你的办公室不是比我这边大多了吗？”王亚楠一边敲击着键盘，一边嘴里嘟嘟囔囔抱怨着。

章桐站起身，微微一笑：“你要是受得了那肯德基炸鸡腿的味道，我那边随时欢迎你去过夜！”

“小桐，快醒醒！快醒醒！”

王亚楠的声音仿佛来自另外一个世界，飘飘荡荡的，时远时近。章桐翻了个身，继续睡觉。

看章桐没把自己的催促当回事，王亚楠急了，凑近她的耳边，猛地大声叫道：“快起来！顾晓娜死了！”

“你说什么？”章桐一下子就从床上坐了起来，睡眼蒙眬地瞪着王亚楠，“你别开玩笑，她昨天晚上刚给我打完电话就死了？不会这么巧吧？怎么死的？人现在在哪儿？”

王亚楠晃了晃手中的电话听筒：“王建从天使医院打来电话，说顾晓娜刚被 120 急诊车送进医院没多久，就因抢救无效而死亡了，就在刚才，具体原因我还不清楚。怎么样，咱们马上一起过去？”

“现在几点了？”

王亚楠看了看手机屏幕上的时间：“早上五点四十八分。”

“怪不得我脑袋这么疼，我才睡了不到三个钟头！”

在医院的急诊室里死一个病人那是再正常不过的了，本来进到这里的就都是危重病号，生与死都是五成对五成的比例。所以，这里的护士和医生照理说应该对死亡是见惯不怪了。可是，当王亚楠带着章桐走进急诊室办公室时，她分明在周围人的眼中看到了一些恐惧和不安的神情。想想这也难怪，朝夕相处的同事刚刚因为车祸去世，紧接着就又有病人去世，这种每天看着人死去的滋味儿确实不好受。

“你们哪个是负责人？”在出示了证件后，王亚楠挨个扫视着自己面前的医生护士，“能和我说说究竟是怎么回事吗？”

“我是急诊科的护士长，我们主任还没有来上班。”

王亚楠仔细打量了一下站在自己面前的这个四十岁左右的女护士长，一身简单的护士服，头顶戴着的护士帽上镶嵌着一根金线。她要是不表明身份的话，光凭身上的穿着打扮，还真的很难判断出她是负责人。

“和我说说死者顾晓娜的情况。”

“今天凌晨四点四十分左右，我接到了 120 急救中心发来的通知，说温泉小区有人突然心脏病发作，打电话求医，我们按照平时出诊的惯例，马上就出发了。因为，因为李医生去世了，所以人手更加不够，怕顶替的邓医生忙不过来，我就跟车一起去了现场。”

“你们到的时候，现场是什么样的，房间里还有别人吗？”

“没有，是死者自己打的求救电话。我们赶到现场的时候，大门开着，死者倒在门边，当时还有心跳反应，只是显示呼吸困难，已经说不出话来了。”

“她当时是什么表现？我是指她的肢体动作。”章桐插嘴问道。

“她用右手捂着胸口，左手摸着头部，脸色发紫，嘴唇发青，完全符合心脏病突然发作的症状表现。只是……”

“只是什么？”

“我本来想把病人的手放下来，好往担架上抬，可是她却死死地摸着头部，就是不松手！”护士长的脸上显出一副困惑不解的神情。

“那心跳呢？心电图怎么显示？”

“逐渐变缓，其实当救护车刚刚开上医院的急诊专用通道时，病人的心电图监视仪屏幕上就已经显示为一条直线了。”说着，护士长回头看了一眼身后站着的当班医生邓嘉盛，后者点点头，示意她继续说下去。

“后来呢？你们进行了哪些急救措施？”

“肾上腺素五毫升，电击，病人的心脏在短时间内曾经一度恢复跳动，但是后来就再也没有办法了……”

“具体宣布的死亡时间？”

“心脏停跳超过十五分钟，也就是早上五点二十三分，死亡证明书是我签的字。”当班急诊医生邓嘉盛接过了话头。

“邓医生，我能看下尸体吗？”

“可以，就在急诊二号手术室，我这就带你们过去。还有，你们那个同事不停地四处打听李医生的事，一个一个地问，弄得我们科里那帮小护士人心惶惶的。”言语之间，邓嘉盛显得颇为不满，他边向外走边又不停地抱怨。

王亚楠并没有马上就接这个话头，她看了一眼身边始终紧锁着眉头的章桐。

拐过走廊后，来到门上标有大大的数字“2”的一间手术室门口，一位医院保安正站在门口，见到邓嘉盛带着人走来，赶紧打招呼：“邓医生，你来了！”

邓嘉盛没有回应，只是点点头，然后走过保安的身边，推开门径直进了手术室。

王亚楠和章桐则紧紧地跟在邓嘉盛的身后也走了进去。

手术室里静悄悄的，无影灯早就关闭，由于病人在进入手术室前心脏就已经停跳，所以，并没有明显的抢救手术所留下的一片狼藉。此刻，狭窄的手术台上，一具尸体无声无息地躺着，白布把尸体从头到脚盖得严严实实。

“这就是死者顾晓娜，遵照你们同事的要求，人死后，我们就没有再动过尸体。”

章桐放下工具箱，打开盖子，拿出一副手套戴上后，转身就向手术台上的尸体走去，轻轻地揭开尸体上的白布。

时间在慢慢过去，手术室里的气氛渐渐地变得有些紧张。邓嘉盛几次要开口询问，都被王亚楠挥手制止了。

终于，章桐把尸体上的白布重新盖了回去，转身向王亚楠点点头，然后面对邓嘉盛，一脸严肃地说道：“这是一起谋杀案，我要接管这具尸体！”

邓嘉盛脸上的表情顿时凝固住了。

顾晓娜的尸体很快就被抬上了运尸车。王亚楠叫住了正要上车的章桐：“据你判断，死者的大概死因是什么？”

“目前还不好说，但是可以确定的是，死者是被毒死的！”

“又是被毒死的？”

章桐点点头：“我怀疑是生物碱中毒。死者临死前的症状也基本符合这种情况。总之，一有结果我就会马上通知你的！”

快到中午的时候，王亚楠推门走进了章桐的解剖室，还没等她开口，章桐就头也不抬地说道：“死者死于士的宁中毒。”

“士的宁？”

“对，你过来看。”说着，章桐把死者的头部轻轻转向另一边，露出耳朵后面的发际，“士的宁是一种剧毒的化学物质，一般用来毒杀老鼠等啮齿类动物。你看到没有，这里，就在靠近发际线的地方，有一个细小的针孔。你拿放大镜仔细看，针孔周围的皮肤有略微红肿的迹象，这就表明是在死者还活着的时候注射的，那个时候死者身体里的血液还在流动，但是，死者很快就死亡了，人一旦死亡，体内所有的血液就停止了流动，伤口就没有办法自愈，才会出现这种情况。”

“你又怎么会确定死者是士的宁中毒呢？”

“只要是生物碱中毒死亡，死者的牙龈就会出现明显的粉红色，也就是我们所称的‘粉齿’，这是生物碱性毒物在人体大量存在的体现。我在手术室检查尸体的时候，注意到了‘粉齿’的存在，再加上急诊室的护士长所反映的死者临死前的突发心脏病的情况，两者结合，我就可以确定死者是生物碱中毒。回来后我做了相应的排查，很快就确定了自己的推论，我所要做的，就是找到注射口。”她伸手指了指死者顾晓娜的脑后发际线。

“那么，死者是什么时候被注射进这种毒物的呢？”

“死者体内每百毫升血液中士的宁含量为一点八毫克，也就是说，死者被注射进了五个单位的生物碱毒物。根据医院记录，死者心脏停跳时间是早上五点零八分，那么，死者被注射的时间应该是在四点十分到四点四十分之间。”

王亚楠不由得皱起了眉头：“120 是在四点五十分左右进入死者房间的，而前后小区监控录像我都查看过了，并没有人在凌晨两点至五点之间离开过案发现场。那么，你的意思是 120 进入房间抢救病人时，很有可能这个犯罪嫌疑人正躲在房间里的某个角落？”

章桐没有说话。很明显，王亚楠所提出的这个问题并不需要解答。

“士的宁这种生物毒素一般有哪些人会拥有？”

“生物研究所、大学生物系研究室之类都会配备，包括一些带有研究性质的医院，因为这种东西在药用方面还是有很大的价值的，尤其是在心血管研究方面。”章桐无奈地摇摇头，双手一摊，“很难查找的。”

离开法医解剖室的时候，王亚楠顺手从口袋里掏出一份报告的复印件留在了门口办公桌上的文件栏里：“我差点儿把这个给忘了，小桐，这是尸体被砌在墙里那起案件的结案报告复印件，我到你这边来的时候，顺便给你带过来了。”

“我知道了，凶手是谁？”

“就是死者的儿子。”王亚楠的脸上露出了尴尬的苦笑，“不务正业的人，就为了点儿房子拆迁的补偿款，老头子不愿意把钱就这么拿出来，儿子就起了杀心。现在的人啊，真的是越来越让人难以理解了。为了点儿钱，可以连自己的爹妈都下得去狠手，就不怕遭雷劈啊！”

“算啦，想开点儿吧，我看要是每个案子都让你这么纠结的话，用不了几年的时间，你的神经就会受不了而最终崩溃的。干好你自己的工作就行了，别想那么多了！等我忙完了就一起吃饭去吧，从早上忙到现在，肚子还是空空的呢！”

王亚楠点点头，站在一边等章桐忙完手头的工作，一边和潘建一起整理尸体。章桐的心里同时又七上八下的，她知道自己很会劝解别人，尤其是面对好朋友王亚楠的时候，但是她也很清楚要是换了自己的话，处在王亚楠的位置上，也不一定会想得开，因为只要是人，遇到这种事情，都不会那么容易想得开的。

一个身穿浅红色衬衣的年轻女孩推门走出了天使医院的急诊区，屋外刺眼的阳光让她几乎睁不开双眼，但是这一切都没有阻止她向前的脚步。她低头看了看手腕上的表，时间快到中午了，她随即快步向大门口的公用电话亭走去，在经过门口保安亭的时候，她甚至一反常态没有和正在值班的保安老王打招呼，只是心不在焉地点点头。

看着年轻女孩的身影很快走到大门外左边二十米左右的一个公用电话亭里，保安老王突然很理解对方异常的举动。他微微一笑，并没有把年轻女孩刚才的反常放在自己心里，年轻人嘛，谈个恋爱情绪波动是很正常的，不过现在还有人不用手机而偏偏要用门口电话亭里的话机，还真有些出乎意料。但是，没过几秒钟，这个念头就在老王的脑海中消失了，他并没有在意，理由还是那个，年轻人嘛，尤其是恋爱中的年轻人，做什么事情都是很正常的。

电话亭里，在确定身后的门已经关好后，年轻女孩拨通了天长市公安局刑警队的电话号码，这是昨天那个四处调查车祸致死的李医生的年轻警察留给自己的，号码她已经背了下来。那个面容和蔼的年轻警察说过，无论想起了什么，只要和李医生有关，随时都可以拨打他所给的这个手机号码。

电话很快就接通了，只响过两声后，就被接了起来。

还没等对方开口，年轻女孩就小心翼翼地问道："是王警官吗？我是天使医院急诊科的徐贝贝，我想我可能发现了什么。你说过我只要一想起什么，就可以随时打电话给你的。"

"对，和李医生有关的。"

"我什么时候能见你？我刚下班。……好的，我知道那个地方，我马上打车过去。"挂上电话后，这个自称叫徐贝贝的女护士迅速推门走了出去，来到几米远的大马路边上，伸手拦了一辆出租车。

还没走进王亚楠的办公室，王建就远远地隔着办公室的玻璃窗看见顶头上司正像狮子一样在房间里踱着步，仿佛附近有一头已经受伤的羚羊。这种状态王建已经看见过很多次了，他知道这个时候去打扰她很不明智，搞不好就会招来一顿臭骂。他站在紧闭着大门的办公室门口犹豫了一会儿，还是毅然敲响了门。

"进来！"

"王亚楠，我想让你见个人。"也不等王亚楠回答，王建把一直站在身后的徐贝贝拉了出来，"这是天使医院急诊科的护士，叫徐贝贝，她也是李晓楠医生的助手，她有些情况或许很重要。"

王亚楠看了王建一眼，口气缓和了一些，伸手指了指自己面前的椅子："坐下吧，徐小姐。"

徐贝贝点点头，落座后，她从自己的随身挎包里拿出了一沓打印纸，递给了王亚楠："李医生在世的时候，她的很多病历都是我整理归档的。她去世后，按照规定，我要把她所有负责过的病历全都整理出来，然后移交给档案室管理，重新指定分配医生。结果……"说到这儿，她略微停顿了一下，抬头看了一眼一直站在自己身边的王建，"王警官和我说只要找到任何我觉得有异常的地方，都可以找他，所以，我今天一交班后马上就过来了。"

王亚楠翻看了一下手里的几张打印纸，都是病人的病历档案，上面清晰地记录了病人的姓名、性别以及接诊时间、病情、处理方式，当然，还包括最后死亡的时间。王亚楠看不出有什么值得怀疑的地方，她一脸疑惑地看着面前忐忑不安的年轻女孩："徐小姐，你能和我解释一下吗？好像这上面的病人大多都已经去世了呀。"她指了指自己手中的病历打印纸。

"是这样的，我们急诊科因为平时接收的都是危重病人，有死亡那是很正常的。但是，我发觉这一个多月以来，李医生上班时接诊的病人死亡率太高了，而且基本上都是意外所导致的死亡，也就是说，病人到达医院后没有多久，就死在了手术台上。这很反常。

"还有就是，据我在急诊室参加抢救时的观察，有好几起病例，死者在临死前都动过大手术！"

"你所说的'大手术'是指什么样的大手术？"王亚楠不解地问道。

"我不清楚，但是在病人身体表面都会有很新鲜的伤口存在，是缝合伤口！"

听到这儿，王亚楠突然想起了什么，挥手示意徐贝贝等一下，然后抓过办公桌上的电话机，拨通了章桐办公室的电话："你马上过来我这边一下，对，有急事！……好的，我等你！"

没过多久，章桐就急匆匆地走进了王亚楠的办公室。王亚楠一边把手里的病历复印件递给了她，一边介绍说："这是我们局里的法医章桐，这是李晓楠生前的护士兼助手徐贝贝，这些资料就是她送来的。"

章桐点点头算是打过了招呼，随即仔细查看起自己手中的病历复印件，很快，在病人姓名一栏中，她看到了一个再熟悉不过的名字——刘建南。

"这里总共有多少个病人？"

"十八个，我打印的就是这一个多月的，前面的已经都交到档案室去了。你要的话，我可以去拿。"

"不用了，这些就已经足够了，徐小姐，谢谢你。"章桐犹豫了一下，紧接着问道，"关于这些病人，你还有哪些需要补充的吗？我是指他们的共同点！我看到病人的名字后面都有一个小小的'*'字标记，这代表着什么具体含义吗？"

徐贝贝点点头："这是我们做急诊手术前必须查明的。我们和市中心血库是联网的，做手术前，只要在页面上输入病人的名字，就会显示病人是否献过血，如果参加过献血的话，我们按照规定会让病人享有应该拥有的待遇，从另一方面讲，病人的血型也可以很快知道，减少了验血的各种环节，增加抢救成功的概率。"

"是这样啊，那么，这十八个病人都是在血库进行过献血的，对吗？"

徐贝贝又仔细看了一下病历复印件，随即肯定地点点头："没错，他们都参加过献血，你们可以在市中心血站的资料库里查到他们的相关资料。"

"刘建南死亡的当晚，你在抢救现场吗？"

"对，那晚我值班。"

"你也注意到了他腹部的伤口？"

徐贝贝又一次点点头："没错，我们几个都注意到了，包括李医生在内。"

"前几个病人身上你是否也注意到了？"

徐贝贝想了想："我当班的那几天，反正都是这样。我记得当时李医生还很奇怪，她在病历原始记录本上做了记录，以方便日后查找原因。"

"好，我没问题了。"章桐看向王亚楠，后者点点头，"谢谢你的帮助，徐小姐，今天就到这儿吧，我们会和你保持联络的。"

徐贝贝抿了抿嘴："只要能帮上李医生的忙，我做什么都愿意的。说实话，李医生是个好人，她这么突然就离开了，我们几个护士心里都不好受的！"

徐贝贝的话让章桐突然有一种想哭的感觉。

王建带着徐贝贝离开了王亚楠的办公室，章桐却并没有马上走，她在刚才女孩所坐的椅子上坐了下来，抬头问道："顾晓娜的案子立案了吗？怎么样了？"

"立了，我已经派人去顾晓娜家调查了，很快就会有消息给我。对了，小桐，我记得你说过刘建南的死因并不可疑，完全符合高空坠落所导致的死亡，对吗？"

"对，死因很明显是没问题，是坠楼死亡。但是，他身上的伤口，我总觉得没有那么简单。而且据我所知，一个刚刚把自己的器官捐献给别人的人，是不会马上想到轻生的，而且根据他妻子顾晓娜所提供的情况，刘建南身体状况一直都是很健康的，没有任何毛病，一年到头连感冒都没有，而家里也是经济状况良好，办着个大公司，整天忙于生意，人也很有爱心，没有什么值得他甩下深爱着的妻子而跳楼自杀啊。你说对不对？”

王亚楠点点头，随后却又皱眉说道：“不过，世事难料，这个世界上，最捉摸不透的，我想就是人的心思了。”

正在这时，王亚楠办公桌上的电话铃声急促地响了起来，章桐的随身手机也紧接着响个不停。两人不约而同地对视了一眼，随后同时接起了电话。

“好的……我马上到……”

一个小时前。

这里是拾荒者最爱来的地方，因为地处闹市区，又是高档酒店，所以后门拐弯处的大垃圾箱里经常会有一些令人意想不到的“宝贝”出现：没用完的纸巾盒，喝了一半的啤酒，吃剩的烤鸭。这也就是导致拾荒者之间经常大打出手的原因。

这一次，好不容易争夺到“占领地”的拾荒者阿宝正兴冲冲地在垃圾箱里翻找着什么。刚刚经历过一场激烈的斗争，阿宝的脸都被打肿了，可是，这一切与酒店员工刚刚扔出来的那一大袋半人高的黑色垃圾袋里装着的宝贝比起来，还真的不算什么。为了抓紧时间，阿宝拼命翻捡着，搜寻着，脸上挂满了欣喜的笑容。

终于，一个神秘的大纸盒子出现在了他的面前，盒子有点儿脏，但是这影响不了什么，阿宝如获至宝般地捧起了纸盒子，钻出了大垃圾箱。周围没什么人，这个地方是一块天然的风水宝地，听得到大街上车来车往的声音，也闻得到酒店厨房里那个大抽油烟机里散发出来的香味，别人却看不到他，这里是个监控探头的盲区。

盒子打开了，阿宝的心却凉了半截，本以为里面至少有半只烧鸡，别人吃过也无所谓的，只要能开开荤就行。这个酒店因为有很多星级大厨，所以即使是扔出来的剩菜剩饭也都是美味佳肴。可是，今天这个包装精美的大纸盒子里除了一大堆怪怪的黑乎乎的焦肉外，找不到其他诱人的东西。

阿宝无奈地盯着这堆黑乎乎的东西，他突然意识到了味道也不对，闻上去怪怪的、酸酸的，还有点儿臭味。阿宝毕竟不是老眼昏花，不然的话也没有力气和别的拾荒者争夺地盘。他瞪大了眼珠子仔细端详着眼前这一堆乱七八糟的肉块，突然一声尖叫，一屁股坐在了地上，紧接着就是一阵翻江倒海的呕吐。

也不知道过了多久，激烈的呕吐终于停止了，阿宝颤抖着身子站了起来，头也不回地冲向外面的大马路，好像身后有看不见的鬼在追他。等来到人来人往的马路上，阿宝疯了一般见人就叫：“帮帮忙，我要报警！帮帮忙！帮我打个电话！”

章桐一边听着王亚楠和属下询问发现尸体的拾荒者，一边从局里新配备的法医专用勘查箱里取出了一副乳胶手套戴上。那位报案的拾荒者的脸上早就没有了血色，身边是一大堆的呕吐物，离这么远他们都能够闻到一股酸腐的味儿。

章桐把注意力放回到了面前的这个白色的做工精美的已经被打开的大纸盒子上。从外部看来，大纸盒子没有什么特别之处，宽四十厘米，长约六十厘米，混在那些普通的从这家酒店的厨房里扔出来的各式各样的垃圾里，没什么不一样的，纸盒子的表面被油和水浸透后，显出一种怪异的颜色，盒子外部也快要烂掉了。

在潘建的帮助下，章桐把这个纸盒子小心翼翼地挪到了一边铺着的黑色塑料布上，然后，打开了盒子。

作为一名法医，章桐见过很多种死尸的各式各样的死法，但是眼前出现的这一幕，还是让在场的所有人都忍不住倒吸了一口凉气：盒子中是一堆黑乎乎的烧焦的东西，带有一定的黏性。她伸出两根手指取出了一点儿，仔细看了一下，放在鼻尖闻了闻，确定是烧焦的肉。但是暂时还没有办法进一步确定这是不是人类的组织。而在这些散发着一股特殊的臭味和焦味的烧焦的肉中间，赫然还有一个类似于人类的头骨的东西！

虽然说从外观来看只是部分头骨，耳朵以下的部分也已经无影无踪，但是，眼窝、鼻窦以及通常大脑所在的位置清清楚楚。为了确定这是人还是动物的头骨，她伸出双手把盒子里的头骨翻了过来，从头骨的侧面，赫然看到了眼窝里的眼睛，还有一排牙齿。这一切对于法医来说都是再熟悉不过的了，它的出现，意味着整个纸盒子里的东西就是一个人，一个被烧得面目全非的人！

章桐神色严峻地低声对身边的助手潘建叮嘱道："告诉王亚楠，马上封锁整个酒店厨房，这有可能是一具人类的尸骸！"

潘建一声不吭地站了起来，向不远处的人群走去了。

很快，酒店老板和厨房的总厨就被叫到了垃圾桶边上，虽然距离不远，但是周围围观的人越聚越多，人们议论纷纷，交头接耳。

"法医都来了，肯定发现死人了！"

"这怎么可能？这可是酒店啊！吃饭的地方！"

"酒店就不能有死人吗？"

没多久，王亚楠朝章桐和潘建这边招了招手："你们可以进去了。"

章桐点点头，站起身，示意潘建先把装有可疑物体的大纸盒子送往一边的法医现场车后备厢里锁好，然后提着沉重的工具箱走进了酒店的厨房后门。

耳边不断地传来总厨拼命嚷嚷的声音："不可能，肯定是有人恶作剧。想破坏我们酒店的生意，这是眼红！"

见此情景，随后跟来的潘建叹了口气，小声嘀咕道："这就是我从来都不在外面吃饭的原因！"

章桐无奈地摇了摇头。

整个后厨的人员都被带到了靠门的一边，并且被告知什么都不允许触碰。厨房的案板上摆满了各式各样的食材。几个巨大的炉灶上，还煮着一些不知名的东西，水沸腾着，冒出了阵阵热气。

此行的目的是进一步寻找其余的人类骸骨，章桐和潘建与随后紧跟着进来的痕迹鉴定组的同事一起逐个检查起了这个如迷宫般的大厨房。锅灶、器具，甚至于炉灶下面的小缝隙里，他们都没有放过。

第七章 凶案现场

章桐用手电筒照射死者身体下的东西，发现了几个食品袋，里面隐隐约约露出了一些鸡鸭的爪子。显然，死者身子下面还有一些其他冷冻食品，她的身体应该是被人精心安置在了冷冻柜中有富余空间的地方，所以，最终才会形成这个样子。

“你们这是在胡闹，我们这里怎么会有死人？”

“这样一来，这儿非得关门不可！谁还会来吃饭哪！……”

一边站着的厨师们开始不停地抱怨，前面大厅里的客人都已经被礼貌地劝离了。对于酒店来说，这些客人的饭钱当然是一分钱都收不回来的。

那个装有疑似人类骸骨的大盒子明显是被抛弃没多久的，因为纸盒子的边缘摸上去还有一点儿温度，包括里面的尸骸。而根据这个纸盒子里尸骸的分量来估算，还有很大一部分尸骨在外面没有找到，现在必须尽快搜寻受害人剩下的尸骸。

没多久，从厨房器具柜角落里的几个大罐子中意外找到了很多被烧焦的熟肉，这些会是受害者的人肉吗？

“烧焦的肉本来应该很快处理掉的，为什么还要留着？”

对面站着的总厨不停地摇着头："这不是牛肉就是猪肉！肯定是哪个厨师偷懒，烧焦了就扔在这儿不管了！"

章桐没有再多说什么，痕迹鉴定组的同事帮她把这些不知名的肉一并装进了证物袋中，封好口。

很快，潘建在角落的一个水槽里发现了一些烧焦的肉和骨头的碎片，虽然说没有办法立刻确定这些与门口的垃圾箱中的那个纸盒子所装的焦肉和骨头同属于一个个体，但是，根据其颜色和烧焦的程度来看，应该是差不多的。

房间里渐渐地变得鸦雀无声，起初还满嘴抱怨个不停的厨师们面对着眼前逐渐被发现的证物，一个个都明智地闭上了嘴，脸色也越来越不好看了，有人甚至开始努力遏制住自己越来越强的呕吐欲望。

痕迹鉴定组在法医离开现场后，就把厨房中所有的刀具都搬来了实验室。

回到局里，在做完初步检查以后，章桐怀疑这是一具人类遗骸的念头越来越强烈，但是，从法医人类学的角度来讲，她还没有办法真正做出最后的判断。

冰冷的解剖室里，空气中尽管弥漫着一股刺鼻的来苏水的味道，但是却仍然无法掩盖住解剖台上那堆有机物所散发出来的怪异的臭味。

摆在章桐面前的难题是前所未有的，因为不同于火场中的尸骨，面前的尸骸由于经过烘烤和煮沸，所以，骨头已经所剩无几，而且看上去就像木炭一样，许多部分根本无法辨认。

章桐仔细检查这些被烧焦的肉，想确定里面是否有人肉的成分，但是，这些肉被烧熟后，细胞核 DNA 分子因为受热而被分解，因此根本无法检查里面的 DNA 分子是否存在。这些堆成一堆的焦肉，和被烧焦的猪肉或者牛肉没什么两样，光靠肉眼根本区分不出来。

"凶手很聪明，他应该对 DNA 这方面的知识有一定程度的了解，并且他也很清楚酒店后厨经常会有一些肉因为变质而被丢弃。而受害者的尸骨如果混在其间，是不会被发现的。"章桐皱眉说道，"目前看来，我们只能够暂时放弃对那些烧焦的肉的线索寻找，潘建，你把我们专用的胶水拿来！”

“好的！”潘建转身走到解剖室门边的那个大柜子边上，伸手打开柜子，拿出一瓶五百毫升左右的特殊医用胶水。而身后解剖台边的章桐则把所有在现场找到的七零八落的骨头都集中在了一起，平铺在解剖台旁边的工作台上。最后，她和潘建两人面对面地坐了下来，开始艰难地把受害者的头骨拼贴完整。

人类的头骨在人体所有部位的骨头中，是最为复杂的，它的结构也很特殊，要想把零散的头骨碎片恢复完整，可不像拼图这么简单，更何况其中还混杂有一些别的部位的骨头碎块。首先要做的就是把它们一一区分开来，然后根据头骨的形状，再把它们尽量放回到它们应该所处的位置上。在寻找下腭骨碎片时，章桐尝试了好多次，但是因为骨头碎得实在厉害最终只能放弃。两个多小时后，一个基本完整的人类头骨经过胶水黏结，终于出现在两人的面前。除此之外，她还找到了一块完整的耻骨和两块骼骨。通过耻骨，就可以初步确认受害者为三十岁左右的女性，因为耻骨扁平细长。这样一来，头骨的面部复原就有一个大概考虑范围了。尽管下腭骨还有一些残缺，但是这些对于电脑识别已经基本没有障碍了。

很快，模拟画像就被送到了刑警队，而纸盒子上的指纹也被痕迹鉴定组顺利提取到了，通过比对排除拾荒者的指纹后，嫌疑犯所在的区域就可以缩小到酒店内部员工了。

“亚楠，我需要去现场看看，确定那里是不是第一案发现场。”

“需要我派人陪你去吗？”

“不用。”章桐微微一笑，“我虽然是法医，但也是经过训练的，你放心吧，我没事的。你帮我把痕迹鉴定组血迹检查员小李暂时借过来就行了，我需要他帮我。”

“没问题，我这就通知他到你那边报到。”

挂上电话后，章桐一边收拾工具箱，一边吩咐潘建：“把我们的发光氨带上，一会儿现场用得到。”

再一次来到星级酒店的后厨门口，这里已经是大门紧闭，周围被醒目的警方专用蓝白警戒带牢牢地封锁，包括那个不远处的垃圾箱。酒店的正门挂着一块“停业整顿”的牌子，不过明眼人都知道，要想再次开张已经是不太可能的了。

走进酒店后厨，这里冷冰冰的，一个人影都没有，一眼看过去，就是冰冷的厨具与锅灶。所有的刀具都已经被痕迹鉴定组在昨天案发后不久清理走了，鉴定结果还没有出来。

“小李，小潘，我们今天的范围很大，这样吧，一人负责一块区域，使用发光氨，查遍整个厨房，看看能不能找出一点儿线索来。”章桐从工具箱里拿出了护目镜，“我负责储藏室那一部分。”

潘建和小李点点头，转身各自忙活去了。尽早找到线索对案件的顺利侦破具有很大的作用。

在酒店后厨的储藏室里，关上灯后，章桐刚刚喷下发光氨，整个漆黑的储藏室里顿时就被一种让人毛骨悚然的幽幽蓝光给覆盖住了，地上、墙上，到处都是喷溅性的血迹痕迹。章桐知道在一般情况下，酒店的厨师是绝对不会在储藏室里屠宰分割新鲜肉品的，更何况从这个血迹的喷溅量和喷溅方向来看，完全是人体动脉被割破后的景象，如果这些血迹都是一个人留下的话，那么，这个人早就已经死了。

“你们快来！我这儿有发现！”章桐赶紧退到门口，转身向潘建和小李所处的位置大声招呼道。

大家都被眼前的景象惊呆了，小李喃喃自语道：“至少有两千毫升，章法医，我想这就是你要找的杀人现场！”

章桐一脸严肃地点点头。

傍晚快下班的时候，王亚楠等在门口，一脸疲倦的笑容。

“怎么，这么快就破案了？”

“有你在，我从来都没有发过愁！”王亚楠调侃道。

“我又不是什么神探，你别乱拍马屁了。我只不过是做好自己的本职工作而已。”章桐一边收拾好挎包，一边向门外走去，“说真的，亚楠，凶手被抓住了吗？是不是酒店里的人？”

王亚楠点点头：“就是那个总厨师长。我手下拿着那张你发给我们的模拟画像才问了两个人，就有人认出了是总厨师长的老婆，三天两头跑去闹离婚的那个，案发那天早上就没有去闹过。痕迹鉴定组的刀具检验报告中显示，两把剔骨刀和一把锋利的片刀上都有大量人血的痕迹，在刀柄上提取到了几滴微量的血液，经过 DNA 鉴定，也正是属于死者的。同时，在那个纸盒子上提取到的几枚指纹也直接把矛头指向了这位总厨师长，他被带到局里后，很快就交代了。总之，简单概括作案动机就是因爱生恨，总厨师长不愿意离婚，忍无可忍，就下了狠心。”

“我的天，对自己老婆下这种毒手。光杀了还不解恨，还要那样做，真怪让人恶心的。”一边的潘建忍不住插嘴抱怨道，“这种爱，我宁愿不要！还是不结婚好啊！再说了，现在结婚又结不起，到处都要钱，唉……”

章桐皱了皱眉：“你不开口没人当你是哑巴！赶紧下班吧，一会儿你的‘肯德基’就该等急了！”

潘建不吱声了，看了看手腕上的表，朝两人点点头，赶紧向大门口跑去了。

“肯德基？”看着潘建匆匆离去的背影，王亚楠一头雾水。

“我说的是他的女朋友，叫‘小辛’，就在对面肯德基干活。小姑娘挺知冷知热的，三天两头请我的小徒弟改善伙食。”章桐笑了。

“哦，怪不得你老说你的办公室里有股炸鸡味。”

“没办法，小年轻谈个恋爱不容易，我们当长辈的就睁一只眼闭一只眼吧。”

“嗬，你年纪大吗？”

正在这时，王建迎面走了过来，看见王亚楠，他的脸上微微闪过一丝尴尬，还有一丝温柔。

这一系列细微的变化并没有躲过正面对着他的章桐的目光，她若有所思地看了看身边正滔滔不绝、浑然不知的好朋友，又看了看站在另一边的王建，脸上不由得露出了欣慰的笑容。旁观者清，章桐知道，好朋友的春天终于来到了。

上班路上，快要走到公安局门口时，章桐远远地看到门卫保安老王弯腰正在和一个小女孩说着什么，看样子是在劝她。等走近时，章桐这才注意到眼前这个小女孩才十二三岁，扎着马尾辫，一双大大的眼睛，小嘴一抿一抿的，一副欲言又止的样子。老王站在她的身边，看样子是要把她父母的电话号码骗出来，哪怕是名字也行，可是小女孩就是不开口。没办法，老王眼见着累得够呛，正要发脾气时，一抬头看见站在自己身边的章桐，立刻就像看见了救星一样，连忙迎了上来，愁眉苦脸地说道："章法医，你快帮帮忙吧！这小丫头嘴巴死硬，我都快没辙了。"

章桐皱了皱眉，打量了一下站在老王身边的小女孩，看看她的样子，不像是在闹着玩的，相反是一脸的认真。随即她想了想，安慰老王说："你去忙吧，我来问问她。"

老王这才如释重负般地回值班室去了，走过小女孩的身边时，还埋怨地瞪了她一眼。

章桐蹲下身子，语气尽量平静柔和地说道："小姑娘，告诉阿姨，你找谁呀？"

"你是管杀人案的吗？"小女孩脱口说出这么一句没头没脑的话，把章桐给镇住了。

"阿姨是管那些被杀害的人的。你有什么事吗？看看阿姨能不能帮你。你爸爸妈妈去哪里了？现在这么早，你不用去学校上学吗？"

小女孩的眼眶突然红了，眼眶中充满了泪水，渐渐地开始小声地抽泣了起来。

"别哭别哭！谁欺负你了，阿姨帮你！"章桐顿时慌了手脚。

"阿姨，你能找人帮帮我吗？我妈妈被我爸爸杀了，我亲眼看见的。"小女孩"哇"的一声扑在章桐怀里痛哭了起来，"阿姨，我妈妈死了。"

章桐是真的没有办法了，再问，小女孩也只是哭，一句话都说不上来。无奈之下，就只能把她带到了刑警队重案组的办公室。等了没几分钟，王亚楠就来上班了。

"你来得正好，快帮帮我，这小女孩哭个不停。"章桐站了起来，"我是没有办法了。"

"哄孩子我可没这个本事！"王亚楠一脸的俏皮，"你上哪儿捡了个这么大的孩子啊？"

章桐也不搭理她的调侃，大略讲了事由后又蹲下身子，凑近了小女孩，温柔地说道："告诉阿姨，到底出什么事情了？我们会帮你的！"

王亚楠也在一边安慰道："小姑娘，阿姨就是你要找的管杀人案的，你现在能够告诉阿姨究竟出什么事情了吗？你爸爸妈妈呢？你跑来这里，他们知道吗？"

小女孩急了，"腾"的一声从王亚楠面前的沙发上站了起来，一把眼泪一把鼻涕地说道："你还是不相信我！我爸爸把我妈妈给杀掉了。我躲在楼梯间亲眼看到的。他把妈妈藏在冷冻柜里了，还加了一把大锁，我吓得马上就跑出来了。我先到派出所，叔叔不相信我，把我撵了出去，还是看门的阿伯指点我到这边来找管杀人的人的。我妈妈真的死了，我不骗你。妈妈……"小女孩最终还是嘴巴一咧，又哭了起来，那个伤心劲儿，一点儿都不像是在恶作剧。

见此情景，章桐和王亚楠面面相觑，王亚楠长叹了一声，硬着头皮蹲下身子，面对着这个伤心至极的小"报案人"，无奈地说道："好了好了，你别哭了，阿姨的头都要被你哭得炸掉了。阿姨帮你看看，第一步，你现在告诉我，你叫什么名字？"

"朱心怡！"小女孩终于看到了王亚楠从抽屉里拿出了纸和笔，知道眼前这个面容严肃的阿姨总算要动真格的了，所以，这回她倒是很爽快地报出了自己的名字，也不哭了。

看着两人一问一答的样子，时不时地，王亚楠还做着笔录，章桐就悄悄地转身离开了重案组的办公室。

一个多小时后，这件事情终于有了下文，章桐接到了调度的电话，说要马上出现场。当她和潘建带着勘查箱，开车赶到案发现场时，一眼就看到了王亚楠身边站着的那个熟悉的小女孩，她非常伤心，眼泪还在眼角打着转转。

章桐用目光询问面前的王亚楠，她默默点了点头。章桐的心不由得一沉，小女孩的母亲真的死了！

案发现场是一片棚户区，房屋简陋，属于天长市最早的住宅区。小女孩的家就在巷子的尽头。家里前后两间，外带一个阁楼，前面当作店面，开了一家食杂店，在前后屋之间的储藏室里，放着一台很大的冷冻柜，估计在平时用来放一些冷冻食品，夏天则用来放些饮料雪糕之类的东西。而小女孩的母亲，此刻，就在里面躺着。

冰柜外面的大锁已经被撬开了，章桐戴上乳胶手套，打开勘查箱，取出一支小型强光手电筒，因为这个储藏室里的光线太暗了，唯一用来照明的就只有头顶那一只二十五瓦的散发着昏黄的光线的灯泡。她把手电筒夹在脖子上，然后，和潘建一起用力地抬起了冷冻柜沉重的盖子，随后出现在大家面前的一幕简直是触目惊心！

一具女人的尸体用一种怪异的姿势斜躺在冷冻柜里，她的躯体在深度冷冻的状态下冻得很结实，满身都是血，致命伤应该是在颅脑处。被害人双眼睁得大大的，双腿往里面弯曲，身体勉强蜷缩着。章桐非常清楚，从人体学角度来讲，这种姿势不在旁人的帮助下，是完全做不到的。

章桐用手电筒照射死者身体下的东西，发现了几个食品袋，里面隐隐约约露出了一些鸡鸭的爪子，显然，死者身子下面还有一些其他冷冻食品，她的身体应该是被人精心安置在了冷冻柜中有富余空间的地方，所以，最终才会形成这个样子。

此时，王亚楠独自一人走了进来。章桐回头问道："那小女孩呢？"

"我叫小郑先带回局里去了。对了，死因怎么说？"

"他杀！"章桐简明扼要地回答道，"其余的，我回局里解剖后才能够告诉你。"

王亚楠点了点头。

章桐和潘建在把尸体装好后，抬出案发现场时，身边围观的人越来越多了，耳边突然传来了一个男人拼命的咆哮声："我没有说谎，你们不能抓我，我没有杀我妻子。她不小心撞到了头，就掉进去了，她当时就死了。我很害怕，就只是把冰箱盖上了而已。你们不能没凭没据地乱抓好人！我没杀人！"

章桐摇了摇头，无话可说。

"如果真如死者丈夫所说，死者是在狭小的储藏间不慎撞到了头而失去重心掉入冷冻柜的话，那么，尸体在冷冻柜里就不可能是这种怪异的姿势。

就好像一只杀好的鸡，当冷冻柜里的东西太多时，那只鸡肯定塞不进去，我们就必须得把这只鸡扭一下，把爪子朝后拉一拉，或者再把鸡的脖子弯一下，然后才能塞进去。而本案中，我仔细观察过那个冷冻柜，剩余的空间是肯定不够的！死者的身体一定是被别人刻意摆成这个样子。她女儿也曾说过，她亲眼看见爸爸把妈妈杀了，放进冷冻柜里。所以，死者的丈夫完全是在胡说八道！”解剖室里，潘建显得一副愤愤不平的样子。

章桐没有搭理他，这死者的躯体经过回暖后，僵硬的手臂和双腿才平整地放下来。因为死者浑身上下就只有头部有伤口，而且身上的血迹几乎都是从头部流下来的，所以，章桐对死者的颅脑受损情况的严重性进行了进一步的检验。

她从勘查箱里取出一把锋利的大号手术刀，从死者的左耳下方一厘米处，插入刀尖一厘米，然后向死者右耳部位划去，呈现弧状，中间横贯整个头顶。手术刀片很锋利，就像在切一块豆腐一样。紧接着，她把死者的头皮剥开，盖在死者的脸上。

此刻，呈现在章桐面前的就是死者白森森的颅骨了，她用放大镜仔细观看着死者的颅脑受伤程度。在颅骨上，清晰地分布着八处独立的重物打击伤口，颅骨已经呈现出骨折的龟壳状裂痕！这些伤口绝对不是一个人撞在柱子上就能够形成的，那得需要多次外力打击才会最终形成这样的伤口！而且所用的力量是非常大的！

章桐随即又打开了死者的颅脑，用轻薄的小手术刀轻轻割开大脑与脊髓和血管的连接处的神经，然后把它放在了白色手术托盘上。显微镜下，颅脑表面已经有明显的损伤出血，脑干部位也受到了外力致命的伤害，颅脑表皮已经破损。这样一来，死者丈夫所说的话就没有一个字是可以相信的了！要知道，这么严重甚至于可以说是致命的颅脑损伤，光靠一次撞头是根本没有办法造成的，必须要有外力用力敲击！从受损的部位来看，死者浑身上下没有防卫伤口，因为这一击就已经把她敲昏迷了。

至于造成这种伤口的凶器，根据骨折的程度以及头骨纵裂伤口的方向，还有伤口提取到的一些细微的木屑，章桐判断：“凶器应该被推断为一根结实的木棍，形状扁平。”

“死因呢？”匆匆赶来的王亚楠皱眉接着问道。

“多次打击导致颅脑损伤死亡！”话音刚落，章桐的眼前浮现出了那个一直在她脑海里的小女孩的影子。

第二天中午，章桐正在食堂吃饭，王亚楠端着盘子也一屁股坐了下来：“知道吗？案子破了，夫妻之间的口角，唉！害死孩子了现在！”

“就是冷冻柜那个？”

王亚楠点点头：“除了那个还有哪个？我气的倒不是别的，那浑蛋都招了，最后还来一句‘想不到把女儿一把屎一把尿地养大，偏偏还是女儿把我送了进来’！你说气不气人，我当时就回了他一句——你把人家的亲妈都杀了，你早就不是她的父亲了。真是浑蛋！呸！”王亚楠边说脸上边流露出厌恶的表情，“这种人，真过分！”

章桐没有吱声，她知道每次案子破了的时候，王亚楠不需要安慰，要的只是倾听者，而她，就是最好的聆听者。

“郑女士，真的没有办法，我们已经尽力了！”天使医院医务科长王金明愁眉苦脸地双手一摊。这几天医院里接二连三发生的倒霉事早就让他吃不消了，偏偏现在又出现了眼前这么个特殊状况，所以王金明除了苦笑和讨好外，真的是黔驴技穷了。仔细打量眼前的这个女人，财大气粗，光手指上戴着的东西，就足够让他这个堂堂的三甲医院医务科长吃上一年的了。想到这儿，他下意识地咽了口唾沫：“郑女士，你女儿的病情是很值得大家同情，可是你要知道，不只是我们医院，天长市里所有能够做这个移植手术的三甲医院，都得遵循排队的规定，这是法律，我们不能随便通融的！要是被病人举报的话，我们是要坐牢的！”

“少来这一套！我女儿已经等了很久。再等下去，命都要没了。”说着，女人一下子蹿到了王金明的面前，伸出一根珠光宝气的手指，在后者的鼻子底下轻轻摇了摇，不屑地说，“你别装好人，我早就打听过了，你们医院是完全可以做这种手术的。开个价吧，一个心脏，多少钱？我不还价！”

一听这话，王金明双眼的瞳孔不由自主地收缩了一下，他刚想开口辩解，可是立即又很明智地把已经到嘴边的话给硬生生咽了回去。

“怎么了？不说话了？”女人脸上的神情越发不可一世。

王金明重重地叹了口气，没有吱声。

“你们不也是为了钱吗？这容易，你要多少我给你们多少，我的条件很简单，那就是让我女儿这个礼拜就动手术。傻瓜都能看得出来她已经熬不到春节了。我现在回病房去，你有我的电话的。”临了，女人锋利的目光直逼王金明的内心，她一字一句地说道，“女儿就是我的一切，你给我牢牢记住这一点！”

王金明始终没敢再抬头看一眼这个几乎发了疯的女人，直到尖厉清脆的皮鞋后跟敲击瓷砖地板的声音消失在屋外的走廊里，他这才抬起头，咬了咬牙，拽过办公桌上的电话机听筒，拨打了一个号码。

电话很快就接通了，还没等对方开口，王金明就颤抖着嗓音小声说道：“客户下了订单，这回要的是‘主机’，时间就是这周！我怕……不，她不还价，只要东西……好的，我安排好后马上就通知她！”

天使医院住院大楼五楼心血管内科，走廊两边的病房里已经住满了病人，有些是已经做过移植手术的幸运儿，这些毕竟是少数。而大部分人，则还在绝望和期望中挣扎着等待着器官。

走廊拐弯处的单人病房，门开着，一个年轻女孩正静静地躺在病床上，身上插满管子，管子的另一头连接到了病床一边的心肺机上。

床对面的椅子上正坐着刚才大闹医务科长办公室的女人，此刻的她两眼怔怔地注视着正在昏睡中的女孩，目光空洞，面容憔悴。许久，她又看了看病床旁边的仪器，那上面的数字说明死亡已经不远了，女人的目光中充满了绝望。

突然，耳边响起了一阵急促的手机铃声，女人没有丝毫犹豫，迅速伸手接起了电话，不用看来电号码，她就已经猜到了电话究竟是从哪里打来的了，通话时间很短，但是在女人看来就已经足够了。通话结束后，她轻轻地放下手机，目光再一次转向面前的病床，瞬间变得温柔许多，嘴角甚至漾出了一丝难得的笑意。

“佳佳，你有救了！很快妈妈就可以带你回家了！”

傍晚，天长大学门口，一个十八九岁的年轻人背着个小挎包，健步如飞地走出了大学校门。他一边走一边皱着眉头不停地看着腕上的手表，公交站台就在不远处，可是，站台上和以往任何一天中的此刻一样挤满了下班的人。

突然，年轻人的身后响起了汽车喇叭声，他下意识地回头一看，立刻站住了脚，脸上随即露出了轻松的笑容：“汪教授！”

一辆黑色的帕萨特应声停了下来，车窗摇了下去，一个满头白发的老人探出了头，热情地招呼道：“小杭，快上车，我顺路送你去市区！”

“好嘞，谢谢汪教授！”小杭兴冲冲地跑到帕萨特的后面，拉开门钻了进去。

车门关上后，这辆帕萨特轿车迅速开进滚滚车流驶向了高架桥。

这一晚，外出当家教的天长大学医学院临床系大二的学生小杭破天荒地没有回到寝室，他就这样消失得无影无踪。一周后，在四处遍寻无果的状况下，学生处的老师惴惴不安地拨打了 110 报警。

一个半月后。

十二月份的天长市已经明显能够感到一丝寒意，尤其是凌晨三点多的时候，被电话吵醒的章桐接完电话后刚刚掀开被子，就鼻子一痒，紧接着就毫无防备地来了一个非常响亮的喷嚏。吓得缩在床脚的馒头一个激灵，立刻站了起来，警惕的目光迅速扫向四周。

见状，章桐不由得一阵苦笑，下床摸了摸馒头毛茸茸的大脑袋：“傻瓜，你也太胆小了，不就打个喷嚏吗？看把你吓的。”

馒头感激于主人的宽慰，摇了摇扫把一样的大尾巴，顺从地又趴下了。

每次看到馒头憨厚的狗脸，章桐的心里总会不由自主地想起好久没有联系的刘春晓。已经快四个月了，刘春晓就仿佛人间蒸发一样，电话关机，人也不知道去了哪里。临告别的那一天，刘春晓只留下了一句话，说是有重要案子要处理，可能会有很长时间不会和自己联络，章桐没有多问，她从刘春晓的目光中读到了不舍，但是没有办法，这就是工作。她没有料到的是，刘春晓的一句“很长时间”竟然需要这么久，都快整整四个月了。

急促的电话铃声又一次响起，章桐一个激灵，赶紧接起了电话，王亚楠的声音立刻在耳边响了起来："小桐，我的车马上就到你楼下了，你准备好了吗？"

章桐扫了一眼身边沙发上的黑色小包，为了应付这种半夜突发状况，她早就养成了每天晚上把必备防护工具和衣服打包准备好的习惯："放心吧，我这就下楼！"

三十分钟后，寒风刺骨，章桐打着哆嗦，站在一户居民楼下的已经打开盖子的化粪池边上。尽管现在是寒冬腊月，但是，化粪池里那扑面而来的阵阵臭味，还是让她忍不住胃里一阵阵地恶心。

稍稍歇了一会儿，章桐叹了口气，穿上了塑料工作服，外面还套上了那种海边渔民经常穿的连体皮裤，最后戴上双层的手套，潘建帮她在手套外面的接缝处狠狠地缠上了好几道黄色的防水胶带，紧接着就递给了她一个大漏勺，一个铁桶。章桐身边还站着和她几乎一样打扮的另外三位法医，今晚，天长市公安局技术中队法医室所有法医都出动了，任务就是——在面前的这个大化粪池里寻找受害人的遗骸，如果可能的话，找到人体骨骼碎片，那就是额外的收获了！

刚到达现场的时候，王亚楠向几个法医简单地介绍了一下案情，或者说，就是章桐和几个同事所要寻找的目标到底是什么。根据举报，犯罪嫌疑人已经找到，是两个年轻人，他们很有可能在一个多月的时间里先后共杀害了三个洗头房的小姐。但是，这只是可能，因为王亚楠带着人已经把位于这栋六层八零式套房住宅楼二楼的凶案现场搜了个遍，除了墙面死角处的几滴可疑的血迹外，根本就找不到一点儿杀人的迹象，由于案发时间至今已经过去了整整一个月，所以，现场取证有一定的难度。

光靠几滴血迹是没有办法把这两个年轻人准确定案的，再说了，凶案现场经过了防白蚁药水喷洒处理，而那几滴仅有的血迹上，也被喷洒上了药水，血迹含量又非常稀少，不够提取生物检材，而同时，血迹的DNA也已经被破坏了。后来，根据其中一位嫌疑人的交代，他们处理这三具尸体，先是用上了绞肉机，然后，又用硫酸对骨头进行了软化处理，所有的残骸最终就都冲下了下水道。至于绞肉机这条线索，他们痕迹鉴定组已经做过生物检材提取检验，但是，由于这绞肉机后来又用来加工过猪肉和一些禽类的肉品，所以样本已经完全破坏，这上面的线索也断了。那么剩下的，就只有这长三米宽两米深三米的化粪池了。最后，王亚楠郑重其事地伸手指了指自己身后的化粪池："如果你们能够在这个化粪池里找出受害者 DNA 的生物检材样本的话，那么，我们就可以把这两个犯罪嫌疑人顺利移交给检察院了。"

章桐没有吱声，她冷得都快要说不出话来了。

化粪池，所有污物的汇集点。当那个大大的盖子被彻底揭开后，那些令人作呕的黑色液体就毫无保留地呈现在大家的面前。

"天哪！"身后传来了一阵低低的惊呼，冷风又一次刮过了章桐的身体，由于要下化粪池工作，她穿得很少，那件厚厚的羽绒服留在身后的现场勘查车上了。章桐已经很清楚地听到了上下牙床打架的声音，而她身边的三个同事也好不到哪儿去，大家在原地跺着脚，希望能在下池子之前，至少让自己暖和一点儿。

由于生物检材样本非常细小，所以，不能简单地动用抽粪车的管道，那股强大的吸力会让所有有用的证据在瞬间消失得无影无踪，只能用手一桶一桶地把整个化粪池淘干净。

大楼里的居民已经接到了通知，尽量不要使用厕所等一切涉及楼下化粪池的设施。章桐暗自庆幸，真得感谢这是一栋年代比较久远的大楼，化粪池的结构比较简单，不像那些刚建立起来的新楼盘，如果要想在那迷宫一样的化粪池管道中寻找这特殊的证物的话，那简直是比登天还要难。

四个法医分别站在化粪池的四个角上，然后，彼此看了一眼，点点头，随即顺着侧壁下到了池子里。

章桐举步维艰地跋涉着，舌头底下一阵阵地泛着酸水，胆汁不停地往上冒着。她对面三位同事的脸上也是一片让人同情的绿色。

大家各自站好后，章桐举手示意上面把一个大桶用绳子放下来，这样，所有人一会儿就可以把经过过滤后的污秽物全都倒在里面了，等满了后，他们再拉上去，处理掉。整个过程，让章桐感觉自己和一个淘粪工人所干的活没有两样。不同的是，自己对淘出的东西还得仔细过滤。

虽然说大家都戴上了空气过滤口罩，就是那种圆圆的，戴在口鼻上的，但是，这沼气的味道却还是熏得章桐两只眼睛都快要睁不开了，鼻子一阵阵地刺疼。

这是一幅只有在电影中才能看到的奇异景象，四个全副武装的法医沿着池壁，一步一步小心翼翼地搜寻着，清理着，化粪池边缘上方，有很多双眼睛在紧紧地盯着他们的一举一动……

章桐向前慢慢移动的脚突然碰到了一个硬硬的小块，没有规则的那种，她把桶和漏勺挂在腰间，然后弯下腰，把手伸下去。没过几秒钟，她快要被冻得僵硬的手指终于触碰到了那引起她注意的不知名的东西。此时，章桐的举动已经吸引了她对面那三位同事，他们不由得停下了手中的勺子，开始紧张地注视着她的一举一动。

顾不上五脏六腑的翻滚，章桐抓住了那块长约五厘米，宽约三厘米的东西，把它给成功拽了出来。章桐赶紧示意上面的人打开了强光灯，心情也随之变得有些激动。这是一片人体的前额骨！尽管已经碎裂了，但是那形状，章桐已经看得够多了，它弯弯的曲线向下延伸，形成了半个完美的眼眶部位。

章桐微笑着冲对面的同事们点了点头，因为她知道，自己此刻的发现如同一针强心针，大家的情绪立刻被调动了起来。可能是分尸的时候，凶手没有注意到这么一块细小的只有几厘米宽的人骨没有被硫酸处理掉，或者说即使注意到了，他们也绝对不会想到有人会跳到化粪池里去搜寻他们认为已经处理得很完美的东西。

当一切都忙完的时候，顾不得一身的汗水外加一股已经牢牢地钻进皮肤里的恶臭，章桐赶紧清理找到的东西。十三颗人的牙齿，还有一些软乎乎类似于肉的不知名物质，还有一些人的指甲，最主要的一点，发现了一些细小的人骨。这么多证据对今天来说已经算是很不错的收获了。

眼前是一堆特殊的尸体，或者说，叫“尸块”最为合适。解剖台上的东西加起来总共三公斤都不到，尽管经过了小心翼翼的清洗，但是，那股仿佛已经在人的鼻孔里扎根的臭味儿却还是久久无法散去，只是比起现场来，要好了许多。章桐感觉自己的鼻子不会那么疼了。

观看这一堆摆在自己面前的七零八落的证物是一件非常令人沮丧而且烦躁的工作。章桐仔细地辨认着手中的骨头碎块，尽管经过了化粪池里的污物的浸泡，但是，骨头还是保持着坚硬的本质。回想起王亚楠在现场所介绍的案情，很大一部分遗骨可能已经找不到了，犯罪嫌疑人作案时据说是使用了硫酸来进行毁尸灭迹。而手上的这堆碎骨头明显是人骨，在显微镜底下，可以清楚地看到骨头横切面上人骨所特有的圈纹。但要辨别出它们各自属于哪一部分，确实不是一件容易的事情，努力了五个小时，才确认了两块额骨、一小块耻骨、五块小腿骨，仅此而已。章桐不由得感到有些懊丧。

她把目光又一次投向了自己手里剩下的那些牙齿，牙齿是人身体上保留时间最长的组织。还好这几颗牙齿都是很完整的，牙冠和牙根都存在，章桐努力抑制住内心油然而生的强烈的兴奋感，把这几颗幸存下来的牙齿分别提取了牙髓DNA。办公桌上已经有了那三位死去的发廊妹的DNA样本报告，那么接下来自己所要做的，就是最终跟它们做比对，这样下来很快就能够证实这些尸骨的身份了。

章桐对剩下的一些疑似人类肌肉组织以及人类指甲的不明物体也做了取样分析，越多线索，对于这个案子的顺利结案帮助越大。

很快，DNA检验结果出来了，那十三颗牙齿其中的九颗分别属于三个不同女性。剩下的四颗牙齿的DNA比对结果却让章桐大吃一惊，她再三查看着自己的DNA数据报告，并且又一次做了检验，结果却还是和前面所做的结果一致。章桐不敢再耽搁了，她回头对身后正在仔细检验肌肉组织样本的潘建说道："马上打电话到刑警队，叫王亚楠赶紧过来！"

"你能确定化粪池里只有三具尸骨？"

王亚楠一脸的愕然："没错，他们也承认了，被害的是三个年龄差不多的发廊小姐。"

章桐脸上的表情更加凝重了："那三组你所说的DNA我都已经配上了，但是，我在当中检查出了第四组DNA样本，男性，也就是说，化粪池里的尸体很有可能是四具，而不是三具！"

“这不可能！”

章桐拿起自己办公桌上的DNA检验报告单递给了王亚楠：“我重复比对了检材，没有错！”

“这上面最后一组DNA就是你所说的第四组吗？”

“对，是男性的。因为长期受到化粪池里的细菌污染，别的组织样本已经没有比对的价值了。有价值的只有这几颗还保留有完整的牙冠和牙根的人齿。”

“我们必须尽快确定这个人的身份！”

“这个应该没有多大难度，”她重新在显微镜旁坐了下来，一边查看那几颗特殊的牙齿，一边说道，“根据牙齿表面的腐蚀程度，这几颗牙齿应该是一到两个月前出现在化粪池里的，比那几位女死者要早一些时间，而其中一颗臼齿还没有发育完整，表明这牙齿的主人应该在十八至二十二岁之间。”

“有没有可能这个人已经死了？”王亚楠突然问道。

“不排除这个怀疑，因为一般人的牙齿如果掉落到化粪池里的话，应该是不完整的，尤其是在受到外力因素的影响之下，会出现断裂的状况。像这么完整的牙齿，齿冠、牙根都在，明显不是自然脱落的，和那几颗女被害者的牙齿相对比，几乎没有外观上的差距，所以，很有可能这牙齿的主人已经死了，他也是被抛尸在化粪池里的，我们现在所看到的是尸骨自然分解后脱落的牙齿，所以显得比较完整。”

“我们该怎么确定死者的身份，就这么几颗牙齿？”潘建疑惑地问道，“好像线索少了点儿。”

“看来最好查一查失踪人口报案记录。我记得小言他们那边有个失踪人口DNA数据库，年初的时候破获了好几起拐卖儿童案，因为缺乏线索比对，耽误了很多时间，所以他们组干脆就申请专门建立了有关失踪人口DNA信息的数据库。只要有报案的，他们一般都会把失踪人口家属所提供的DNA样本数据输入在里面。我去碰碰运气！”说着，王亚楠拿起章桐方才递给自己看的DNA数据报告，“我一有线索就会通知你的。”

“对了，亚楠，李晓楠的案子有进展吗？”章桐突然想起了什么，立刻叫住了已经走出解剖室的王亚楠。

王亚楠伸手挡住了自己身后正要自动关上的大门，想了想，摇头说道："暂时没有线索，我的人在跟进这个案子。我会给你一个交代的！"

回到楼上办公室，王亚楠把手中的DNA数据报告交给了助手，并且一再叮嘱要尽快知道结果。助手离开后，王亚楠独自一人坐在办公椅上，心里忍不住有些恼火，想想李晓楠的案子从案发至今，自己竟然一点儿线索都没有，毫无头绪。将近好几个月的时间，连一点儿投毒的痕迹都查不到，以致每一次章桐在自己面前问起这个案子的时候，都没有办法去正面回答。难道，这个急诊室的女医生真的只是死于意外？表面看上去是这样，可是，王亚楠的心里却总是疑虑重重。她下意识地摇摇头，不会这么巧的，或许自己可以从刘建南和顾晓娜的死着手，换个角度看看，顾晓娜已经被证实是他杀，那么刘建南呢？顾晓娜临死前一再声称她丈夫刘建南是被人害死的，想想那些病历本上的疑问标记，还有李晓楠生前的护士徐贝贝所提供的那一长串死者的名单，刘建南就在那个名单上，王亚楠的心顿时揪紧了起来。

她迅速按下了内部通话按钮："王建，我们马上去温泉小区，我要再看一看顾晓娜的家，你带上案发现场的照片，我们在地下停车场会合。"

半个小时后，王亚楠和王建两人一前一后站在了死者生前居住的家门口。小区保安阿成则规规矩矩地站在一边，他打开房门后，呈现在大家眼前的是一片空空荡荡的房间，由于这里死过人，所以一时半会儿还转卖不了，只能就这么空着，而顾晓娜和刘建南的亲人在警方调查完后没多久就已经把房间里的所有东西都搬空了。

"这屋子多久没有人来了？"

阿成皱眉想了想："已经过世的屋主人的妹妹来过一次，为的是把钥匙交给我们保管，说有合适的买房人，就会带人过来要钥匙看房，时间大概是十四天前，那天是我值班。"

王亚楠点点头，率先走进了房间。这是一套三室两厅的居室，装修考究，就像保安阿成先前所说的那样，要不是这里出过事，相信这种房子早就被人买走了。从顾晓娜的案子发生后至今，王亚楠已经来过这里无数次，可以说把整个房间都翻了个底朝天，可是所掌握的线索却依旧还是少得可怜。这一次，房间空空荡荡的，自己究竟该从哪里着手呢？

王建把公文包里的现场放大相片拿了出来，递给了王亚楠。王亚楠看着手里的相片，又看着自己眼前的房间位置，一一扫过去，她不由得锁紧了双眉。一切看上去似乎都完美无缺，没有任何疑点。已经可以确定的是，顾晓娜是被人杀害的，但是她只不过是一个平平常常的家庭主妇，生活中没有任何仇人，也从不与人结怨，亲友关系也极其简单，那么，会是谁要她永远闭嘴？难道真的是她知道了自己丈夫刘建南的死非同一般？想想她临死前给章桐打的那个电话中所提到的要求，王亚楠心中的疑点更多了，她回头向保安阿成问道："根据派出所的报案记录，顾晓娜的丈夫刘建南跳楼死亡的那一晚是你报的案，对吗？"

阿成点点头："那晚是我值晚班，也是我第一个到达的现场，"说到这儿，他尴尬地笑了笑，"也可以说是我看着他跳楼的。"

"他的尸体是在哪个位置被发现的？"

阿成指了指侧面的卫生间："就在卫生间窗台下面的楼底水泥地面上，我正奇怪跳楼干吗从卫生间跳，那个窗户那么小，阳台不是更加方便宽敞一点儿？"

闻听此言，王亚楠不由得瞪了他一眼，可是转念一想，眼前这个矮个子保安所说的话也不是没有道理，死者为什么偏偏要从卫生间的窗户往下跳呢？眼前这个房间的卫生间结构设施决定了它的窗户确实比一般的卫生间窗户要大一些，这也是现在高档小区的标志之一，可是，死者刘建南的身体也是比较壮实的，要想利索地爬过这个窗户再往下跳的话，正如保安所说的，有些让人费解。而根据案情记录，案发当晚，家里就只有死者刘建南一个人，顾晓娜去了自己娘家，那么，为何她一再坚持自己的丈夫是死于他杀呢？仅仅只是因为不愿意去面对自己丈夫抛下家庭而选择自杀的残酷结果吗？

想到这儿，王亚楠走进了卫生间。她仔细打量着眼前的窗户，很平常的一扇铝合金窗，八十厘米左右的宽度，一米二左右的高度，一个中等体形的男人绝对可以猫着腰钻过去。可是，刘建南为什么要选择从这儿跳出去自杀呢？

突然，王亚楠的视线被地上的瓷砖给吸引住了，这是那种高档的切割式欧式瓷砖，奶白色的底，浅黑色的线条完美地勾勒出了弧线形的外部轮廓，乍看上去，没有什么异样，可是，瓷砖靠近浴缸一端有一些深色的污渍，这污渍显得很刺眼。她皱了皱眉，弯下腰仔细查看了起来。

王建则在一边询问起了保安阿成："你说那晚是你看到了刘建南跳楼，那你是否注意到当时四周有什么异样呢？"

阿成下意识地伸手摸了摸自己的后脑勺，皱眉想了半天，这才吞吞吐吐地说道："我没办法确定，因为当时都已经过了午夜了，我有点儿犯困，听到死者跳楼的声音后，我曾经无意间把手电筒朝上面照了照。我那时还真的以为是哪个没有公德心的人在深更半夜朝楼下扔垃圾呢。"

"接着呢？"

"我好像看见了一个黑影，但是……"

"但是什么？你快说！"王建急了，他凑近了阿成。

"警察同志，我真的没有注意，因为那东西一闪就不见了，肯定是我眼花了！"阿成愁眉苦脸地辩解着。

"那……"王建正要继续追问，却被王亚楠打断了话语。

"算了，别逼他了。"她边说边站了起来，从兜里掏出手机，拨通了章桐的电话，"我是亚楠，你马上过来，我可能发现了刘建南被害的现场。"

王亚楠死死地盯着章桐手中棉签的变化，从最初的深褐色瞬间转变为醒目的紫色，章桐的脸上看不出任何表情。

"怎么样？是不是人血？"

章桐点点头，把棉签小心翼翼地塞进了试管里，然后盖上盖子，放回了工具箱："我还要回去做进一步的 DNA 比对，以确定是刘建南的血迹还是顾晓娜的血迹，但是，我在医院见过顾晓娜的尸体，没有外伤，所以，是刘建南的可能性比较大。"

王亚楠见章桐并没有站起身，相反从工具箱的底部拿出了一把小巧玲珑却异常锋利的小铲子，转身就要往溅有污渍的瓷砖敲下去。

“你这是想干什么？”一边站着的保安阿成急了，上前一步紧张地问道，“搞坏了我没有办法向屋主交代的！”

“这种瓷砖有一定的弧度，所以，我想撬开上面这几块瓷砖，看看是否下面有血迹存在。”章桐看着王亚楠，手里的小铲子停留在半空中。

王亚楠点点头：“没事，你干吧！以前一直没有怀疑到刘建南的死是否异常，现在既然有那么多疑点的存在，我们警方重新介入调查起来是有根据的。”

话音刚落，清脆的撞击声就在小小的卫生间里响了起来，噼噼啪啪几声后，几块瓷砖顿时面目全非。看看差不多了，章桐放下了手中的小铲子，然后轻轻挪开瓷砖碎块，眼前的景象顿时让在场的所有人都大吃一惊——瓷砖下满是干涸的血渍！

王亚楠果断地决定，把卫生间中所有的地面瓷砖全都撬开。结果是可怕的，因为靠近浴缸的那一块大约有一平方米的地方，几乎被干涸的血渍给完全掩盖住了。

“看来，有人对卫生间地面进行了细致的清理，他不想让我们怀疑到什么。”王亚楠神情严肃地说道。

“没错，他却百密一疏，偏偏忘记了这里的瓷砖砖面是有弧度的，血迹会往下渗漏！”章桐微微苦笑，“没想到中看不中用的瓷砖这一次却帮了我们的大忙。”

“这么多血迹，不包括那些已经被清理的，小桐，你说，这里到底发生过什么可怕的事情？”

章桐摇摇头：“我不知道，但是有一点可以肯定的是，如果血迹被证明是刘建南的，那么，正如顾晓娜所说，刘建南是被人杀害的。可是，亚楠，李晓楠的病历记录中，刘建南从楼上摔下去后，还是活着的，可见，对方并没有直接要他的命，除非……”

“除非什么？”王亚楠紧张地追问道。

“我回去查了才知道，我先走，我们一会儿局里见！”

王亚楠点点头，也没有再多说什么。

章桐从没有这么心慌过，隐约之间，她感到自己正在一步步向着一种莫名的危险逼近，可是，自己却又不能够放弃。

一路上无话，从现场勘查车上下来后，章桐头也不回地径直向自己的办公室走去。推开办公室的大门，她把手中的工具箱往地上一放，然后迅速打开抽屉，找到那一份自己已经看过无数遍的病历汇总，十八个病人的病历都在上面，标注得非常详细，细心的李晓楠甚至在每页病历的下面都标注上了在哪个部位发现了奇异的伤口。章桐拧亮了办公桌上的台灯，把桌面上堆得凌乱不堪的文件和纸张推到一边，然后撕下一张 A4 纸，拿过一边的红蓝铅笔，在白纸上面快速地画上了一张人体结构草图，然后根据李晓楠所提到的伤口位置，一个一个地注明每个病人相对应的器官位置，旁边再记上死亡时间。

令人窒息的十多分钟过去了，章桐终于完成了最后一个病例的登记，她长长地嘘了口气，不知不觉中已是满头大汗。她没有做丝毫停留，很快又在墙角的档案柜里找出了刘建南的尸检报告。由于刘建南的尸检是家属自愿要求的，所以章桐不需要把报告递交给刑警队。

尸检相片很详细地记录了刘建南体内所摘除的器官名称和所处的位置。

“难道这些人都被摘除了不同的器官？”章桐的脑海中突然冒出了一个惊人的念头，随即她又为自己的这个念头感到了深深的不安。

可是，事实就摆在自己面前，每个名字的后面都对应着一个重要的人体器官。章桐自己就是学医出身，她完全清楚现在移植人体器官的重要性，一方面是严重缺乏人体器官供体，另一方面是难以计数的渴望得到供体来救命的病人。差距如此之大，让人难以相信！想到这儿，章桐不由得浑身冒出一阵冷汗。

第八章 熊猫血

本来肝脏的供体就非常稀缺，更别提这种特殊的血型了，章桐浑身冰冷。突然，她注意到电脑下方还显示了一行数据记录，她赶紧把鼠标往下拖拉——RH 阴性 O 型血，移植时间是一个月前，供体器官是心脏，来源是自杀，男性，健康。

供体离开人体的时间平均不能超过十二个小时，章桐咬了咬牙，随即拨通了天使医院急诊科的电话，电话很快就接通了。

“你好，我找徐贝贝，请问她在吗？”章桐竭力使自己的嗓音听上去与平时毫无差别。

“你找贝贝啊，等一下，我看看！”电话听筒显然是被放在了桌子上，很快，就有一个女人的声音在大声叫喊，“贝贝，贝贝，你快来！有人找你！”

当电话被又一次接起来时，章桐立刻听出了这个女孩特殊的带点儿奶声奶气的说话声：“哪位？”

“我是市公安局的法医章桐，我想请你帮个忙！”

“是吗？说吧，我会尽力的。”女孩很干脆地一口答应了。

十多分钟后，章桐的手机上接收到了一份特殊的文件，里面是有关十八个病人的血型记录，比对着这些血型记录，章桐开始了艰难的查找。

当天边泛出第一缕鱼肚白的时候，章桐接到了王亚楠的电话："化粪池里的第四个人我找到了。"电话听筒另一头传来的王亚楠的嗓音显得很干涩、疲惫。章桐知道，自己也好不到哪儿去，只要一晚上没睡，嗓音就像在干牛皮上磨刀。

"确定身份了？"

"对，比对刚刚出了结果，是一个月前失踪的天长大学医学院的大二学生，叫杭晓明。家里人四处寻找都不见踪影，其做家教的那家人也说那天没有见到他，以为临时有事没去，就没当回事。谁都没有想到，会出现在这个地方！"

"年龄呢？"

"十九岁。"

章桐忍不住长叹一声："有结果了你就通知我吧。死在那种地方，真的是很惨！"

"那是啊！对了，小桐，你那边查得怎么样？现场所取回的样本是刘建南的血迹吗？"

"是，DNA 报告正在我的手上，完全吻合。还有就是，亚楠，我想可能刘建南的死是因为他身上的器官被人非法摘取了。"

"你说什么？你能确定吗？"

"我查了徐贝贝所提供的十八个病人的相关资料，可能性非常大，因为器官离开人体后的存活时间非常短暂，最多不会超过十二个小时，所以我现在正在查找相对应的器官移植手术记录，结果出来还要一定的时间。"

"我马上向李局汇报这个情况！"

挂上电话后，章桐仔细查看着纸上还剩下的七个名字，尸体现在肯定已经被家属火化了，没有办法再去进一步验看，也就是说没有直接的证据能够证明这些死者的器官被移植到了某个具体的人的身上。她的目光再一次扫过这些人名旁边的血型记录，要想器官移植，首先一点血型必须吻合，这是首要的条件，也是非常重要的不可或缺的条件。

"RH 阴性 AB 型！"章桐辨认出了倒数第二个人的血型标记，心头不由得一喜，这种血型是非常稀有的血型，一般一万个人中最多只有十个人左右会有这种血型，那就好办了。

在移植数据登记库中输入相关的血型后，很快电脑屏幕上就跳出了一个手术记录，时间、地点正好和自己估算的吻合，也就是在倒数第二个死者死后的第三个小时，移植的器官是肝脏。

本来肝脏的供体就非常稀缺，更别提这种特殊的血型了，章桐浑身冰冷。突然，她注意到电脑下方还显示了一行数据记录，她赶紧把鼠标往下拖拉——RH 阴性 O 型血，移植时间是一个月前，供体器官是心脏，来源是自杀，男性，健康。

看到这儿，章桐的心猛地一沉，她赶紧拨通了王亚楠的电话："快告诉我杭晓明，也就是那个失踪的大学生，他的血型是什么？"

"我看一下……很特别，是 RH 阴性 O 型。"

"我知道，RH 阴性 O 型血！也就是最稀有的'熊猫血'！"

"你的意思是？"

"亚楠，相信我，他不是自杀的，和那十八个人一样，是被谋杀的！他的心脏很有可能已经被人偷走了！"章桐的声音中透露着让人不寒而栗的冰冷。

郑俊雅只能透过眼角扫到监护屏幕，屏幕上布满了银白色和黑色的光点，心跳就像幽灵般时隐时现，而缝合血管的胸钩像大号的黑色铅弹一样排在胸口，远远看去，像极了一只趴在胸口的让人浑身起鸡皮疙瘩的蜈蚣。

"应该就在这儿了！"只听见一个声音在讲。

那嗓音是从右耳后边传过来的，是自己的主治医师，医院的心血管内科专家汪教授，听到这个声音，郑俊雅的心里顿时感到很安慰，绷紧的弦松了下来。她看到导管蛇型的曲线在 X 光透视区缓缓移动，沿着动脉逐渐进入心脏位置。郑俊雅虽然生病前是医学院的学生，但是她仍然不喜欢看见这个可怖的医用钩子，尤其是它在自己身体里不断滑行的时候。尽管汪教授一再表示，这个钩子在身体里感觉不出来，但是郑俊雅总是能够清晰地感觉到它的确切位置。

“很快就好了，佳佳！不要动！”佳佳是郑俊雅的小名，此刻在她右手边说话的，是她的母亲郑女士。

“再忍耐一会儿，马上就好了！”自从心脏移植手术结束后，母亲就一直没有离开过自己的床边，看着母亲一天天地憔悴下去，郑俊雅的心里很不好受。

终于找到地方了，郑俊雅联想到鱼线顶端那个小小的鱼钩，贪吃的鱼儿终于吞下了钩子上的鱼饵，她睁大双眼，看见细细的导管还留在自己的心脏深处。

“好，可以了，我们终于取到了！”汪教授说道，“现在慢慢拉出导管，要小心，注意用力的程度！”

郑俊雅的头不能动，虽然看不见汪教授的面容，却感觉到他在伸手轻拍自己的肩膀。心导管撤出后，汪教授就用镊子架起一沓纱布轻轻压到郑俊雅左面脖子上的切口处，角度非常难受的头部固定器总算松开了。郑俊雅慢慢伸直脖子，用一只手来帮助活动一下脖子上的肌肉，接着，汪教授的笑脸出现在自己的面前。

“觉得怎么样？疼吗？”

郑俊雅微微一笑：“没事，还好！”

“那就好，你很勇敢！”说着，他把手里的检材样本和切片组织递给了身边的助手，“赶紧拿去实验室检查，我需要马上知道结果！”

助手点点头，离开了病房。

郑俊雅的母亲此刻终于有机会开口询问自己女儿的病情了：“汪教授，我有件事情想跟你谈谈！”

“说吧！”汪教授依旧笑容满面。

“佳佳的身体恢复得怎么样？那心脏……”

“据我观察，应该是一切正常，没有任何排异反应，现在就看等会儿实验室的检验报告了。不过，凭我以往的经验来看，应该是没问题了。说实话，你女儿很幸运，血型这么特殊，还能得到这么健康的供体，可以说是第二次人生的开始啊！”

“那太好了！”

“对了，手术结束后到现在这段日子里，你女儿有没有发烧？”

“没有。”

“腹泻呢？”

“没有，除了身体有些虚弱外，别的都是很正常的！”

从仅有的一些医学知识中，郑俊雅很清楚发烧和腹泻是器官出现排异反应的两种预兆。母亲为自己请了两个看护，每天都要测上两次体温、血压和脉搏，所以，她并不担心自己的身体在恢复过程中有什么突发情况会被耽误。

在谈话的间隙中，汪教授的助手一路小跑送来了检验报告单。汪教授接过来后仔仔细细地看了一遍，随即抬起头，满脸笑容。

“郑女士，你女儿的生命体征看起来很不错，供体现在已经完全适应了她的身体需求，我想你应该不用再担心了，再过个半年一年的时间，你女儿会和正常人没有什么两样了。当然了，还有两次活检，也是以防万一嘛！”

听了这话，郑俊雅刚想和母亲说些什么，一抬头却吃惊地发现母亲的脸上竟然流下了泪水。她的心一软，鼻子一酸，忍不住轻轻伸手摸了摸母亲的脸：“妈妈，别哭了，我不会离开你了！你放心吧！”

见此情景，汪教授转身轻轻退出了病房。在带上门的那一刻，手机响了，汪教授皱了皱眉，接起了电话，没过多久，他的脸上就流露出了明显的厌恶神情。

“……手术是成功的，你别忘了我们约定好的！”

电话那头的人显然是辩解了几句，但是很快就被汪教授给呵斥住了。与方才在病房里和蔼可亲的样子判若两人，他怒气冲冲地快步走到楼梯间拐角的僻静处，一边压低了嗓门说话，一边用力地扯下了自己脖子上牢牢系住的衣服扣子，好让自己说话不用那么费劲儿。

“我告诉你，价钱是我们早就说好的，你别来给我玩阴的。没有我，谁来给你卖命。再说了，你去找找，整个天长市的移植领域里，还有谁的手术刀比我厉害？你就知足吧！再嫌这嫌那的，以后就别找我来帮你做这种手术了！”

"……好了好了，别说了。啰嗦什么？就这样，我还有事呢！回头再说！"

汪教授气呼呼地挂断电话后，转身快步向楼下走去了。

过了两三分钟后，直到确定走廊里已经没有声音了，离汪教授刚才所站之处不到半米远的一处标记为"医用设备库房"的小门这才被轻轻推开，徐贝贝拿着两捆止血带，神情慌张地走了出来。她不放心地左右看了看，然后快步向急诊科办公室走去了。

"妈妈，我想知道这颗心脏原来是属于谁的？"郑俊雅若有所思地伸手抚摩着自己的左胸口。

"你想知道这个干什么？"母亲本来温柔的面容突然变得异常冰冷，目光也迅速从女儿消瘦的脸庞上移开了。

"我……我不想惹你生气，我只想谢谢人家。妈妈，请你理解我，我知道对方把心脏给了我以后，他肯定已经离开了这个世界。走的本来应该是我，他又给了我生的机会，我很想能够去他的墓碑前，当面谢谢人家。"

母亲的心一颤，她微微叹了口气，又温柔地看着从死亡线上刚刚挣扎回来的女儿："佳佳，人都已经死了，也不存在什么谢不谢的问题了。你是一个懂事的孩子，其实，在妈妈看来，你只要好好活着，就是对人家最好的报答了，明白吗？不要想太多了，休息吧！"

郑俊雅默默地点点头："妈妈，这样的检查是不是我们以后每个月都要做一次啊？"

母亲笑道："能把你救回来就已经很不错了，这点儿苦又算什么？再说了，总共只要三次检查，我们还有两次，放心，妈妈都会陪你来的！"

"给我做手术要花很多钱吧？"

郑俊雅从病发住院到现在，已经有大半年的时间了，一度曾经以为自己再也不会活着离开这个医院，可是，最终她却能一直坚持到自己得到供体并且顺利做完手术。这在周围病房中的人看来，除了很幸运以外，应该就是得益于家人的大笔支出了，所以，她才会这么问。

"钱算什么？佳佳，你就是妈妈在这个世界上所拥有的一切。妈妈就算散尽家财也要让你好好地活着。"母亲的目光中闪烁着亮晶晶的东西，她其实很清楚，有时候光有钱还是远远不够的。总之，在这件事情上，钱和运气真的是一样都不能少。不然的话，自己或许早就失去唯一的女儿了。

天长市公安局里，李局办公室的房门紧闭。屋里除了李局外，就只有王亚楠和章桐两个人。

“那现在有没有办法证实对方所移植的器官就是死者身上被摘除的呢？血型相配和时间吻合只是一个间接的证据，而其他的遗体差不多都已经被死者家属给火化了。我们目前手头所保留下的就只有最后一个死者杭晓明的 DNA 了。”李局皱眉说道。

“有个办法，那就是拿到供体的活体检材，上面的 DNA 可以和死者配上就没有问题了。”

“活体检材？”

“对！按照惯例，接受供体的患者，术后每隔一段时间就要进行供体活检，也就是说从所移植的供体上取下一定的检材切片和血液，查看其细胞存活程度，从而判断出供体在被移植的人体内是否已经真正存活。我想我们只要拿到这份检材来进行 DNA 对比的话，一切疑问就都会迎刃而解了。”

“可是，问题是我们不能光凭怀疑来拿到这份证据的。”

章桐想了想：“有一个人或许能够帮我们。”

“谁？”

“李晓楠生前的助手，急诊科护士徐贝贝。”

“你的意思难道是叫她去偷？”

“这也是不是办法的办法了，他们医院里肯定有问题，不然的话，怎么会这么巧，就在最黄金的十二个小时里，同样的血型，同样的器官移植手术？这不能不让人怀疑啊！”章桐若有所思地说道。

“贝贝，大门口有人找！”护士长没好气地抱怨道，“这么忙，还有人找你。快点儿啊！一会儿我们就有病人来了。你最多只有十分钟。”

“哦，好的，我马上就回来！”徐贝贝慌里慌张地一路小跑来到了门口，人来人往的医院大门口，只有保安老王站在那儿。

"王叔，是不是有人找我？我是急诊科的徐贝贝！"

保安老王点点头，随即伸手指向身后的休息岗亭："是你堂姐，在里面等你呢！快去吧！"

徐贝贝一头雾水，自己并没有堂姐，是不是哪个人搞错了？推开门的那一刻，一个女人应声站了起来，徐贝贝不由得一愣，眼前的女人非常眼熟，可是一下子却又想不起来在哪儿见过了。见她愣在那儿半天没有说话，年轻女人顺手摘下了自己的眼镜："我们见过一次面，我是市局刑警队的王亚楠，我需要你帮忙！"

"那你……"徐贝贝不解地伸手指向王亚楠手中的有色眼镜和桌上的帽子。

"是这样的，我不想让别人知道你和我们警方合作，也是为了不给你带来不必要的麻烦。"

徐贝贝脸上的疑惑顿时消失了，她憨憨地一笑："其实也没什么的，我会小心的，说吧，我该做什么？我的时间不多，一会儿护士长又得催我了！"

王亚楠从桌上的小包里拿出一张字条，递给了徐贝贝："我需要拿到这个血型心脏移植患者的活体检材，是一个月前在你们医院心血管内科做的移植手术。你拿到后，打我电话。我会派人过来取的。"

徐贝贝张了张嘴，很快又闭上了。

"怎么，有困难吗？"

"这倒不会，只是我很奇怪你们要这个干什么？"

王亚楠微微一笑："到时候你会知道的。快去吧！"

徐贝贝点点头，走到门口，突然想起了什么，转身问道："王警官，请问李医生真的是被害的吗？"

"你为什么这么问？"

徐贝贝咬了咬嘴唇："我也不知道，最近发生的事情太多了！"说着，她顺手拍了拍自己护士服的口袋，"你放心吧，王警官，我一拿到检材后就会马上通知你的！"

徐贝贝刚走到急诊通道口，耳边就响起了由远至近的刺耳的救护车警报声，她吓了一跳，赶紧加快脚步向急诊科跑去。

护士长一脸怒气地站在门口。徐贝贝没敢吱声，哧溜一下就从护士长的身边钻了过去。

接下来的一个多小时里，徐贝贝几乎都快麻木了，抢救，输液，插管……她机械般地做着自己每天都要重复做的事情，可是她的心里，却一刻不停地在想着口袋里的那张字条。凭直觉，王警官口中所提到的那个心脏移植手术肯定有着不同一般的秘密，不然的话，她不会叫自己去干这种事。如果自己的举动被人发现，那么就不会是开除那么简单了。徐贝贝突然回想起今天上午在五楼“医用设备仓库”里取货时，无意间听到的那段对话，她不由得暗暗倒吸一口凉气。谁都知道，在天使医院里就只有汪教授可以单独主刀做这种心脏移植手术，难道这件事和汪教授有关？

趁着休息的间隙，徐贝贝来到了病理科，全院所有的组织活检都在这里进行。病理科位于医院最底层的地下室，终年不见阳光，所以，大白天的走在走廊上都会让人感觉阴森森的。

徐贝贝尽量使自己显得很镇静，一脸若无其事的样子，目光却在不停地四处寻找。终于，她看见了要找的人，病理科的助理检验员阿芳，她赶紧凑上前，笑眯眯地说道：“阿芳，在忙啊？”

阿芳头也不抬地伸手指了指身边的一大堆试管，没好气地说道：“我可没有你清闲，还有好多活没干呢！”

徐贝贝一瞪眼：“我清闲？算了吧，谁都知道我们急诊科是整个医院里最忙的了。”

“那你今天来找我干什么？无事不登三宝殿，说吧，有什么要我帮忙的？”

徐贝贝刚想把来意和盘托出，可是转念一想，还是别说为妙，她微微一笑：“就知道今天你值班，我想转部门，到你们这里来干活，所以向你取经来啦！”

“真的？你们主任会同意？”

“那还用说，来，我帮你整理吧！”说着，徐贝贝就向桌边的那盘装着活体检材的试管走去了。

“是这样啊，那你就忙吧，我不客气了。帮我登记一下编号就可以了。”

“对了，阿芳，汪教授的检材送样你放在哪里了？”

“就在第三层那边。已经做完了，结果也已经拿走了，只是样本还没有销毁。你问这个干什么？”

徐贝贝的心一阵狂跳，她努力使自己的声音听上去很平常：“没什么，今天下来的时候，听到心血管内科的小赵说，汪教授这一次的心脏移植手术完成得太完美了，病人才术后一个多月的时间，就已经可以下床走动了，恢复得也很不错。所以我想看看数据报告。”

徐贝贝一边应付着，一边小心翼翼地从自己的袖子中拿出一个一模一样的试管，里面是自己临时找来的废弃组织样本，然后用眼角的余光扫了一下身后的阿芳。见她仍旧埋头忙碌着，并没有注意到自己的举动，她就迅速替换了试管，并且把上面的标签重新又贴了回去，最后装模作样地东拉西扯了几句后，这才做出恍然大悟的样子：“阿芳，我得先回去了，不然护士长又得骂我了。”

“去吧，去吧！就知道指望不上你的！”阿芳又头也不抬地挥挥手，目光始终都没有离开过自己面前的显微镜镜片。

走出病理科大门，徐贝贝长舒一口气，随即迫不及待地拨通了王亚楠的电话：“我拿到了，你快派人过来吧，我今天去不了你那儿，要加班！”

王亚楠手里拿着一个塑料证据袋推门走进了章桐的办公室，还没等章桐抬起头，就把证据袋推到了她的面前：“是那小护士搞到的，多久能出结果？”

“可能要到晚上，我尽快吧。”章桐一边打开塑料袋取出试管，一边向放有显微镜的办公桌走去。

王亚楠一屁股坐在了章桐的办公椅上，想了想，随即问道：“我觉得我们有了这个证据后，还是不够定罪的，如果他们医院真的在利用非法获得的人体器官进行移植手术的话，我们还需要有人出面指证才可以。”

“你是说买家？”

王亚楠点点头：“那是最好不过的了。我想我该找这个接受供体的人好好谈谈。”

一听这话，章桐不由得皱了皱眉，她转头看向身后的王亚楠，神情忐忑不安地说道：“亚楠，你可要考虑好了，一旦接受供体的对象从你这边知道了事情真相，尤其是知道自己的生命很有可能是建立在另一个人被非法剥夺生命的前提之上的话，那么，对她来讲，说不定就是灭顶之灾了。”

“应该不会像你所说的那么严重，我会把握好尺度的。你放心吧！”

看着王亚楠匆匆离开的背影，章桐心事重重地叹了口气。没有谁会真正知道对方心里的想法，这个世界上最难以捉摸的就是人的思想了，王亚楠的这个举动很有可能会让一个人的下半辈子都背上一个沉重的心理包袱。可是现在也顾不了那么多了。自己手头的证据微乎其微，什么忙都帮不上，为了破案，或许王亚楠的做法在这个时候是最恰当的了。想到这儿，章桐的心里不由得沮丧到了极点。

“你好，我找章桐章法医。”电话那头是一个苍老的声音。

章桐不由得一愣：“我是，请问你是哪位？”

“李晓楠是我的女儿。”老人的声音显得很平静。

“是李伯伯。”章桐心里不由得一震，她放下了手中的笔，把办公桌上的电话拉近一些，“李伯伯，真没想到你会给我打电话，请问，你找我有什么事吗？”章桐听到自己讲话的声音有些微微发颤。

“我现在在公安局的门口，我想见见你。有一样东西要给你。”

“好，我马上出来！你等我一下！”挂上电话后，章桐深吸一口气，努力使自己镇定下来，随即快步走出了办公室。

虽然说章桐并没有见过李晓楠的父亲，但是从老人憔悴的眉宇之间，她一眼就辨认出了李晓楠的影子。

“李伯伯，我就是章桐，你找我有什么事吗？”

老人的脸上勉强展露出一丝礼节性的笑容：“我知道你的工作很忙，所以也不耽误你。是这样的，我本来早就应该来找你了，但是自从楠楠出事后，我老伴儿一时之间接受不了，就住院了，所以我一直脱不开身，直到现在才来见你。”

章桐不知道自己此刻究竟该说什么才能安慰面前的老人，看着老人一脸的风尘仆仆，心里不由得感到一阵酸楚："李伯伯，大老远地赶来，你还没吃饭吧？我们去吃点儿什么，我们可以坐下谈。"

老人慈祥地一笑："没事的，闺女，这件事情了了，我就没有牵挂了。"说着，他从随身带着的布包里拿出了一本棕色的笔记本，"我常听楠楠说起你，但是却一直没有机会见到你。闺女，我知道你是我家楠楠的好朋友，所以，我想你会愿意保留她的日记的。这是我在整理她的遗物时发现的，就留给你做个纪念吧。闺女，别忘了楠楠！"

章桐的眼泪瞬间滑落下来，她死劲儿地咬着嘴唇，不让自己哭出声来。

"好了，给你了，我也就放心了，我想楠楠也是希望你不要忘了她的。可怜的孩子……"老人长叹一声，冲着章桐歉意地点点头，然后转身默默地离开了。

章桐呆呆地看着手中的笔记本，心里充满了说不出的滋味儿。她轻轻地抚摩着棕色笔记本凹凸不平的封面，突然，一张相片在不经意之间从笔记本中飘落到了地面上。她弯腰捡起相片，刚想把它重新夹回到笔记本中，自己的视线却再也离不开相片上的那个女孩了，熟悉的笑容，飘逸的长发，仿佛自己伸手就能够触摸到——相片中的女孩正是李晓楠。

章桐终于忍不住哭了，泪水大滴大滴地落在了相片上，渐渐地，李晓楠的笑容在她的视线中变得模糊不清了……

"啪！"一本棕色的笔记本被重重地放在了王亚楠的眼前。

"这是什么？"王亚楠一头雾水，伸手拿起了笔记本。

"这是李晓楠父亲一个小时前特地给我送来的日记，是他在整理李晓楠的遗物时发现的，所以拿来给我了。"

"我明白了，他知道自己女儿和你曾经是同窗，也是好朋友，所以他才会来找你。"

章桐点点头："没错，日记我已经看过了。我想对你的案子应该会有很大的帮助的，所以我拿来给你。最后一篇日记是她出事前一晚上写的。"

王亚楠若有所思地注视着章桐，半天没有说话。

“你看着我干什么？”

“你哭过了！”

“她出事前的那天，我该接她的电话的。要是我接了那个电话的话，或许，她就不会死！”章桐并没有正面回答王亚楠的问题，“亚楠，我真的很后悔！”说完这句话后，章桐头也不回地离开了王亚楠的办公室。

“王科长，有两个公安局刑警队的人来找你。”

王金明吓了一跳，结结巴巴地说道：“公安局的来找我干什么？急诊科那个女医生被车撞死的案子不是已经说好了和医院没有关系了吗？他们还来找我干什么？”

秘书赶紧在电话中解释：“这我可不清楚，他们并没有说明来意。”

“就说我开会去了。”王金明有些懊恼。

话音刚落，办公室的门口就出现了一男一女。

王金明心里一沉，赶紧挂上了电话，抬头仔细看过去：“你们找谁？”

“我们是市局刑警队的，这是我们的队长王亚楠。”年轻男子开口说道。

“我想我们见过面！”王亚楠说道，“王科长，你还记得吗？就在两个多月前。你应该不会贵人多忘事吧？”

王金明点点头：“我当然不会忘。你们有事吗？”

“想请你配合我们做些调查取证工作，是有关你们医院两个多月前死于车祸的李晓楠医生的事故调查。”王亚楠慢条斯理地说。

王金明立刻换上了一副笑脸：“那是，我肯定会代表院方好好配合你们警方调查工作的。警察同志，快请进来坐！”

王亚楠和助手坐下后，王金明殷勤地递上了两杯水，然后在对面沙发上也坐了下来。

还没有开口，他先长叹一声，摇摇头，一脸的苦恼。

王亚楠和助手两人面面相觑：“王科长，怎么了，有难处吗？”

“一个活生生的人就这么死了，尽管是死于意外车祸，但是我们作为院方，还是感到很心痛的，很年轻的一个医生，很有前途的啊！工作也认真负责，肯吃苦！现在这样的年轻人，不多了！”王金明喃喃自语，突然他抬起头，紧接着话锋一转，“警察同志，王亚楠队长，不是说已经确定她是死于车祸了吗？你们刑警队怎么还要调查呢？人都已经火化了，骨灰也被家属领走了，最主要的是，我们医院已经给了足够多的抚恤金了，你们今天又一次来这里到底是有什么用意！”

王亚楠吃惊于眼前这个矮个子男人的情感转变之快，几秒钟之前还是充满了同情与伤感，瞬间在言语用词中就充斥着警惕和抱怨。她想了想，决定开门见山：“王科长，我们是刑警队的，来这边找你，想必你也应该懂得其中的真正目的。我现在正式通知你，李晓楠医生是死于他杀的，我们已经对这个案子进行了正式立案调查！”

“李晓楠是他杀？这不可能！有谁会要害她呢？”王金明吃惊地问道。

“这个就不用你担心了，王科长。”说着，王亚楠从随身带着的公文包里掏出了一份“立案通知书”，递给了王金明，“这里面的附页是查扣清单，也就是说我们需要马上查扣你们急诊科在过去三个月里所有的急诊病历还有医生档案，同时，还请你立刻提供所有你们医院在过去三个月中所做的移植手术详细资料，包括器官来源证明。”

王金明都快要听傻了，他简直不敢相信自己的耳朵，愣在那儿半天都没有反应过来。

“怎么了，王科长，你有没有明白我所说的每一条要求？”

王金明赶紧点头：“明白，当然明白，我会好好配合你们的工作的。”

走出王金明的办公室，助手小丁一边把磁盘放到文件袋里，一边忍不住好奇地问道：“王队长，我不明白，究竟是什么帮助你申请到这个案子的立案调查批准的呢？”

王亚楠叹了口气：“是死者李晓楠的一本日记，我昨晚才拿到的。她在里面记录下了所有的一切。这真的是冥冥之中的注定啊！虽然说还暂时没办法直接证明她的死亡是他人有意造成的，也就是他杀，但是也已经足够我们开始进行调查的了。”

“她日记中写了什么？”

“所有的一切！”

“完了完了，警察把所有的东西都带走了，我该怎么办啊？警察迟早会抓住我们的把柄的！”王金明愁眉苦脸地瞪着电话机上闪个不停的消息灯，握着听筒的手在微微颤抖着。

“慌什么慌？没出息的东西！警察查不到你的头上的，最多是把汪松涛这个老家伙给咬死，他的胃口也太大了，迟早是个祸害，这样一来也省了我们不少心思。”

“要是把那个老头儿给抓起来，他会不会把我们咬出来？他的心黑着呢！那颗心脏就是他亲自下的手，我到现在想起来还浑身起鸡皮疙瘩。”

“他这是自作自受！坏事也做得够多的了，出来混，迟早是要还的！他不会把我们咬出来的，你放一百个心好了，再说了，他也不会有这个机会的。”

听了这句话，王金明不由得打了个哆嗦：“你的意思是……”

电话那头的人显得很不耐烦了：“你别管那么多了，知道得越少越好，明白吗？”

“明白！明白！”王金明不由得耷拉着脑袋，“可是，汪松涛要是被除掉的话，以后心脏移植手术，我们又得重新找人了。”

“这世界上三只脚的蛤蟆不好找，两只脚的人可是一抓一大把啊。用钱砸就是了，我就不信有人不见钱眼开！”

撂下这句话后，电话被迅速挂断了，话筒中传来了单调的“嘟嘟”声。王金明一脸沮丧地放下听筒，轻轻舒了口气，这时他才发觉自己竟然已经浑身是汗。他分不清这汗水究竟是热出来的还是刚才被吓出来的，反正现在这一切都已经显得不再重要了，还是明哲保身要紧啊！本来这事情就不是人干的，迟早要遭报应的！

想到这儿，王金明伸手拉开了办公桌最底层的一个小抽屉，弯腰窸窸窣窣地翻了一会儿，终于找到了一张小小的银行卡。随着手指轻轻依次触摸银行卡表面那金色的凸起的字体，王金明的目光中顿时闪烁起了亮晶晶的东西，变得神采奕奕起来。他深知一直以来，自己所走的每一步都是很小心的，除了他王金明以外，身边没有第二个人知道自己拥有这么一笔巨大的财富，而这里面的钱已经足够让他在一个谁也不认识自己的地方平平静静地过完下半辈子了。他突然明白了一个道理，那就是人要是太贪心的话，是绝对不会有好下场的。

城市花园小区是整个天长市里设施最高档的小区，王亚楠只是听说过，还从没有真正走进去过。此刻，她正一脸恼怒地站在门口保安登记处，被迫耐心地等待所谓的保安队长的到来。或许是平时见惯了来来往往的有钱人，眼前这些身穿高档制服的保安自然而然地也就有了一种似乎与生俱来的高贵心态。尽管王亚楠和副手王建已经出示了随身携带的警官证，却还是被礼貌地要求在这里耐心等待队长的亲自接见，理由是这里是高档小区，不是随随便便什么人都可以进去的，特别是还要征求业主，也就是被访者的同意才可以。

“我们是随随便便的人吗？”王建终于忍无可忍地小声抱怨了一句。

王亚楠瞪了他一眼：“算了，等吧，别制造不必要的麻烦。”言下之意其实也很明白，没必要和这些保安为了一点儿小事情而纠缠不清。

时间在一分一秒地过去，终于，保安队长晃晃悠悠地在保安登记处的大门口出现了，在得知王亚楠一行人的来意后，又花了十多分钟时间打电话征求了业主的同意，这才点头示意王亚楠和王建可以进去了。

虽然说在门口被无理刁难的滋味并不好受，但是，一走进城市花园小区，王亚楠顿时被眼前结构典雅独特的建筑群深深吸引住了。那一栋栋高高的欧式住宅大楼隐藏在绿树之间，整洁的小区街面与一墙之隔的嘈杂的大马路相比，真的是两个不同的世界。更加夸张的是那五步一岗十步一哨的红外线摄像头装置，使得她不由得点头赞叹这里的安保措施真的是做到了家。

“怪不得别人说这里是天长市最有钱的人住的地方！”

听了这话，王亚楠若有所思地点点头：“我想，这也是买得起器官来救命的人住的地方。”

根据病历上所登记的详细地址，郑俊雅的家就在 C 区十八栋 A 座六零一室。来到房门口，王亚楠刚要按门铃，大门意外地被打开了，出现在王亚楠面前的是一个年轻女孩姣好的面容。由于化妆品的成功掩饰，所以如果不仔细看的话，还真的不容易马上就看出女孩那被刻意掩藏起来的苍白的肤色。

“你们是市公安局的吧？很抱歉让你们等了这么长时间，快进来坐吧！”

“请问你是？”

“我叫郑俊雅。”年轻女孩落落大方的笑容让王亚楠心里很不是滋味儿。

客厅里的家居摆设只能用“高档奢侈”四个字来形容，但是却很得体，一点儿都没有那种做生意突然发大财的暴发户的感觉。由此可以看出，郑俊雅的家人并不只是有钱那么简单。

客厅的一角站着一个年近六旬的老妇人，穿着干练，一脸的笑容。

“这位是？”

“我的保姆，我和我母亲两人在这儿居住，母亲忙生意，就由保姆照顾我的起居。”郑俊雅微微一笑，言辞之间变得非常无奈，“我现在上不了学，这一年都得休学了，连大门都出不去。”

“我们今天来是想向你打听一下有关你一个多月前所进行的那个心脏移植手术的事情，这一点，我在来之前的电话中就已经告诉你了。”王建一边说着一边从公文包里拿出一个记事本，翻开后开始记录了起来。

“你们想知道什么？手术的事情都是我母亲经手的，我真的是不太了解情况。警察同志，那时候我的身体很糟糕，经常神志不清而昏睡，医生为了维持我的生命，给我用了很多药。”

“这个情况我们了解，那，郑小姐，你有没有听说过别的什么？尤其是在你手术前后，关于供体提供者的情况。我们现在怀疑你的供体来源有问题。”

“请你们不要打扰我女儿！”一个威严的声音在王亚楠和王建的身后响起。

郑俊雅惊讶地站起身，脱口而出：“妈妈，我还以为你出去了！”

说话的正是郑俊雅的母亲郑女士，她阴沉着脸站在门口，不用问，她肯定在那边站了很久了。

“你们走吧，我没有什么好说的。我女儿刚做完手术，身体还很差，你们不要来打扰她了。”说着，郑女士快步向站在窗口的女儿郑俊雅走去。

“郑女士，我们现在已经有足够的证据证实您的女儿的心脏来源有可能涉嫌非法。我们希望您能放下一切思想包袱，和我们警方合作，还死者一个公道。”

一听这话，郑俊雅的脸色顿时一片煞白，她一个踉跄，赶紧伸手撑住了身边的墙壁。她回头看向脸色铁青的母亲：“妈妈，真的吗？我的心脏？”

“别听他们胡说！”郑女士咬牙切齿地说道，“你们赶紧走，不然我去投诉你们骚扰我女儿！”

在回公安局的路上，警车穿梭在车流滚滚的马路上，车里的气氛有些凝重。王亚楠始终一言不发，她突然有些后悔自己的贸然举措了，郑俊雅苍白的面容一次次地在自己的眼前出现，难道自己的这一步棋真的走错了？不管怎么说，郑俊雅都是无辜的，一个不谙世事的年轻女孩，刚刚从死亡线上挣扎回来，她会承受得了这个无情的打击吗？从郑俊雅母亲脸上的神情可以明白，她是完全知道真相的。王亚楠也很清楚，为了挽救自己孩子的生命，一个母亲会不惜一切代价！

“妈妈，你和我说实话，我的心脏是排队等来的，还是你花钱买来的？警察不会没有根据随随便便找上门的！”生平头一回，郑俊雅对母亲发起了火，“到现在你还要瞒着我，为什么？你经常教育我说，做人要对得起自己的良心。你快说啊！你倒是说话啊！……”

郑女士双眉紧锁，半天没有吭声。

见母亲没有承认，但是也没有否认，郑俊雅的眼泪瞬间夺眶而出。

“李局，我手头还有案子，为什么非得要我现在出差呢？”章桐站在李局办公桌前，言语之间有些勉强。今天一大早刚到局里上班，就接到了李局秘书派她出差去秀水县的通知。

“我知道，小章，但是这个案子很特殊，报案人声称她丈夫在秀水杀了人，并且在那儿抛尸，秀水县城的同事已经尽力了，你也知道秀水县地方小，尤其是法医设备和人员配备不足，你的经验是局里最丰富的了。这样吧，查出真正死因，快去快回，再说了来回的路程也不远，怎么样？就耽误一天的工夫而已。我叫小郑开车送你去。”

小郑是李局的司机，领导都把话说到这个份上了，章桐只能无奈地叹了口气，点点头：“好吧，我快去快回。”

直到风尘仆仆地赶到秀水县公安局的刑警队办公室，见到了报案人——一个憔悴的孕妇后，章桐才懊恼地意识到，这个案子其实并不像李局说的那么简单。刑警队里也没有一具现成的尸体放在那边让她检查，一切都得从零开始。

“章法医，这就是报案人张淑兰女士，她向我们举报了一起杀人抛尸案，嫌疑人就是她丈夫。”秀水县的负责警官小郭接着说道，“她会带我们去抛尸现场寻找尸体的。我们因为地方小，没有专业的法医，所以，就只能劳烦你们天长市那边派人来走这一趟了。”

章桐点点头：“没事，我们快走吧！现场不等人的！”她很清楚秀水县公安局的人之所以会相信眼前的报案人，有两个显而易见的原因：其一，报案人是孕妇，至少有八个月的身孕；其二，她能指认现场。

秀水县城虽然说紧邻天长市，但是因为群山环绕的地形特殊，对外交通相对比较落后。秀水郊外属于特殊的溶洞喀斯特地形，洞洞相连，洞里套洞，如果不是当地人的话，是很难熟悉里面的情况的。然而作为一名法医，章桐却深知这种独特的地形的另一个用处，那就是——抛尸！

汽车足足颠簸了一个多小时，一行人才到达了目的地所在的山脚下，而真正的抛尸现场要翻过这一座陡峭的山头。由于报案人的身体不方便爬山，在讲明了具体位置后，秀水公安局的同事安排了人在下面车里照顾她。其余的人，则在当地向导的带领下，紧跟着爬上了山。

此刻，天空阴沉了下来，很快就下起了瓢泼大雨。这是郊区山里的特殊气候，每年的夏末秋初的雨季，这里几乎天天晌午的时候都会来上这么一阵子的大雨。大家都来不及穿上雨衣，整个人就被浇透了，章桐婉言拒绝了小郭要帮忙的好意，独自一人扛着勘查箱，深一脚浅一脚地跟着众人向山上爬去。山路不同于柏油马路，一下雨，就会湿滑得要命，等他们终于来到了山背后的一处不起眼的溶洞边时，已经过去了将近两个小时。

尽管做好了足够的心理准备，可是，眼前溶洞的复杂程度却还是让章桐感到了一丝棘手。这样的洞，并不如表面所显示的这么简单。郭警官看了看身边的向导，向导点了点头，表示地址没有错，也就是说尸体就在里面，而大家没有想到的是，洞口很小，现场也只有身材娇小的章桐能够钻得进去。

章桐随即放下了肩头的工具箱，穿好防护服，这种洞里说不准随时随地就会蹿出一条不知名的蛇来，小心总是最好的预防措施。

“章法医，能行吗？”

“没问题，这种场面我见多了。”章桐微微一笑，紧接着在脑袋上绑上了照明灯，手里带上相机，还有一把铲子，最后在背上的防护服口袋里放进去一个黑色的运尸袋。

一切都准备妥当了，郭警官在一旁替她在腰间绑上一根粗粗的绳子。一会儿章桐下去后，所需要的一切就都要通过绳索来传递了。

洞口很窄，比章桐的肩膀宽度宽不了几厘米，她要想顺利钻进去的话，就必须得小心翼翼地侧着身子。

章桐先趴在洞口，打开手电筒，向洞里面望去，光柱在洞底照出了一些杂乱的物品，甚至还有一些人类的废弃物，间或跑过两只不知名的小啮齿类动物，但是却并没有看到所谓的“人类尸骨”。不过，洞的一角被一块石头挡住了，在上面看不到，所以最好还是下洞里去看一看。

章桐手脚并用地爬着坐了起来，里外衣服早就湿透了，要不是穿着厚厚的防护服，铁定浑身上下都是泥浆。她戴上手套，侧过身子，面对着大家，然后一手紧紧地抓住绳索，一手抓住洞壁上偶尔凸出来的石块，一步步小心翼翼地向洞里钻了进去。

章桐几乎是挤过了狭窄的洞口，一进洞里，空间顿时大了起来。空气越来越潮湿，死亡的气味越来越浓，鼻子开始辨别出其他的东西，不是实实在在的气味，而是一些嗅觉上的暗示，让人联想到尿味、腐烂的橘子味，还有让人作呕的放久了的牛奶味。

又下了两三米的样子，就到了洞底。眼前一片漆黑，上面的光线根本就照不下来，章桐伸手打开了头顶的照明灯，让瞳孔适应一下这里的环境。她的脚在坚实的地面上一步一步艰难地挪动着。洞里有人来过，这一点是很肯定的，因为洞角有人类排泄物的痕迹。

章桐紧紧咬住牙关，努力抑制急剧上升的肾上腺素。在这个狭小的空间里，她感到了一种从未有过的幽闭恐惧的感觉，这是一种本能的反应，没过多久，自己的呼吸也开始急促了起来。

她深深地吸了口气，不顾洞里又臭又闷的味道，开始仔细搜寻了起来。结果是，除了一些杂物与动物尸体外，并没有发现人类尸骨。

章桐不由得感到一阵失望，难道自己白忙活了一场？正在这时，眼前的一块石头吸引住了她的目光。在照明灯的光线下，石块明显与周围的石块格格不入，甚至颜色也不一样。章桐的心里不由得一阵狂跳，难道这就是一个书上所说的“洞中套洞”？想到这儿，她赶紧用力拽开了这块牢牢堵在洞壁上的石头，不顾防护服里热得大汗淋漓的身体，手忙脚乱地清理着洞壁上的土块。没多久，一个大约八十厘米宽六十厘米高的洞口赫然出现在了她的面前！章桐长长地舒了一口气，赶紧朝外面那个洞口大叫了起来：“我又发现了一个洞！现在就进去看看！”洞口探出了一个脑袋，是小郭警官：“你小心点儿，我这就想办法找人下来帮你！”

“我知道了！”刚说完这句话，一回头之际，一条黑影在章桐面前飞快地滑过，凭直觉，那应该是条蛇，章桐顿时惊出了一身冷汗。像这种溶洞里的岩壁蛇，条条都有剧毒。章桐真庆幸自己穿着厚厚的防护服。

因为腰间的绳子不够长，章桐就干脆解开了绳子，里面还有多深的洞，她不知道，照明灯看过去，里面一片黑乎乎的。估计还要往里面爬一段路才行。在仔细检查了身上的防护服和随身所带的一些工具后，她一咬牙，头一低，就钻进了这个第二层套洞里面。

空间很狭小，勉强够一个人爬过，大约爬了有十分钟，眼前竟然出现了第三个洞。章桐回头看了一眼，才明白这第二个洞其实只是一个过道而已。第三个洞比第一个洞更加狭窄，不过，在这里，有她找了很久的东西——死人的尸骨！那熟悉的令人恶心的臭味是章桐这辈子都不会忘记的味道！看着这本来很有可能永远都不会被别人发现的装着尸体的蛇皮袋，章桐重重地叹了口气，浑身就像虚脱了一样……

在用小型相机拍过几张现场相片后，章桐用力把蛇皮袋推回了第二层溶洞里。由于第二层洞的空间太狭小，她不能拽，就只能把装有尸体的蛇皮袋放在自己的前面，然后以半抱半推的姿势，把蛇皮袋给推回了第一层空间比较大的溶洞里。

在绳索的帮助下，她终于顺利地把沉甸甸的蛇皮袋运回了地面。当章桐艰难地爬出洞口的时候，天空的暴雨早就不知什么时候停了下来……

来到秀水县卫生院简陋的太平间，这里暂时被当作了验尸现场。当章桐打开蛇皮袋时，出现在大家面前的是一具无头尸体。章桐随即打开随身所带来的勘查工具箱，开始认真查验起了面前残缺不全的尸体。

“郭警官，你来看，死者颈部的伤口并没有鲜血渗出的痕迹，由此可以得出结论，死者是在死后被人砍断了脑袋。伤口很平整，凶器应该是一把非常锋利的刀具。”章桐伸手指着死者的脖颈部，继续说道，“因为切口没有拖拉的痕迹，我建议你去查一下铡刀之类的用具。”

郭警官点点头，在随身笔记本上详细地记录了下来。

“死者是女性，浑身赤裸，显然，凶手拿走了所有的能够让我们确定死者身份的外部证据。根据死者皮肤以及肌肉组织来看，死者的年龄不会超过二十五岁。我拿放大镜仔细地检查过死者的双手。

“你来看，死者的双手表面皮肤很粗糙，在左手手背上，文着一朵玫瑰花，而根据这文身的图案来看，应该不是什么高档的文身店绘制的，而是一般的街头小店。死者也涂着指甲，是那种深紫色的，指甲油已经有一点儿脱落的迹象，而在右手的中指和食指上，我们很容易就可以看到吸烟者的痕迹——也就是手指被熏黄了。

“死者的死因判断起来虽然有一定的难度，因为死者的头颅到目前为止还没有找到，但是，死者的浑身上下没有伤口，而断颈处，经过我刚才使用脱水酒精球擦拭，我发现了残留的半枚指纹。这种方法叫‘局部皮革样化’，一般来说，有些伤痕在死者死后不会马上显现出来，用这种方法，加快皮肤表面的干燥，这样伤痕即使再细小也躲不开了。而死者的指甲上经过清洗后也发现了窒息缺氧而引起的绀紫现象……”说到这儿，章桐摘下了医用橡胶手套，扔进了一边的医用垃圾回收箱，“我不排除死者是被掐死的，死后被分了尸。而综上所述，死者应该是一个没有受过高等教育的年轻女性，有可能从事街头生意，有吸烟史，并且烟瘾很重。我所能得出的，就是这些了。那半枚指纹，我已经提取了下来，等你们抓到嫌疑人的时候，可以进行比对核实。”

“太谢谢你了，章法医，这么快就帮我们解决了难题。”郭警官合上笔记本后，由衷地说道，“我看时间也晚了，要不今晚就在我们秀水休息一晚，明天再回天长？”

“不了，谢谢，我那边还有案子，以后有机会再来这边旅游吧！”章桐疲惫地一笑。

再一次走出秀水公安局大门时，已经快要天黑了，看着天边美丽的晚霞，章桐浑身的疲惫顿时消失得无影无踪。她深吸一口气，然后迅速打开车门，钻进了副驾驶的位置。

正躲在车里打瞌睡的司机小郑被吓了一跳，赶紧从椅子上坐了起来，一边发动车子一边尴尬地说道：“章法医，这么快就解决问题了？”

章桐不由得苦笑：“快开车吧，我们还赶得及回去吃晚饭。天长市那边还有案子没结，我不敢耽搁啊！”

当车子终于驶进天长市区时，章桐迫不及待地拨打了王亚楠的手机号码，电话很快就接通了：“亚楠，我今天临时出差去了秀水，那边手机信号不好，我刚回来，今天有什么事吗？”

电话那头，王亚楠却一反常态破天荒地沉默了许久都没有说话。

章桐隐约之间意识到了有什么不对劲，赶紧追问道：“亚楠，你快说话，到底出什么事了？难道又发现了器官丢失的尸体？”

“不，那倒没有。”王亚楠似乎下定了决心，她终于开口说话了，但是嗓音却听上去异常嘶哑，“小桐，你不要难过，要挺住啊！”

章桐慌了：“亚楠，你别吓我，快告诉我到底出什么事了？”

“是……是刘春晓……”

章桐的脑海里顿时嗡嗡作响：“刘春晓？他出什么事了？你快说！”

“他，他，自杀了！”王亚楠结结巴巴地说道。

第九章 奇特的自杀

“现场这么多的血迹，那是因为刘检察官总共划了自己十一刀，左右手臂各两刀，脖颈上四刀，你可以看到严重的地方甚至把颈部切断了一半，腹部两刀，深可见内脏，潘建的验尸报告上都有注明的。最致命的一刀是在左胸口，插入右心室三厘米，直接导致机械性窒息死亡。”说到这儿，王亚楠重重地叹了口气，“我到现在都没办法弄明白为什么刘检察官要这么结束自己的生命，甚至到了自残的地步。现场……太惨了！”

冰冷的太平间里，没有任何生命的气息，因为在这里见不到阳光，终年都是阴森森的，寒气逼人。刺眼的白炽灯照得整个房间仿佛是另外一个世界。

“你真的确定你要见他？”王亚楠不放心地问道。

章桐无声地点点头，毅然推开了身边的王亚楠，面无表情地径直走向了太平间最里端的停尸库。这是一排上下两层的冷冻库，总共有二十八个小冷冻柜。冷冻库的门把手都是由统一的不锈钢制成的。

太平间和停尸房是章桐最熟悉的地方，可是，此刻，站在冷冻库门前，她却不知所措。这时候，她才意识到，自己没有问王亚楠具体的柜门号码。

“二十二号。”王亚楠低声说道。

章桐深吸一口气，轻轻拉开了二十二号柜门，一股冷气扑面而来，章桐顿时浑身哆嗦了一下。她伸手拉出了拖床，冷气散去的时候，她看到了刘春晓的脸。

原来人死后是这么安静，除了那令人心碎的惨白，刘春晓的神情是那么平静，就仿佛睡着了一样，嘴角微微上扬，一丝笑意似乎还挂在嘴边。但是章桐明白，这不是笑，这是人死后面部神经萎缩所引起的肌肉痉挛而已。可是她倒宁愿相信这是刘春晓临死时挂在嘴角的最后的笑容，因为这样就意味着他的最后一刻至少是平静和满足的。

章桐半天都没有说话，整个人就像傻了一样，呆呆地看着拖床上躺着的刘春晓。

王亚楠有些担心了，她伸手轻轻地搂住了章桐瘦弱的肩膀：“小桐，哭出来，哭出来会好一点儿。你这样子我会害怕的！”

章桐就仿佛没听见王亚楠所说的话，只是呆呆地站着，像极了一尊石头雕像。

“小桐，你倒是哭啊！你哭啊！”王亚楠急了，拼命地推搡起了章桐，“你哭出来会好一点儿，别憋着，我知道你心里难受！”

章桐轻轻叹了口气，摇摇头：“走吧！”说着，她轻轻地把拖床推了回去，然后用力关上了不锈钢门，随后头也不回地走出了太平间停尸房。

在回公安局的路上，章桐平静得可怕，整个人就仿佛只留下了一个麻木的躯壳，灵魂却早就不知道飘到了什么地方。王亚楠偷眼看着章桐，心里充满了担忧，却又不敢开口安慰她。

直到车子开进了公安局地下停车库，章桐才终于开口：“我跟你一起去你的办公室，我想看看现场相片，尸体的相片。”

王亚楠知道往日的那个章法医终于回来了，她忍不住哭出了声，用力一把搂住了章桐：“我倒宁愿你像电话中那样对我发火。你别吓我就行了。你要是出了什么事，我……我……我不会原谅自己的。你一定要答应我不要做傻事啊！”

章桐微微一笑："我没事，你放心吧，我只是想看看。我不会做傻事的！我们都认识这么久了，难道你还会怀疑我的承诺？"

一听这话，王亚楠赶紧松开了章桐的肩膀，半信半疑地看着她："你真的没事了？"

章桐长叹一声，神色悲戚："看来我真是瞒不过你的！我说没事那是假的，但刘春晓既然选择自杀，他是个成年人，我也没有办法阻止。我只是想看看现场相片，你应该能够明白我的想法，对吗？"

王亚楠赶紧一把抹去眼泪，点点头，伸手拉开了车门："那就好，快跟我来！"

章桐一走进刑警队办公室的时候，就听见讲话声音立刻小了下来，现在局里的每个人应该都已经知道刘春晓自杀的事情了。虽然没有人跟她说话，但是她能够听到周围同事的窃窃私语，能看到他们不安的眼神。她跟随着王亚楠径直走向了最里间的办公室隔间，这个小小的举动顿时引来了许多人的关注。直到办公室隔间的门在自己身后轻轻地被关上后，章桐这才悄悄地松了口气。跨进这个普通的小隔间就意味着远离身后每个人的视线，她感到很轻松。王亚楠走到隔间的窗前，伸手拉上了百叶窗帘，这是她上周才叫人给安上的，这样一来至少能够给自己留下那么点儿隐私的空间。

"坐吧，他们也是关心你。"王亚楠显然意识到了外面投来的目光和章桐的浑身不自在，"他们没有恶意的。"

"我没有怪他们的意思，你放心吧！"

王亚楠勉强挤出了一丝笑容，然后伸手拉开了自己面前的抽屉，拿出一本黄色的文件夹："资料都在里面，我打算明天报上去给检察院那边。"

章桐一边打开文件夹，一边说："和我讲一讲这件案子吧。"

"前段日子因为刘检察官出差，所以，他位于三层东头第一间办公室的大门一直是锁着的。今天上午，管理员接到二层东头第一间办公室的工作人员反映说天花板上好像漏水了，满是半凝固状态的棕色不明液体，怀疑是地暖漏水，他就赶去检修。结果在打开顶上那间办公室紧闭着的房门时，发现了刘检察官的尸体。"王亚楠刻意没有直接称呼刘春晓的名字。

"检察院当即就通知了我们。等我们赶到现场的时候，发现刘检察官早就已经去世了，在办公桌上发现了他的遗言，上面写着——我受不了了，对不起！”

“这件案子是谁去的现场？”

“潘建。”

“自杀的结论也是他下的吗？”

“起先我们也是有怀疑，因为刘检察官坐在自己的办公椅上，办公椅离开桌面有大约十厘米的距离，可是，办公椅周围都是血迹，甚至通过地板的缝隙渗漏到了下面一层办公室的天花板上，而离他仅十厘米远的办公桌上却一滴血都没有溅到。”

章桐一声不吭地紧盯着自己面前的现场相片，正如王亚楠所说，刘春晓的身体斜斜地靠在了办公椅上，脑袋向后耷拉着，双手也无力地下垂在办公椅的扶手两侧。因为身上有太多的刀伤，所以刘春晓身上的那件白色衬衣早就被自己的鲜血给彻底染红了。办公椅四周也全是血迹。

“现场这么多的血迹，那是因为刘检察官总共划了自己十一刀，左右手臂各两刀，脖颈上四刀，你可以看到严重的地方甚至把颈部切断了一半，腹部两刀，深可见内脏，潘建的验尸报告上都有注明的。最致命的一刀是在左胸口，插入右心室三厘米，直接导致机械性窒息死亡。”说到这儿，王亚楠重重地叹了口气，“我到现在都没办法弄明白为什么刘检察官要这么结束自己的生命，甚至到了自残的地步。现场……太惨了！”

“可是，现场的一切却又都让人无法得出他杀的结论。第一，现场唯一进出的门是从里面锁住的，除了清洁工那边，没有第三把钥匙可以开他的门。而窗户都是紧紧地锁上的，插销都是从里面插上的，现场没有第二个人存在过的痕迹。可是，这血迹？还有这伤口？小桐，你也看到了，手腕上的那几道刀伤，还有脖颈上的伤口，人都那样了，还会用那么大的力气插上自己最后一刀吗？潘法医也有这样的怀疑，可是，他没有办法推倒自杀的结论，而且现场的遗书笔迹经过鉴定比对，也是刘……检察官留下的亲笔。”

章桐点点头，一脸的悲伤：“从法医学的角度来讲，这是完全有可能的。亚楠，你的结论我可以理解，我也不愿意去相信刘春晓会选择自杀这种方式离开这个世界。但是，我们要讲客观事实证据。

“首先，你看这一张相片，是死者手腕上的伤口，排列很整齐，而且由浅至深，这属于试探性伤口，我想这是最初造成的伤口。紧接着，死者把刀指向了自己的脖颈处，你看，同样的情况，排列整齐，由浅至深。”

“但是，你看那一刀，都已经割断了喉管，人不是会死了吗？”

章桐摇摇头，面露苦涩的笑容：“不会那么快，血液还没有全部进入人体的肺部，他最多只会感觉呼吸困难，但是人还是清醒的。根据伤口的深浅，这腹部的伤口深度比较接近胸口的那一刀，所以，这是排列在第三组的。最后，我想，刘春晓最终用尽了全身的力气，把刀插进了自己的心脏。死亡来得很快的。他最后应该感觉不到太多的痛苦了。”

王亚楠都快哭了：“他为什么要选择这么痛苦的方式来结束自己的生命呢？他难道就没有想过你的感受吗？”

“十一刀，他肯定犹豫过，可是，最终还是选择了自杀。”说到这儿，章桐几乎泣不成声了。

“那办公桌上没有血迹又该怎么解释呢？”王亚楠突然追问道。

“他割断的应该是静脉，而不是动脉血管。亚楠，你也知道，动脉的压力比较大，一旦割破，会以喷溅的方式把血液压出人体的血管，所以才会导致现场有大量喷溅式血迹留下。但是静脉就不一样了，它属于‘泉涌’式，因为它的压力没有那么大，是‘汩汩’地流出，这样你才不会在离刘春晓那么近的办公桌上看到一滴血迹。而他的办公椅周围，包括他的身上，全都流满了鲜血。我不在现场，没有办法做出更准确的判断，但是目前看来，我对潘建的定论没有异议。”

面对王亚楠吃惊的目光，章桐突然感觉到了一阵说不出的疲惫和头晕目眩，她赶紧站起身来：“我该回去了，今天出差回来还没有到过家。”

“我送你！”

“不用了，亚楠，你忙吧，我自己打车回去就可以了。”

说着，章桐强忍着胃部一阵阵的痉挛，转身离开了王亚楠的办公室。

直到跨进家门的那一刻，面对着馒头那一如既往忠实的脸和上下翻飞的扫把式的大尾巴时，章桐再也忍不住了，她伸手搂着馒头，“扑通”一声跪倒在地，拼命地号哭了起来。撕心裂肺的疼痛就像一阵狂风暴雨般，瞬间布满了她的全身，她不停地痛哭着，全身发抖，身体缩成了一团，仿佛要把积蓄了整整一生的痛苦都在此时倾泻出来。

怀里的馒头显然是被吓坏了，它耷拉着脑袋，满脸的忧郁，呜呜了几声后，随即轻轻地在章桐身边趴了下来。它那大大的狗脑袋如同以往那样靠近主人，眼神中充满了同情和悲伤。

这一夜，章桐搂着馒头的手一直都没有松开过。

郑俊雅接连两天做了相同的噩梦，每次都是在尖叫声中惊醒，浑身被汗水湿透了。母亲吓坏了，赶紧又把她送进了天长市医院的重症监护室。护士们来回忙乱地替郑俊雅做着各项检查，因为还处在移植手术后的观察期，要不是郑女士再三坚持把女儿带回家休养的话，郑俊雅最起码还得在医院里再观察半年多的时间。现在，看着女儿没有任何血色的面孔，郑女士感到了从未有过的恐慌。

由于是进了重症监护室，所以郑女士不能够陪伴在女儿的身边，她焦急万分地站在医院的走廊里，心神不定地看着自己身后那扇紧闭着的大门。

好不容易看见汪松涛推门走了出来，郑女士赶紧迎了上去："汪教授，我女儿怎么样了？情况严重吗？我会不会失去我的女儿？"

汪松涛微微叹了口气："供体是没有问题的，很健康，我这一点是可以保证的。你女儿这段时间老做噩梦的原因，我想也是因为术后恢复中所服用的甲强龙、环孢霉素等抗排异和镇痛药物的反应而已。在术前，我就和你说过，凡是接受器官移植的病人，术后终生都要服用这些药物，而只要是药物就都会有副作用，所以，你女儿的大脑神经可能受到了药物的影响，她当然会做噩梦。换上谁吃这么大把药，又是天天吃，也会这样的，所以呢，郑女士，你没有什么好担心的，噩梦总会过去的，休养几天相信就会好的！你就放心吧。这里是重症监护室，不允许家属陪同，你过几天再来接她出院吧。"

郑女士只能无奈地点点头，忐忑不安地离开了医院。

郑俊雅虽然不说话，但是她躺在重症监护室的病床上，眼泪却一下子涌了出来。梦中的景象她记得清清楚楚，而且这个可怕的梦永远都不会过去，它现在已经如幽灵般地成了她生命中的一部分，就像心脏成为她的一部分那样。

轻轻地，她用手去触摸胸口的绷带，虽然手术已经过去了一个多月，表皮伤口也已经渐渐愈合了，但是痛苦刚刚开始释放，母亲逃避的眼神让她隐约感觉到了一种莫名的负疚感。自己病了那么久，她都已经忘记了拥有强健心脏的感觉了，走路可以不喘，能感觉到温暖而生机勃勃的血流注入自己的肌肉中去，低头看自己的手指时，可以为那些粉红的毛细血管感到惊叹不已。郑俊雅已经用了太久的时间来等待死亡，接受死亡，她已经开始习惯死亡逐步接近的脚步声，以至于生命本身对于她来说，已经变得非常陌生。可现在，她竟然能够在自己的双手上看到生命，能从十指的指尖上感觉到它的存在，当然了，还有那颗跳动的心脏。

不过，现在她还没有办法感觉到这颗心脏属于自己，也或许，它永远都不会属于自己。

小时候，只要一有机会，郑俊雅都会偷偷摸摸地穿起母亲的漂亮衣服。母亲忙于生意，总是无暇顾及自己衣柜里那些数都数不过来的上好的羊毛衫和缀着如星星般的美丽亮片的真丝外套，因为母亲独特的眼光，这些衣服永远都不会过时。虽然如今这些衣服母亲都送给了自己，或者确切点说是在自己考上大学的那一天，母亲就非常隆重地把自己宝贝似的衣柜打开，然后宣布说，从今天开始起，郑俊雅可以随意穿着母亲所有的衣服，包括使用母亲那些进口的化妆品，但是对于郑俊雅而言，她却始终认为，自己只是暂时借用一下母亲的衣服和化妆品而已，在她脑子里，衣服永远是母亲的衣服，而化妆品也永远都是母亲的化妆品。

那么，这究竟是谁的心脏？郑俊雅一边想，一边用手轻轻地抚摩自己的胸口。

“你醒了？”

郑俊雅抬起头，一个胖胖的小护士正站在自己的床前，周围此起彼伏的机器滴滴声几乎掩盖了护士的脚步声。

郑俊雅记不清所有人的长相，而医院里每个护士几乎都长得差不多。

“我做噩梦了，我不敢睡觉！”

“是类固醇的作用，这是你所服用的抗排异药物的副作用引起的，没事的，很快就会过去的。”

“我想没那么简单，护士！”

小护士一边检查着仪器的读数，一边忙着做记录：“为什么你会这么想？”

“你知道我的心脏是谁给我的吗？我想知道他的名字。我在梦里总是会梦见他，浑身是血地向我靠近……可怕极了。”

小护士皱了皱眉：“你不该这么想的，这样会让你的精神状况更加糟糕。你还处在移植手术后的恢复期，心态要平和。”

“可是……”郑俊雅轻轻地说，“如果那人有家人的话，我是说如果有家人的话，我很想见见他们。”

“我肯定他们不会想见你的，他们刚刚失去亲人，心理还没有恢复过来。再说了，医院里有规定，这件事，也就是你的心脏供体来源者的姓名和所有身份信息都是严格保密的，你明白吗？”

“有那么糟糕吗？我只是想对他们说一声谢谢，谢谢他们，我可以不告诉他们我的名字，求你了！”

“不行，郑小姐，我帮不了你。对不起！”说着，小护士同情地点点头，转身离开了病房。

郑俊雅默默地把头陷回枕头里。她感到很伤心，屋子里突然变得很冷很冷，她的目光不由自主地投向窗外的某个角落，打了个寒战。

护士值班室里，刚刚从心脏外科重症监护室查房回来的小护士正埋头在病历上查找着什么。良久，她疑惑地抬起了头，嘴里嘟嘟囔囔：“不会呀，奇怪，这上面怎么会没有记录？”自己已经找遍了所有可能记载有移植供体来源的记录本，也没有找到重症监护室三号床的那个年轻女孩接受供体来源的相关记录，可怜的小护士都找晕了。

中午吃饭的时候，小护士神神秘秘压低嗓门把自己的这个疑惑告诉了好友急诊科的护士徐贝贝，临了，忐忑不安地追问道：“贝贝，你说会不会出了什么问题？我在心脏外科都干了这么久了，还从没有看见过找不到来源的。”看着徐贝贝半信半疑的样子，她又强调了一句，“会不会她的供体来源不合法啊？”

“这不可能吧，你是不是侦探小说看多了，唯恐天下不乱啊？”

“你胡说什么！”小护士生气了，“这种事情能随便开玩笑的吗？你也不想想！现在网络上流传说有人偷器官来卖，你知道这事儿吗？”

“我不经常上网的。”徐贝贝老老实实地承认，“我的房东把网线掐了，很抠门的！我和男朋友现在暂时没有多余的钱去申请新的。”

“没出息的男人！算了，那我告诉你吧。网上说有人参加别人的聚会，结果喝多了，醉了，等醒来时，发现自己躺在浴缸里，一浴缸的冰块，而自己的肾脏没了。”

“那怎么办？”

“什么怎么办？出了很多血！等 120 赶到的时候，失血过多死了呗！现在的人啊，一个器官能卖很多钱的，你不卖，就给你下药偷，你死不死，和他没关系！你说这还是人干的事吗？所以我怀疑，这三号床的器官就是这么来的。我见过她母亲一面，穿得很珠光宝气的一个女人，也很骄横。有钱人嘛，这么做也是可以理解的！”

徐贝贝呆呆地看着好朋友那不停唠叨的嘴巴，只觉得自己的后脊梁骨一直在不停地冒冷汗。天底下不会有这么巧的事情的，可是，那一道道怪异的伤口，还有那死在手术台上的急诊病人，虽然说每一个人看上去都有一种非常合理的死因，但徐贝贝却还是倒吸了一口凉气。

好不容易熬到了下午上班的时间，徐贝贝赶紧向护士长托词称自己不舒服，想回家休息半天，然后不顾护士长一脸的恼火，手脚利索地换好了衣服，一溜小跑地离开了医院。

局里的会议室终于重新装修好了，听到这个消息后，没有一个人的脸上不是轻轻松了一口气的表情，除了章桐。

李局的秘书电话通知开会的时候，章桐半天才回过神来，让身边的潘建感到莫名的担心。

现在局里每一个人都已经知道了章桐的恋人刘春晓自杀身亡的消息，

大家心里都有很多疑问，但是却没有一个人会去开口问章桐，更何况自杀也已经成了定论。自杀，并不是一件非常光彩的事，尤其是发生在从事公检法这些特殊岗位的人身上，所以，刘春晓生前的检察院领导对外统一口径宣布刘春晓是意外心脏病发作所导致心源性心肌梗死死亡，简单来说也就是突发心脏病病死的。但是，内部系统的人几乎都知道自杀才是刘春晓真正的死因，而且死状极惨，简直就是活活把自己折磨死的。所以，人们就顺理成章地都很同情章桐，不忍心去戳她心里的那个深深的伤口。

装修一新的会议室里，警员们很快就陆续到齐了。因为章桐是负责刘建南和李晓楠死亡案件的法医官，所以，她不能缺席这场特殊的案情分析会。

"都到齐了？好，请王亚楠先向大家介绍一下案情和目前的进展。"李局主持会议一向言辞简练，开场直奔主题，这也是为什么大家在他唱主角的会议上从来都不会有打瞌睡的念头的原因。

王亚楠看了看自己面前摊开的笔记本，略微整理了一下思路，然后说道："八月二日凌晨一点五十分左右，建材商人刘建南被小区巡夜保安发现躺在所居住的大楼下面的过道水泥地面上，已经被证实是高空坠落，当时还有生命迹象，120急救车赶到后，被送到最近的天使医院进行抢救，凌晨两点十七分，正式宣布死亡，死因是高空坠落所导致的多脏器损伤和出血性休克。因为案发现场没有搏斗过的痕迹，死者为人和蔼，并没有与人结怨，生意场中口碑也不错，而死因很明显，据当时赶到现场的派出所同志的报告中所描述，死者是从卫生间窗口失足坠落的，没有他杀的迹象，所以，我们当时就没有立案，作为失足坠落致死处理，定为一起意外事故，有自杀的可能。

"但是死者的家属顾晓娜，她当晚因为娘家有事就临时回去了。当她得知丈夫坠楼身亡时，就一再坚称自己的丈夫是被人害死的，并且主动要求章法医进行尸检，理由是自己的丈夫是老实人，平时从来都不会得罪身边人，没有一个仇人。最终证实，死者刘建南的死因并没有疑问，但是死者身上的器官摘除手术伤口却很让人怀疑，大家可以看一下，这是当时尸检的照片。"说着，王亚楠把早就准备好的几张放大的尸检照片递给了身边的人，“大家可以看，死者体内的肾脏和肝脏摘除手术非常草率，草草了事，一点儿都不顾及死者术后的恢复。我们也曾经考虑过是否因为死者后悔捐出自己的器官而想不开自杀了，于是想找到顾晓娜核实情况，但是顾晓娜却突然消失了。不久就打来电话，态度一百八十度的大转弯，声称对丈夫的死因不再做任何坚持，只想早一点儿让死者入土为安。因为没有立案，所以遵照亲属的意愿，我们让她的家人接走了刘建南的遗体。可是，第二天凌晨，顾晓娜就给章法医打去电话，又说自己的丈夫是被人害死的，并且恳求我们警方介入调查。”

“那后来呢？”李局问道。

王亚楠再一次看了看笔记本上的案发记录：“就在那天挂完电话后半小时左右，顾晓娜就自己拨通了120急救电话，等医生赶到时，她被宣布死于心脏病突发。我们法医检验后，证实是一种生物碱毒素中毒所引起的全身麻痹导致呼吸衰竭死亡，死状和心脏病发作非常相似。”

“她显然是因为知道内情而被灭口了！”

“我们查过顾晓娜生前的所有资料，这是一个非常顾家的女人，和刘建南自由恋爱，打拼了好几年，好不容易有了现在的安逸生活，正准备要孩子，就出了这个事情。出于一个女人的本能，顾晓娜不愿意相信她丈夫是跳楼自杀的。”王亚楠补充说道，“我后来又带人去了趟现场，结果在瓷砖底下发现了大量的血迹。经证实，正是死者刘建南的血迹，现场是被人清理过的。而死者刘建南跳楼的位置也很特殊，是从卫生间的窗户跳出去的，但刘建南身材矮胖，想要在失血那么严重的状况下再爬上那么高的窗台，钻过窗户朝外跳的可能性就非常小了。因此我们推测，死者刘建南很有可能是被人从楼上卫生间窗口推出去坠楼导致死亡的。而顾晓娜则是因为在偶然的状况下发现了刘建南的死因可疑，一再坚称要尸检，犯罪嫌疑人担心暴露，就封住了她的嘴。

“在发生这两起死亡案件的同时，还有一起案件非常可疑，也是被刻意掩饰成了意外所导致的死亡，那就是天使医院急诊科的医生李晓楠。据她的护士反映，还有李晓楠的亲笔日记所记载的详细事件经过，李晓楠在注意到了近期医院急诊科病人意外死亡事件离奇增多后，曾经找院方领导反映过这件事。没过多久，她就死于一场很特殊的车祸，大家可以看一下车祸现场的监控录像。录像中穿浅色衣服摔倒在地的人就是死者李晓楠。”王亚楠示意身边的王建在投影仪中播放那段短短的雨天录像，虽然说录像镜头画面并不是很清晰，但是，已经足以清楚地看到当时的案发场面。

“大家注意看，李晓楠摔倒后，并没有马上爬起来。我们都知道，摔倒在车流密集的马路中央是非常危险的，而像李晓楠这么一个体质很好的年轻人肯定是会第一时间从地上爬起来，尽快站回到安全岛去的。但是，整整二十八秒，死者一直保持着不变的姿势躺在那里，最终导致了悲剧的发生。”王亚楠看了一眼坐在自己对面自始至终一直一言不发的章桐，“我们没有能够及时找到死者的尸体，当我们能够顺利立案调查这个案子的时候，死者的尸体已经被火化了。我们只能得到一些死者没有被火化完全的遗骨。而经过化验，死者生前曾经被人投毒。而她出车祸前的那一刻，正是要前来与我们警方会合。在现场，我们没有找到死者随身所带的个人用品，当然了，不排除死者出车祸后，当时在场的人中有人顺手牵羊拿走了死者的东西。”

“看来这是一起刻意用车祸掩饰的杀人灭口的案件！”

“对，但是我们没有直接证据，除非找到当时现场的目击证人才可以进行有效的指证。”

章桐站了起来，走到会议室靠墙处的白板面前，贴出了三张放大的天使医院病人病历汇总表，然后回转身面对大家说道：“经过一系列对比，我得出结论，这十八个病人之间有着非常重要的联系。第一，他们都是由李晓楠接诊的急诊病号；第二，和他们的医生一样，这十八个病人无一例外都死了，或者死在救护车上，或者死在医院急诊抢救室的手术台上；第三，这十八个病人在生前都在红十字血液中心那边献过血；第四，他们死前，李晓楠都在他们身上发现了或多或少的移植手术缝合伤口。而前面王亚楠所提到的刘建南，就是第十八号死者。”

“这十八个病人的死因呢？都一样吗？”李局问道。

章桐摇摇头：“不完全一样，有的是车祸死的，有的是跳楼自杀，有的则是自己开煤气自尽的。总之，经过仔细核查，每一个死者都有一个貌似合理的死因。而每一个死者的身上都有一个奇异的伤口。只是很可惜的是，当我们发觉这个致命的联系时，十七具尸体都已经火化了，而最后一个死者刘建南，尸体很快也被家人火化了，所以说，我们除了依据已经死亡的李晓楠医生生前的笔记本和手术记录外，证人就只有当时和李晓楠医生在一起工作的急诊科护士了。我怀疑，我们所发现的这些死者的人数还并不完整，肯定还有别的死者。”

“那么，会不会在这些死者的背后存在着一个严密的人体器官盗窃链条？”

王亚楠回答道：“很有可能，我们目前就怀疑一个心脏移植患者所接受的供体来源不合法，而心脏供体的DNA检验也证实和一个多月前离奇失踪的医学院学生杭晓明的完全吻合，我的人正在着手调查这个患者的供体来源。”

听了这话，李局点点头：“接下来你准备怎么做，王亚楠？”

“我想调查这十八个病人在血液中心捐献时所留下的血型记录，同时交叉比对近三个月以来我们天长市所有接受供体的手术记录以及手术所进行的时间和地点。一旦找到吻合的，就进一步深入查找相关责任人员。”王亚楠信心满满地回答道。

“我认为王亚楠的做法可行，因为人体器官组织一旦离开人体后，都有相对固定的存活时间，平均不会超过十二个小时。按照这样的范围来查找，应该没有问题。”章桐一边把白板上的病历纸收起来，一边点头赞成。

“那好，尽早找到这根黑色的利益链条，抓住凶手！严惩犯罪嫌疑人！”李局神情严肃地说道。

八月二日，晴，五点四十七分。

此刻我正坐在医院办公室的窗台上，眺望着城市远处的夜景，一阵冷风袭来，让我感到了逐渐走近的秋天的滋味儿。遥远的天边泛起了微微的鱼肚白，新的一天就要开始了。我回想起上次抛开一切工作和责任，坐在这里看窗外的时候，我的心情还是很不错的，可是今天，我却感到自己成了一个罪人，一个永远都不可饶恕的罪人。又一个鲜活的生命在我的面前消失了，我开始怀疑我的工作能力！我是医生，却为何面对死亡就变得那么束手无策？

我以前从未遇到过这样的状况，就在这一个多月的时间里，在我手中，竟然已经有十八条生命离去了。我想，我不能再沉默了，我必须做点儿什么，为了我自己的良心，我也要做点儿什么。哪怕别人不相信我所讲述的事实，我都要坚持下去！

我打算先去找找我的导师汪教授，他是心脏外科手术的专家，他应该会相信我的话！

这是李晓楠日记本中的最后一篇，写于刘建南死后不到一个小时的时间里。从字里行间，章桐分明可以触摸到李晓楠充满痛苦和自责的灵魂。同样是医生，尽管职业方向不同，但是出发点和内心世界的种种感受却是一样的。

章桐悲哀地意识到，就在李晓楠写完这篇日记后十二个小时，她的生命就永远停止在一场瓢泼大雨中了。

合上日记本，章桐伸手轻轻揉了揉发酸的眼角，这些天里，她总是感到莫名的疲惫，整天都昏昏沉沉提不起精神，而一到晚上，就彻底失眠。今天白天开完会后，王亚楠一声不吭地把装着李晓楠日记本的马尼拉纸信封交给了章桐，然后转身悄然离开了。

章桐这才能够静下心来仔仔细细地又一次读起了这本特殊的日记，试图更进一步地走进李晓楠的内心世界。

现在日记读完了，章桐的心里却始终难以平静下来，她嘴里默默地念叨着一个名字——汪教授。很耳熟！难道就是自己记忆中那个在医学院里为学生讲课的非常有名的客座教授，心脏外科手术的专家汪松涛？自己还曾经特地旁听过他的课。难道他和这件事情也脱不了干系？如果真是那样的话，就太可怕了！

窗外不知何时下起了雨，章桐微微打了个寒战，雨丝已经顺着风势刮到了自己的脸上，凉凉的，手指尖轻轻一抹，和人的眼泪差不多的。馒头静静地伏在章桐的脚边，脸上挂满了忧伤，一双如玛瑙般的黑眼珠无声地哭泣着，自从刘春晓去世后，馒头就一直这个样子，章桐再也没有在它的脸上看见过任何笑容。馒头不会说话，但是它却能像一个人一样读懂章桐的内心，章桐知道，和自己一样，这一辈子，馒头再也不会笑了。

“王亚楠，这是你要的杭晓明最后出现的那天傍晚，天长医学院门口的监控录像资料！”王建把黑色录像带放在王亚楠的办公桌上，随即微微叹了口气，“这么年轻，太可惜了！”

“学校那边查得怎么样了？”

“没有什么异常，在周围同学眼中，杭晓明是一个老实稳重的男孩，因为家境比较差，所以从大一开始就一直在外面兼职赚自己的学费，是个苦出身的孩子。”

“他以前有过夜不归宿的记录吗？”

王建摇摇头：“从来没有过，每一次外出兼职，总是能够在十一点半宿舍锁门前赶回来，是个难得的遵章守纪的学生。”

“那杭晓明的家属呢？”

“一直在医学院招待所住着，每天都来我们这边打听消息。”

“现在 DNA 确定了杭晓明已经遭遇不测，你有没有通知对方家属？”

“我……”王建吞吞吐吐地说，“王亚楠，这种通知家属的活儿，我可不想干，太伤人了！”

王亚楠皱起了眉头：“你不干谁干？要是谁都像你这样挑三拣四的，我们的工作还怎么展开？你以为这是什么地方？你是我的副手，要是连你都挑三拣四的了，那么，我不在的时候，你还怎么去领导别人？我们做警察的怎么可以感情用事？”

“我……”或许意识到自己的话有些出格了，王建的脸一阵红一阵白的，尴尬地低下了头。

“算了，你出去吧，我有事再叫你！”王亚楠低下头挥挥手就下了逐客令，不再搭理他了。

王建垂头丧气地回到了外间自己的办公桌前，正在这时，同事安陆走了过来："副队长，怎么了？又挨批了？"

王建没有吱声。

安陆大大咧咧地伸手拍了拍王建的肩膀："没事的，副队长，我们王队长是刀子嘴豆腐心，以前的副队长一样被她经常骂了个狗血喷头，还不照样在一起工作？后来赵副队长因伤住了院，我们王队长还偷偷地抹过眼泪，我可是亲眼看见的哦！"

"真的？"

"你别忘了，我们王队长说到底还是个女人，心眼儿细腻那是天生的。这么粗鲁是被逼的，不雷厉风行的话，我们这帮大老爷们儿怎么对她服服帖帖？你也不多动动脑子！"

"你说得倒在理儿，我就没有注意到。"王建讪讪地笑了。

"对了副队长，我差点儿忘了，你刚才出外勤，有一个女孩子来找过你，看她的样子很着急，听说你不在，就匆匆忙忙地走了。"

"女孩子？长什么样？她说了什么吗？"

"长得是挺不错的，以前好像来过，没说什么具体的，就只留下一句话，说打你电话老是打不通，叫你尽快和她联络。"

"她有留下名字吗？"

"徐贝贝，这名字和我家的宝贝闺女一个名儿，所以我一下子就记住了！"

章桐刚刚走进天使医院的住院部大楼三楼心脏外科手术病房区，还没来得及开口询问汪松涛教授的办公室在哪儿，耳边却突然传来了刺耳的警报声。循着声音望去，警报声来自走廊尽头的心脏外科手术病房重症监护室。章桐心里一沉，一种不祥的感觉顿时升起。

果然，立刻有身穿护士服的人迅速向重症监护室的方向跑去，一边跑一边大声催促身边的同伴："赶紧通知汪医生！快！紧急情况！"

章桐知道这种情况只有在重症监护病人出现意外状况时才会见到，而这种意外状况，很多时候所面临的结局就是突发性死亡。

重症监护室里，神情焦灼的护士进进出出忙个不停，章桐守在门外，静静地观察着，耳边不时地传来护士们的只言片语。

“快，马上通知邓医生，病人现在高烧！”

“汪医生怎么还没到……”

“已经派人去请了。”

章桐的双眉渐渐紧锁了起来，高烧？这是器官移植患者最忌讳碰到的事情，因为高烧就意味着体内严重感染。

正在这时，章桐的身后传来了急促的脚步声，回头看去，一个衣着得体却面容慌张的中年妇女跌跌撞撞地跑了过来。

“佳佳，佳佳……”中年妇女的嘴里不停地念叨着一个名字。她刚要往里冲，一个护士赶紧拦腰抱住了她：“郑女士，你不能进去，里面正在抢救！”

“为什么？我要见我的女儿！你们不是说她已经好了，马上就可以出院了？现在是怎么回事？”中年妇女尖声叫着、挣扎着，她突然意识到了什么，回头冲着身边的护士愤怒地吼道，“汪松涛呢，他在哪儿？我要找他……你别拦着我。”

“我们也正在找汪医生，现在邓医生在里面，你女儿会没事的！”小护士急得脸都涨红了，一边竭力劝说着病人家属，一边还不忘偷偷地瞟一眼楼道拐弯处。章桐知道，她在等整个突发事件的中心人物汪教授的出现。

可是奇怪的是，直至抢救室里变得死一般的寂静，汪松涛就像人间蒸发了一般没有出现过。

重症监护室门上的红色警报灯终于熄灭了，紧接着一个年轻医生神情黯然地走了出来，他缓缓摘下了脸上的口罩，扫了一眼门口站着的几个女人：“谁是郑俊雅的家属？”

中年妇女茫然地点点头：“我是。”

“对不起，我们已经尽力了，她走了！”

当了这么多年的法医，章桐见过很多悲伤过度的家属，有的歇斯底里，有的失魂落魄，有的哭天喊地。但是眼前的这个女人，眼中所流露出来的神情却让章桐有种不寒而栗的感觉。

刚才还在愤怒之中的中年妇女突然转身就走，不顾身后的护士和医生的劝阻，脚步匆匆地消失在了医院楼道的拐角处，只留下护士和医生面面相觑。

这时，护士才意识到了章桐的存在：“请问你有什么事吗？”

章桐赶紧出示了自己的证件：“我来是想找汪松涛医生的，请问你们知道他去哪里了吗？”

小护士摇摇头：“今天上午他都没有露过面。”

章桐刚要告辞，转身走了几步，又停下了：“这位护士，能问下里面究竟发生什么事了吗？”

小护士小心翼翼地说：“一个心脏手术移植患者，前段日子还好好的，突发感染，抢救无效，这不，去世了。刚才那个，是她的母亲。估计今天得够呛了！”

章桐没有明白小护士最后那句话的意思。

医务科长王金明一边深表同情，一边双手一摊竭力否认：“郑女士，你反应过火了，这个事情到时候肯定是有一个合理的解释的。”

“再说了，这个手术也是你自己执意要求做的！”王金明很快又显出一副很冤枉的样子，“而心脏移植是一个大手术，风险是很大的，即使术后没有问题，也难以保证一两个月甚至半年后不会有问题，什么事情都是未知的。这点相信你是最清楚的！”

“可是那姓汪的跟我说已经没有问题了，说是药物副作用的原因，住一段时间后就可以出院了。你说，为什么我女儿就这么死了？分明是你们害死她的！”

“我们没有必要害死你的女儿！郑女士，你冷静点儿！”王金明就像被踩了尾巴的猫一样一蹦老高，“我们是医院，堂堂正正的三甲医院，不是孙二娘开的黑店，你可要对你说的话负责任啊！”

“那为什么昨天还说我的女儿好好的，今天就死了？你们要给我个合理的解释，不然的话我就去报案！”

“郑女士，你可要冷静啊！你也不好好想想，我们害死你女儿究竟有什么好处，你说对不对？相反只会给自己惹上一身的麻烦，这种吃力不讨好的事情我们脑袋被驴踢了才会这么做！”

“那为什么会这样？除非……”

“除非什么？”

“你们的心脏供体有问题！”

中年妇女斩钉截铁说出的这句话顿时让王金明吓出了一身冷汗，他一屁股跌坐在了自己的办公椅上：“这不可能，郑女士，你刚刚失去女儿的悲恸心情我是完全能够理解的。可是，你也不能就此没有根据地瞎说啊，我这边是有完整的记录的，心脏来源是很健康的，包装很好，运送方式也很正确，就连心脏摘除手术也是汪教授亲自主刀的，一个非常健康的供体！”

“一个花了我一百万元的供体，我女儿到头来却还是没了命！”中年妇女愤愤不平地站了起来，“我要让你们付出代价，你们这是杀人……”

“郑女士，你听我说……”王金明急了，“一切好商量的！”话音未落，对方却早就已经头也不回地走出了办公室，紧接着，办公室的门就被重重地甩上了。

不只是章桐在四处寻找汪松涛，王亚楠也在找他。因为杭晓明生前所在医学院的保卫处所提供的监控录像上显示，杭晓明最后上的是汪松涛的私人轿车。也就是说，汪松涛很有可能是杭晓明临死前所见到的最后一个人，再联系到杭晓明的心脏竟然出现在别人的身上，汪松涛的疑点就越来越大。

可是，出乎大家的意料，人间蒸发了的汪松涛最后却在天使医院顶楼的闲置仓库里被人意外发现吊死在了一根横梁上。被发现时，距离他失踪已经过去了整整两天的时间。

“汪松涛的妻子三年前因病去世了，身边又没有子女，所以，他的失踪不会引起家人的注意。”王亚楠皱眉说道，“我们需要尽快确定死者是自杀还是他杀。”

说话的间隙，汪松涛的尸体正被潘建和另一个新来的法医助理一起轻轻地放下来，章桐则一脸平静地站在一边，没有说话。

尸体被放在了一张早就平铺好的黑色塑料布上，章桐走上前，在尸体边蹲下，仔细地查看了起来。

“死者肝脏温度为十八点二摄氏度，那也就是说死亡时间应该是距现在八个小时到十个小时之间，死者体表的皮肤呈现出典型的蓝色，这是因为死者体内的红细胞严重缺氧所导致的。眼球血管爆裂，血丝呈现放射状遍布眼底，这是大脑缺氧、脑压骤然增加所体现出来的典型症状。”说到这儿，章桐伸手解开了死者紧紧包住脖子的衣领，好进一步地看清楚脖子上绳索的痕迹，突然，眼前的一幕让她有些吃惊，“死者颈部绳索勒痕处并没有红肿的迹象，这不应该是自杀。”

王亚楠凑上前问道：“你是说死者是他杀？”

“不排除这个可能，因为如果是死者挂在这根绳子上直至死亡的话，痕迹周围应该会发生红肿的迹象。根据刚才所测量出的肝脏温度，死者死亡时间还没有超过二十四个小时，照目前状况分析，死者应该是在死后被人吊上去的。”

“潘建，你再把那上面的绳子解下来给我看一下！”章桐指了指依旧挂在头顶横梁上的孤零零的绳索。

拿到绳索后，章桐把它和汪松涛脖子上的绳索印痕进行对比：“死者颈部的绳索痕迹比我们现在看到的这根要细零点五厘米，而且，死者颈部的绳索痕迹是条纹状一束一束的，而现场那根是左右交错编织的麻绳，两种痕迹完全不一样！亚楠，汪松涛是被人杀害的！死后才挂了上去并伪装成自杀的假象。其余的我还要回解剖室检查后才可以进一步告诉你情况。”

“没问题，你随时打我电话。”

回到局里，已经是下午，章桐草草地在食堂里拿了个冷馒头塞在兜里算是自己的午餐。刚走到解剖室的门口，兜里手机却意外地响了起来。

“是章法医吗？”

“你是哪位？”

“我是市检察院反贪局的赵国栋，刘春晓的朋友，我打电话是通知你，明天是他的遗体告别仪式，早上八点，浩园。”

“我知道了，谢谢。”

挂断电话后，章桐半天都没有回过神来。刘春晓自杀身亡后直至今天，她只去市殡仪馆看过他一次，后来就再也没有去过。别人以为章桐这么做是因为她心里难受，怕见到刘春晓死去的样子。其实真正的原因只有章桐自己心里最清楚，悲痛之余，她恨刘春晓的狠心。因为在她看来，这个世界上没有什么事情是不能够解决的，刘春晓为什么要偏偏选择这么一种残酷甚至残忍的方式毅然离开自己，离开这个世界？章桐想不明白，她也不愿意去想明白。

但是明天，章桐知道自己再也没有办法躲开了，不知不觉中，已经过了头七，刘春晓就要下葬了，这一次再不去的话，可能就是永别了。

想到这儿，章桐鼻子一酸，眼泪瞬间滑落下了脸颊。她下意识地狠狠吸了一下鼻子，掏出纸巾擦干净了眼角的泪水，然后推开解剖室的门，走了进去。

作为一名法医，章桐绝大部分工作时间都是和死人在一起度过的，有时甚至是和面目全非的尸体在一起。其实不光是章桐，所有的一线法医都很清楚自己的职业。说穿了很简单，就是诱导死者说出他们的故事。

大型的X光机嗡嗡作响，章桐仔细地查看着显示屏中死者的每一根骨头。X光机虽然很笨重，但是却能使死者骨头上每一个细小的伤痕都一清二楚地被体现出来。

当王亚楠来到解剖室时，尸检已经结束。章桐一边示意潘建拉开覆盖在尸体表面的白布，一边解释道：“死者的舌骨有明显的断裂迹象，而上吊是不会形成这样的状况的，因为上吊只会形成一种环状痕迹，除非是水平状发力，才会在我们人类柔软的舌骨上形成那么大的断裂创面。”

说着，章桐又递给了王亚楠一张死者脖颈处的特写照片：“在我用脱水酒精擦过死者的脖颈后，就很清晰地显现出了两道绳索的痕迹。上吊和勒死受害者虽然同样是通过刺激受害者颈部的迷走神经导致机械性窒息死亡，但是上吊会绕开舌骨，在死者脖颈处形成一个典型的倒V字形，勒死受害者的绳索则会直接锁住死者的咽喉部位，导致受害者窒息死亡。

“还有就是，我虽然在死者身体表面并没有发现什么外力所导致的伤痕，但是，死者的血液毒物检验却显示死者生前服用了麻醉剂琥珀胆碱，这样也就能够解释死者的双手为何没有防御性伤痕，指甲里也没有他人的DNA了。”

“说到底汪松涛跟顾晓娜一样是被别人灭口的！”

“只能说目前看来是如此。我们法医不能没有证据凭空猜测。”章桐一边摘下医用橡胶手套扔进屋角的垃圾回收桶，一边点头说道，“我同时在死者的胃容物中发现了尚未完全被消化的食物，由此可以推断，死者是在用餐后三个小时左右被杀害的，估计餐后服用了饮料之类的东西，里面加了麻醉剂琥珀胆碱。如果是单纯的水的话，这种麻醉剂，凭汪松涛多年的从医经验，他不会尝不出来的。”

“也就是说，凶手也是懂医的人！但是为什么当我要找汪松涛的时候，他就这么巧地死了呢？还刻意被伪装成自杀的样子，难道有人意识到我们即将怀疑到他们了吗？”

“丢车保帅！”

王金明怒气冲冲地走进邓嘉盛的办公室，连门都没有敲。

邓嘉盛抬起头，当他看清楚眼前站着的是王金明时，顿时双眉紧锁。他压低了嗓门抱怨道：“你来干什么？现在不同于以前了，打个电话就可以了，你要注意我的身份。快把门关上！”

王金明张了张嘴，随即重重地叹了口气，转身发泄似的把门用力地带上了。

看见门关上了，邓嘉盛迅速换了一张笑脸：“说吧，找我有什么事？”

“你现在可是急诊科的主任了，立刻就摆臭脸了对不？别忘了我们可是拴在一起的。你的提升没有我能行吗？做梦去吧！”王金明没好气地说道。

“王科长，你这话就过头啦！我给谁摆臭脸也不会给你摆啊。我看我们之间肯定有误会！”

“你说，郑俊雅究竟是怎么回事？供体是你们两个一起搞的，不是说很健康吗？怎么现在人都死了？你叫我怎么向人家交代？人家毕竟给了大数目的！”

邓嘉盛一脸的愁容：“我也不知道，在血库的记录表上，他确实是很健康的，这一点我可以保证，不然我们绝对不会选他的。病人突然死亡目前看来只有一个原因，那就是突发性心肌炎，也就是说，供体本身就有可能带有基因缺陷方面的毛病，我们没有检查出来，才会造成这样的后果。”

“那为什么死者在移植手术结束后一个多月时间里都没有任何异常反应呢？”

“病毒这种东西有时候就是很难捉摸的，这也只能怪她运气不好，倒霉。”邓嘉盛淡淡地说道。

“那她母亲再来找我我该怎么办？再说了，如果尸体落在法医手里，一切很快就会暴露的！”

“你就不会想办法不让她见到吗？”

“你的意思难道是……”王金明疑惑地看着邓嘉盛毫无表情的脸。

“没有尸体也就没有了证据，王科长，我相信这一点你应该不用我再提醒了吧？”

“我……我明白了，说实话，你真狠！我以前还真是瞎了眼，以为你是个笨蛋！”王金明小声嘟囔了一句，“对了，汪松涛是你解决的？”

邓嘉盛不置可否地笑了笑，目光重新集中到了面前办公桌上的值班记录上：“王科长，有一点你别忘了，我们不是老板。相反，都是替人家跑腿的，拿人钱财替人消灾！”

王金明顿时哑口无言。

“好！好！我说！我说……”他长叹一声，“其实，我也是不得已啊！两个月前，汪松涛突然找到我，说想和我合伙做生意，是来钱快的买卖，我当时就答应了下来，现在物价飞涨，那么点儿工资说实在的也真的不够花，一大家子的开销啊！”

王金明走后，邓嘉盛干脆放下了手中的笔，闭目沉思了一会儿，很快就打定了主意。他站起身，穿上工作服，随即向办公室外走去了。

穿过忙碌不堪的急诊室的时候，耳边传来护士长的大声抱怨：“这个徐贝贝也真是的，说是请假半天，这又跑哪儿玩去了！小田啊，帮我再打打她的手机试试！”

“好嘞！”

邓嘉盛并没有停下自己的脚步，他径直向医院地下室走去了。在经过护士值班台时，他弯下腰小声叮嘱值班的小护士：“我去开会，有事情帮我留言，我不开手机了，院长要求的！”

“好的，主任，您放心吧！”小护士的脸上流露出崇拜和敬畏的神情。

医院地下室的尽头有一扇小门，是蓝色的，平时紧锁着，锁头上落满了灰尘和杂物。但是今天，邓嘉盛拧开门锁的时候，门锁上干干净净的，一点儿灰尘都没有，显然在不久前刚刚被人打开过。

邓嘉盛闪身进入小门后，很快，就在里面把门给锁上了，门里边是一个完全不同的世界，通道铺着白色的木质地板，上面盖着油毡，头顶上弥漫着昏黄的灯光。天使医院表面看上去是新建的，其实很少有人知道，它是建立在一个废弃的日军医院基础上的，地下室中有一个保留下来的暗道，里面藏着很多不想被别人知道的秘密。

邓嘉盛走下楼梯，转了个弯，脚步声在空气中孤单地回响，走廊的尽头是一扇很宽的门。

门推开后，展现在邓嘉盛面前的是一个白森森的房间，房间里到处都贴满了瓷砖，一张手术床在房间正中央摆放着，手术床上躺着一个人，确切一点儿说是绑着一个人。一听到有人推门进来的声音，手术床上的人立刻回过头，挣扎着尖声叫道："邓医生，你疯了，快放我出去！"

"你别费这个心思了，这里你喊破喉咙都不会有人听到的。还是乖乖地待着吧，我们两人都省事儿！"

"你到底想干什么？"或许是预感到了正步步向自己逼近的危险，徐贝贝的眼神中充满了恐惧。她拼命挣扎着，可是无法挣脱牢牢捆住自己四肢的皮带，只能眼睁睁地看着邓嘉盛面无表情地向自己走来，在他的右手中，就像变戏法一般不知道何时出现了一个尖尖的针筒。针头扎进皮肤的时候，徐贝贝感觉到自己整个身体在急速下坠，渐渐地，眼皮往下沉，嗓音也变成一种叹息。她竭力想发出一声尖叫，却悲哀地发现自己连呼出一口气都变得那么困难。

这时，身边出现了一个身着护士服的年轻女人。很快，徐贝贝身体里的最后一丝意识就无声无息地消失了。

"把她的衣服脱了，赶紧插管子！"邓嘉盛说，"我们要抓紧时间，不然她就报废了。器官保存箱准备好了没有？"

"准备好了，就在桌上！"

邓嘉盛扫了一眼身后的工作台："不够，至少五个，快打电话！"

年轻护士皱了皱眉："五个？那她……"

“你不用管那么多了，有用的我们都要！快去，我们五分钟后准备手术。”邓嘉盛的嗓音变得异常兴奋，“楼上还有人排队等着呢！”

“可是，她不就没救了吗？”年轻护士并没有马上离开去打电话，反而一脸的困惑，“邓主任，你说过不杀人的，只是拿我们要的器官，她不会死的！可是，五个器官，你这不是要了她的命吗？”

邓嘉盛不由得愣住了。他转身，冷冷地说道：“她知道得太多了，所以本来就不能够再活下去了。我不能浪费了她身上的东西！我警告你，你要是再那么有好奇心，被上面知道的话，你的下场会和她一样的！”

一听这话，年轻护士顿时惊出了一身冷汗，她立刻牢牢地闭上了自己的嘴巴，惊恐的双眼再也不敢往手术台上看过去了。

病理科化验师助理员阿芳胆战心惊地捧着最后一个红色小箱子走出了地下室，尽管是在大太阳底下，可是她却浑身发颤，脸色煞白。她紧紧地抱着那个用白大褂包着的特殊的红色小箱子，却又不敢低头去看，相反却时不时地朝自己身后偷偷瞄上一眼。来到医院门口后，她焦急地四处张望着，很快，一辆飞驰而来的红色夏利车在她的身边骤然停下，车窗随即打开。没有说一个字，阿芳只是看了车里的司机一眼，就迅速打开包着的白大褂，把里面的红色小箱子递给了车里人。夏利车没做任何停留，连引擎都没有关闭，就紧接着一踩油门，车子立刻离开了天使医院的大门口，扬长而去。

直至此时，阿芳的脸上才微微露出轻松的神情，她抿了抿嘴，深吸一口气，然后转身匆匆走回了天使医院的大门。

阿芳怪异的神情引起了一边的门卫兼保安老王的注意。他认识眼前的这个女孩子，病理科的助理化验员，一个非常娇气的女孩，好像和急诊科的护士徐贝贝是同学，平时经常看见两人一起上下班，亲亲热热的，关系似乎很不错。

“请等一下，你是徐贝贝的朋友吧？”老王忍不住叫住了阿芳，关切地问道，“好几天都没有见到她了，那小丫头是不是生病了？没事吧？”

闻听这话，阿芳的眉宇之间闪过一丝慌乱，随即摇摇手，不耐烦地应付道："我……我不知道，我也没见到她，不知道她怎么样了，你找她护士长问问吧！"说着，阿芳匆匆忙忙头也不回地跑回了医院门诊大楼，仿佛身后有什么人在追她一样。

老王愣了半天，摇摇头转身回到了自己的小值班室。坐在靠窗的椅子上，他不由得皱起了眉头，前天见徐贝贝慌里慌张地在上班时间走出医院后，就再也没有回来过，她究竟发生了什么事？会不会生病了？这在以前是从来都没有发生过的事情啊。老王越想越着急。

正在他坐立不安的时候，值班室的小门被人敲响了。

"里面有人吗？"

"有，等一下啊！这就来！"老王赶紧放下手里的茶杯，走向门口，伸手打开门。

出现在他面前的是一个年轻的小伙子，长得很壮实，脸庞是那种健康的黝黑色，举手投足之间有些腼腆。

"请问你有什么事？"

小伙子一脸的愁容："大爷，我想请问你个事儿，不知道你认不认识急诊科的女护士徐贝贝？"

老王点点头："知道，矮矮胖胖的那个小姑娘，脸圆圆的，经常见她上下班经过这边，和她说过几句话，她怎么了？她应该有两天没来院里上班了。"

"我是她男朋友，她好几天没回家了，这在以前是从没有过的事情。我打过手机，但是关机，所以我到单位来问问，结果，没人知道，都说她没来上班。大爷，你能帮帮我吗？我刚来这个城市没多久，什么都不熟悉……"

老王发愁了，隐约之间感觉到了一丝不安，病理科化验师助理员阿芳脸上怪异的神情在自己眼前一闪而过，他不由得倒吸了一口冷气，难道这姑娘真的出事了？

"小伙子，我想……"老人犹豫了一下，随即打定主意暂时安抚一下对方的焦急心情，"我想你女朋友应该没事，估计是加班了，这几天院里都很忙，人家顾不上理你也是很正常的，大医院嘛，你说对不？要不，你先回去，我帮你找找，有消息马上打电话通知你，你留个电话给我，好吗？明天你还要上班的吧，快回去吧，别耽误时间休息了！”

小伙子点点头，想了想，留下电话号码后，转身离开了医院大门。

老王长长地舒了一口气，回头看了一眼身后的门诊大楼，想了想，打定了主意，快步走回自己的小值班室，拎起电话，同时在墙上找到了上次匆匆用铅笔写下的一个手机号码，拨了过去，电话很快就接通了。

“你好，是那个王警官吗？我……我是天使医院大门口的传达室门卫老王，我有些事要向你汇报……你来吧，我等你，就在门卫室。”

挂上电话后，老王又一次坐在了靠窗的椅子上，喝了一口已经冰凉的茶水，微微叹了口气，这医院究竟怎么了？这段日子怎么总出事？

就在王建匆匆忙忙赶到天使医院的时候，他惊讶地发现，医院里竟然火光冲天，再仔细一看，着火的是医院后面的那栋小楼。正是傍晚时分，风很大，火借风势，没多久就把整栋小楼都吞没了。医院大院里站满了人，除了医生、护士以外，很多都是穿着病号服的住院病人，更有甚者还挂着点滴，人们的脸上写满了焦急和恐慌。消防车的警报声已经清晰可辨就在耳边，王建把车停好后，赶紧挤上前，询问站在警戒带外边的医生：“能问下出什么事了吗？着火的是哪边？里面有人吗？”

“哦，是太平间，那一栋小楼都是，我们医院最古老的建筑。还好里面没有活人，只是这样一来，院方就没有办法向死者交代了！”

王建不由得一愣：“太平间着火？”

“那地方能不着火才怪！年代都这么久了，电线早就老化了，院里想到的是前面的新大楼，不是后面死人住的地方。要赚钱都得赚活人的钱，死人的钱没得赚的。”对方的言语之间不乏讽刺的意味。

王建心里一动。

足足烧了一个多钟头后，大火才总算被扑灭了，临时被疏散到医院大院落里的病人和医生护士们也都陆续回到了前面的住院部和门诊大楼。偌大的医院广场上瞬间就只剩下了为数不多的几个人，王建一看，自己几乎都见过，尤其是那个灰头土脸的矮胖子！

“王科长！出什么事儿了？”

王金明显然很吃惊公安局的人这么快就会出现，不过他迅速调整了自己的情绪：“哎哟，王队长，你怎么来了？这么快！现在真是办事讲究效率啊！”

“我跟你说过多少次了，我不是队长，我只是副手。”王建皱了皱眉，他打心眼儿里不喜欢眼前的这个男人，“还有，这次大火是怎么回事？原因调查清楚了吗？”

王金明刚想开口，不远处就走出了两个消防队的负责人：“好了，里面已经检查过了，你们可以进去了，主要查一下停尸房吧，损毁很严重的！起火点应该就是在那里面，我们仔细看过，可以确定是电线老化引起的。还好没有人员伤亡。我们回去后会进一步调查的。”

“是！是！是！是我们工作的失误，以后一定会按时检查电线！”王金明点头哈腰地送走了消防队的人。正在这时，有一个人一脸慌张地跑出了火场，见到王金明就大叫：“王科长，数字不对！”

王金明一皱眉，小声训斥道：“干什么呢，小赵，大惊小怪的！到底怎么了？有话不能好好说吗？没看见我们警察同志就在身边吗？有什么情况尽管说就是了！”

“我……我刚才仔细点验了尸体数目，王科长，数字不对。多了一具……”

“你说什么？”王金明和王建不约而同地瞪大了眼睛。

“我今天上午刚核对过停尸房里的尸体，总共八具，都是有记录的，可是，可是大火后，我再去检验时，却发现了九具！”

“会不会你不在的时候人家家属把刚去世的亲人送过来的？”王建半信半疑地问道，因为这样的情况发生也不是不可能的。

“不会的，每一具尸体入库，都是我登记和安放的，这是我的工作，不会错的！”小赵一脸的无辜，本来停尸房太平间突然着火就已经够让他着急的了，现在凭空多了一具无名尸体，小赵更加没有办法交代了，“我们一个班就两个人，每人值班十二个小时，现在是我值班，不可能有尸体进去我会不知道的！”

“你再查查看，大惊小怪的！肯定是你点错了！”王金明偷偷瞥了一眼身边一声不吭的王建，边说边把他往前面推去，“我们再去看看！”

“王科长，等一下，我和你们一起进去！”

闻听这话，王金明的脸上闪过一丝不安，但很快就被尴尬的笑容掩饰住了：“没事的，王队长，你忙你的去吧，这里只是意外事故，我会好好调查责任人的，就不耽误你的工作了！”

王建微微一笑：“我不忙，和你们一起进去看看！”

十分钟后，面对着角落里轮床上那具面目全非蜷缩成一团，不足一米长的尸体，王建没有迟疑，迅速掏出了手机，拨通了王亚楠的电话：“王亚楠，天使医院太平间有情况，我就在这里，你马上带人过来吧，别忘了带上法医！”

再次站在曾经是天使医院太平间的地方，章桐的心情很复杂，屋里被大火和黑烟熏得黑漆漆的，木质窗框早就化成了焦炭，现场一片狼藉。想想就在几个月前，自己在这边最后一次见到了李晓楠的尸体，当时无论如何也不会想到，李晓楠的死还只是所有悲剧的开始。如今，面目全非的太平间，要不是有沉重的冷冻柜的保护，估计柜子里的五具尸体和停放在外面轮床上的那几具将会是同样悲惨的命运了。

负责管理太平间的小赵一个劲儿地向王亚楠解释着情况，不顾身边王金明一再地使眼色。想想也能够理解他此刻的心情，本来太平间里着大火就已经是够倒霉的事情了，现在又偏偏来了一具来历不明的尸体，小赵现在满脑子想的就是赶紧和自己撇清关系，这点浑水可别泼到自己身上来。

冷冻柜里的五具尸体是有主人的，而外面的四具，很快其中两具也根据髋骨和盆骨的特征辨认了出来，男性，年龄分别在六十到七十岁之间，这与登记簿上的尸体特征也配上了。最后两具，也很快就鉴定出了年龄和性别，章桐心中一怔，因为眼前的两具尸体都是年龄在二十岁左右的年轻女尸，大火把尸体烧得面目全非，和脚底的几块被烧过的碎木头相差无几。

“小赵同志，麻烦你查一下登记簿上是否有年轻的女性，年龄在二十岁左右。”章桐抬头问。

小赵点点头，慌乱地翻动着夹在自己胳膊底下的太平间遗体登记簿，很快就有了答案：“有，女性，十九岁，名字叫郑俊雅，死因是突发心源性心脏病。”

“什么？这就是郑俊雅？”王亚楠脸色顿时变了，脱口而出，“前段日子还是好好的，怎么这么快就死了？不是说没有问题吗？”

“世事难料啊，王队长，你也不想想，这是心脏移植手术，风险是最大的，家属心里也应该早就有准备了。”王金明插嘴说。

王亚楠的脸色顿时沉了下来：“能确定是哪一具尸体吗？”

小赵点点头：“左手边那一个轮床上的，是我亲手推过去的，因为冷冻库满了，暂时没有空间放进去。”

“那右手边这一具究竟是谁？”

小赵一脸的哭相：“我也不知道啊，所有登记簿上的都对上号了呀！”

“我想肯定是哪个不负责任的医生把尸体送进来的，还没来得及登记！我回去好好查查！”王金明小声地嘟囔。

“不！等等！这尸体有问题！”章桐的话语顿时让在场的所有人都不吭声了，大家紧张地注视着她的背影。刚才王亚楠说话的时候，章桐一直在仔细查看这一具躺在右手边轮床上的尸体，自始至终没有说过一个字。

“这尸体上的重要器官都被人取走了！”

“这不可能！”一听这话，王金明一蹦老高，“警察同志，你们不能胡说啊，这可是很严重的事情！别胡说，别胡说！”

王亚楠还没有开口，章桐转过身，冷静地说道：“我不会看错的，尸体上的心脏、肝脏、肾脏都被人取走了，还有尸体的眼角膜也被人取走了！”

“尸体都烧成这样了，警察同志，你说话要有证据的！”王金明急了，竭力辩解道。

“你自己过来看！”说着，章桐向后退了一步，让出了轮床边的位置。

王金明愣了一下：“我……”

章桐微微一笑：“你看，死者是闭上双眼的，所以大火烧过来时，眼球大部分没有受到损伤，最多烧去眼皮组织，让眼睑和眼球外露，但是，死者的眼球上明显有眼角膜摘除的痕迹，并且不是专业摘取的，所以在眼球上留下了很多伤口。还有……”她随即伸手指向死者的腹部，“虽然被烧的外面表皮组织都已经被破坏了，但是由于受到腹腔膜组织的保护，其余内脏组织还可辨别清楚。王科长，要么，这是一具死后捐献了自己身上所有有用器官的尸体，我想你们医院应该有这方面详细的记录，对吗？要么……”说着，章桐看向身边站着的王亚楠，“那就是器官盗窃了！王科长，有人偷光了死者身上所有值钱的东西！”

王金明的脸都白了，他做梦都没有想到会捅这么大的娄子，汗水滴滴答答地顺着他肥胖的脸颊滴落了下来，讲话声也变得支支吾吾了起来：“这个……这个……这个……我……”

王亚楠重重地叹了口气：“王科长，我们把这具尸体带走，你也到我们局里来配合我们做个调查。”

“好的，好的。”除了点头，王金明突然感觉到了恐惧正在一步步地向自己靠近，他的脑袋开始嗡嗡作响。

离开现场的时候，王建没有忘记四处寻找给自己打电话的看门人老头。他一眼就看见老人正站在门卫室旁向自己这边张望着，于是就赶紧向门卫室快步跑去。

“大爷，我是王建，公安局刑警队的，是你找我，对吗？”

老王头点点头：“是我，你说过我有什么情况都可以找你的，你上次来就是这么告诉我的！”

王建勉强挤出了一丝笑容：“老大爷，你快一点儿说，我还要赶回局里，我们有工作。”

“哦，好的，是这样的。”老王头就一五一十地把自己的所见所闻告诉了身边站着的王建，最后掏出了一张写有电话号码的纸条递给了他，“这是徐贝贝男朋友的电话号码，小伙子，快去吧，我有种感觉，这小姑娘可能出了什么大事儿了！”

王建沉吟了一会儿，随即点头说：“大爷，你放心吧，我们会调查清楚的。谢谢你！”说完，王建迅速向自己停着的车跑去了。

看着汽车冲出了大门，快速拐上了马路飞驰而去，老王的心不由得悬了起来。虽然说自己的年龄大了，在年轻人的眼中，自己老了，可是，脑子还清醒得很，他分明从这个年轻警察最后的眼神中感觉到了一丝不安的情绪。他不由得重重叹了口气，又回头看了看被烧得黑乎乎的太平间小楼，摇摇头，转身向传达室走去了。

"你真的看见王科长被警察带走了？"邓嘉盛的目光中闪过一丝莫名的紧张。

阿芳点点头："没错，是警察把他带走的，还有那具尸体！"

"哪一具？"

"就是你叫我送进去的，我去现场看了，也问过小赵，小赵说是多出来的那一具。"此时的阿芳不敢看邓嘉盛的眼睛。

"王金明不知道我们又送进去一具尸体的事情，他也太笨了，这么小的火，一点儿作用都没有！"邓嘉盛突然狠狠地一拳打在了办公桌上，"反而让警察抓了把柄！"

"他……他会不会？"阿芳没有再问下去。

或许是感觉到了阿芳言辞之间的恐惧，邓嘉盛迅速换了一种口气，变得温柔许多，他靠近阿芳，轻轻把她搂在自己的怀里。

"没事的，芳，相信我！我不会伤害你的，我永远都爱你！这一点是绝对不会改变的！等有了足够的钱以后，我们就远走高飞，不再干这种事了。"

阿芳在邓嘉盛的怀里一动不动的，就仿佛僵硬了一般，脸色煞白。

天长市公安局会议室里，王亚楠正指着投影仪上呈现出的几张大的表格："这些表格上列出了我们所查到的所有和这十八个死者相关的资料，有市中心血站提供的血液采集时间以及血型，病历上所标注的死者身上可能遗失的器官，还有十二小时内同等血型和器官进行移植的手术记录。大家可以注意到，有十六个手术是在天使医院进行的，主刀医生就是已经死亡的汪松涛！"

"但是这样的手术不是一个人就能够完成的，应该还有助手。"

王亚楠点点头："据我们调查，所有的器官来源都被掩饰得很好，都有指明捐赠某人的无名捐赠者，我们没有办法确认这几起移植手术和器官被盗有关，只能靠推测。”

“可是我们已经有证据能够确认天使医院里存在着严重的器官盗窃！”李局神情严肃地说道。

“还没有十足的把握，除非我们找到郑俊雅的母亲，看她能不能配合我们指证院方！我今天散会后去找找她，做做思想工作，不知道会不会有转机。”

“对了，章法医呢？她今天怎么没有来参加会议？”李局不解地问道。

“是这样的，那具无名女尸还需要更多证据确认尸源，而医院里的病历档案我们已经查过了，包括我们市里的器官捐献机构，近期都没有人捐献全身有用的几个大器官，所以，我们怀疑这个女死者是受害者之一，只要能够确认身份，案情就会有很大的进展！”

“那就好，现在媒体已经注意到了这个案子。今天上午王局长和我交流过了，我们必须尽快破案，不然的话，我们没有办法向天长市人民交代啊！”李局满脸愁容。

正在这时，王亚楠的手机响了起来，她低头一看，是章桐的号码。

“章法医，你稍等一下，我打开扬声器，李局就在我身边，你把情况向大家讲一下吧！”

“好的，经过检验，死者为女性，年龄在二十至二十三岁之间，体形微胖，较为丰满，已经怀孕四十五天，死因没有办法确认。”

王建不由得愣住了，他的脑海里顿时回想起了徐贝贝男朋友的一句话——贝贝怀上了我的孩子，有一个多月了，我们打算今年年末就结婚！

“我想死者应该就是失踪的女护士徐贝贝！”王建脱口而出，“年龄、体形、性别都吻合，怀孕这件事我也从她男友那边得到了证实。根据天使医院传达室老王所提供的线索，我们可以找徐贝贝的好友，病理科化验师助理员刘芳前来询问情况。老王说过，刘芳这段日子情绪很反常，尤其是问起徐贝贝的事情的时候，更加不自在。”

“好，小王，你马上去办。把这个刘芳找来！我们这个案子再也不能拖了！”李局挥了挥手，“快去！”

章桐收拾完了手头的工作后，吩咐身边的潘建："这一次就由我去送尸检报告吧，今天你早一点儿下班！"

潘建愣住了，继而神情有些尴尬："章法医，我……"

章桐不由得笑了："我什么我，快去吧，你今天至少看了有三十次手表了，别以为我没有注意到！去吧去吧，你也老大不小了，也该为自己的事情好好动脑子了。去吧，肯和法医约会的小姑娘不多的！要抓紧啊！"

话音刚落，潘建早就一溜烟地跑没了影儿，见此情景，章桐无奈地叹了口气，微微一笑，拿起桌上的尸检报告就向办公室外走去。

二楼刑警队办公室，今天没有几个人在值班，都出外勤去了，王亚楠的房间里更是静悄悄的。章桐径直推开了她办公室的房门，把尸检报告在办公桌上放下后，刚要转身离开，突然，耳边传来了急促的电话铃声。

章桐皱了皱眉，刚想继续走，可是，转念一想，或许有什么重要的事情，王亚楠现在又不在办公室，别耽误了，自己就帮忙接一下吧。想到这儿，她又回到办公桌旁边，伸手接起了电话。

"你好，请问你是哪位？"

"是王亚楠队长吗？"

章桐刚想否认，对方却自顾自地说了下去："我有重要线索，我知道是谁杀了徐贝贝，我知道是谁干的这些坏事，我在天使医院，你到病理科找我吧，我在那边等你。我有证据！快点儿，不然来不及了！"

"你是……"刚想追问几句，可是话音未落，对方就立刻挂上了电话。章桐的心顿时悬到了嗓子眼，她想都没想，迅速掏出手机拨打王亚楠的电话，可是电话却被直接接入了留言信箱，一连拨打了好几次都是这样的情况。章桐急了，听刚才电话中对方的口气，应该不像是假的，而且电话直接打到了王亚楠的办公桌上，时间来不及了，她一把抓过办公桌上的便笺纸，潦草地写下了一句话："亚楠，我去天使医院病理科了，尽快来找我！"然后把纸笔压在台灯下面，转身快步离开了王亚楠的办公室。

审讯室里，王金明坐立不安，时不时地把目光投向墙上的挂钟，眉宇之间尽是焦急的神态。

好不容易见到王亚楠和王建一前一后走了进来，王金明坐不住了，他一拍桌子站了起来："我说警察同志，你们这究竟是什么意思？我又没有犯法，把我带到这种地方来，晾在这边老半天也不吭声，究竟想干吗？我医院里还是有很多工作的。要是耽误了什么事情，你们要负责任的！"

王亚楠和王建对视一眼："王科长，别急，坐下，我们慢慢聊。"

"你们……"王金明刚想发脾气，可是转念一想，这毕竟是别人的地盘，自己再怎么说也得按章办事，省得惹是生非，"好吧，我就看你们究竟想怎么样！"坐虽然是坐下了，但是王金明的脸上却有掩饰不住的怒气。

"我们想请你先见一个人。"说着，王亚楠朝身边的王建点点头，后者伸手打开了紧闭着的审讯室大门，随着一阵清脆的高跟鞋脚步声响起，门口出现了一个身穿黑色风衣的中年妇女。

王金明只是瞥了对方一眼，瞬间脸色惨白，整个人就萎缩了下去，重重地塌进身下的椅子里。

"是他吗，郑女士？"王亚楠问。

郑俊雅的母亲用力点点头，咬牙切齿地说道："就是他，我给了他一百万元，本来以为我女儿有救了！谁想到……你还我女儿命来！"说着，她就作势要往前冲。

王亚楠赶紧示意门口的女警把对方搀扶走。铁门重重地关上后，王亚楠回转身再一次看向面前的王金明，不由得一阵冷笑："王科长，你做过什么，应该不用我再和你多说了吧。人家既然会当面指证你，手里也是有证据的，而我们的政策相信你也明白。怎么样，是你说还是我说？哪一个先说，性质可就完全两样了！"

"我说……我说……"王金明喃喃自语。突然，他就像抓住了一根救命稻草一样，抬头说，"我只是替人办事，这里面操作的事情可不是我做的。你们别冤枉我！我只是个小人物而已！警察同志，你们做事可是要讲原则的啊！"

王亚楠上下打量了一番，眼前的这个男人和起先在医院中见到的处处高人一等的王金明王科长简直判若两人。此时，他已经完全脱去了身上的伪装，骨子里的猥琐显露无遗。王亚楠强压心中的厌恶感觉，脸上微微一笑："坐下吧，我们好好谈谈，你把事情原原本本和我们坦白！我们会考虑向上级部门汇报，给你做自首处理。"

"好！好！我说！我说……"他长叹一声，"其实，我也是不得已啊！两个月前，汪松涛突然找到我，说想和我合伙做生意，是来钱快的买卖，我当时就答应了下来。现在物价飞涨，那么点儿工资说实在的也真的不够花，一大家子的开销啊！"

王建皱起了眉头："废话少说！扯东扯西的干吗！"

"好……好，我这就说，其实我也笨，没有问对方究竟是发什么财。汪松涛说他会叫我去市中心血库的网站上查找相对应的捐献者名单和详细家庭住址，每找到一个，就给我相应的分红。我当时也没有想那么多，因为院里就我和另外两个科长有这个权限，别人都没有办法查到对方的详细住址的。"

"他们给了你多少钱？"

"总共万把来块吧！"

"接着说！"

"好的，好的，我就干了这么多！"王金明低下了头，"警察同志，我犯错误了我知道，我接受法律的制裁！"

"王金明，你老实点儿，别避重就轻！说说郑俊雅的事情，她的心脏是哪里来的？你再撒谎的话，性质就两样了，你明白吗？"王亚楠厉声呵斥道。

王金明的头垂得更低了："我……她的心脏是汪松涛找来的！"

"汪松涛的帮手是谁？"

"是……是……是急诊科的邓嘉盛！"王金明突然蹦了起来，"是他！是他和汪松涛一起干的那些缺德事。汪松涛也是他灭的口。都是他！警察同志，去抓他。他是主谋，我都是被胁迫的！"

"坐下！冷静点儿！"王建用力一拍桌子，把王金明吓了一跳，他左右看了看，无奈只能乖乖坐了下去。

"邓嘉盛是汪松涛的徒弟，当初他来医院实习时，就是跟在汪松涛的身边的，只是后来因为名额分配的原因，他才被分到了急诊科。我记得当时汪松涛还在全院医生会议上发了一通火，要不是因为他业务精，院长早就要他滚蛋了！”王金明的脸上闪过一丝得意的神情。

瞅准这个机会，王亚楠突然追问：“那么这次大火究竟是怎么回事？为什么偏偏郑俊雅的尸体被烧了？是不是你干的？”

“是……是我。”王金明一脸的无奈，“我也是没有办法，我都是听邓嘉盛的，怕郑俊雅的母亲找上门来算账，我们干脆就……”

“那另一具尸体呢？”王亚楠的目光就像是一把锥子，深深地扎进了王金明的内心。

“我不知道！我真的不知道！这不关我的事！警察同志，你们可要为我做主啊！那个女的，可不是我杀的呀！我也不知道是怎么出现在那边的。”王金明急得脸红脖子粗，双手拼命地摆着，“冤枉啊！”

“好了，别演戏了！”王亚楠皱眉说道，“我再问你一遍，这件事情幕后指使是邓嘉盛，对吗？”

“对！对！”王金明慌不迭地点头。

“你胡说！邓嘉盛只不过是汪松涛的助手，汪松涛被除掉后，他才接的手，而在这之前，你究竟听命于谁？老实交代！”

愣了几秒钟后，王金明老实了：“我所有的指令都是汪松涛传达的，不过，他后面好像有人，但是具体是谁，我不知道，邓嘉盛和他有过接触，应该会有联络。汪松涛死后，就是邓嘉盛给我指令的。”

“那顾晓娜和李晓楠的死呢，究竟是谁干的？”

“都……都是汪松涛，上次他和我说李晓楠亲自去找他了，害怕出事，我们就……就除掉了她。顾晓娜也是，至于是谁具体干的，你们去问邓嘉盛，自始至终都是他参与的！”

“那你呢？你在当中起到了什么作用？现在汪松涛已经死了，你完全可以把所有责任都推到他的身上，你自己就没有干过什么吗？”

王金明不吭声了，脸如死灰。

走出审讯室，王亚楠大大地松了口气，她掏出手机，习惯性地摁下了开机按钮。

“王亚楠，那下一步怎么办？”

“我这就去开邓嘉盛的拘传令，你召集人在一楼等我！”话音未落，手机上一连蹦出了好几个未接的号码，王亚楠不由得皱起了眉头，号码显示的都是章桐的手机，自己在审讯室突击审讯重要嫌疑人的时候，一向都是关了手机的，难道章桐找自己有急事？想到这儿，她立刻回拨了过去，可是，电话那头却传来了手机关机的提示音。王亚楠突然有了一种不祥的感觉，因为章桐职业特殊性的关系，一天二十四小时都是保持手机开机状态的，难道她出事了？

四十分钟前。

由于已经来过好几次天使医院，所以章桐对这个医院的大体结构还是比较熟悉的，只是位于地下室的病理科她倒从来都没有来过。她按照指示牌上的提示，绕过一个走廊，下了好几级台阶，拐了两个弯后，最后在一扇油漆斑驳的木门前停了下来。和自己在公安局里的办公室差不多，这里也看不见窗户，走廊的灯光显得有气无力，因为年久失修的缘故，好几盏灯泡都已经熄灭了，上面挂着厚厚的蜘蛛网，剩下的几盏也摇摇欲坠。章桐觉得很奇怪，头顶上面的天使医院一切装修都是最新的，窗明几净，连墙壁的颜色都是那么明亮，让人看着心里舒服，可是地下的病理科，却仿佛是另外一个世界，阴沉沉的，一点儿生气都没有，如果不是写着“病理科”三个字的那块牌子就挂在油漆斑驳的木门上，章桐真会有一种错觉：自己是来到了熟悉的停尸房。

章桐左右看了看，身边一个人都没有，她皱了皱眉，一边伸手敲门，一边大声招呼道：“里面有人在吗？”

没有回音，又用力敲了敲，还是没有回音，章桐不由得愣住了，难道有人跟自己开玩笑？

正在这时，病理科旁边的一扇没有任何标记的小铁门发出了沉重的吱嘎声，紧接着一个身着医院护士制服的年轻女孩探出了头，问道：“你找谁？”

章桐刚想说出电话中的事情，可是，转念一想，还是保险一点儿为好。于是，她微微一笑：“我接到了电话，叫我过来有事，我找我亲戚！”

“她是哪个科的？”小护士的脸上看不出任何表情。

章桐尴尬地伸手指了指自己面前的“病理科”牌子：“病理科的。”

小护士随即往边上一退，闪身让开了身后的铁门：“原来是你啊！快进来吧，她在里面等你！”

“好的，谢谢，真不好意思啊！”章桐一边说着，一边微笑着向小铁门里走去。

铁门随即在自己的身后关上了，沉重的咣当声猛地在章桐耳边响起，她不由得吓了一跳，眼前一片漆黑，什么都看不到。

“这儿有人吗？快开灯好吗？我看不见啊！有人吗？有人在吗？”

忽然，一阵怪异的风声在章桐的耳边响起，当她意识到自己处境危险时，却已经来不及了，脑后一阵剧痛袭来，她瞬间失去了知觉。

没办法挣扎，没办法呼吸，整个人就像被活活地困在了一个铁桶里，除了心脏还在跳动，还有渐渐恢复的意识，别的，什么都做不了。

头顶上的灯光倾泻而下，明亮而灼热，虽然已经清醒，但是章桐却没有办法动一下，后脑还在隐隐作痛，想必刚才被人狠狠地在自己的后脑勺上来了一下子，以致现在还有些晕晕乎乎的。自己的脚踝被死死地绑在了台面上，动都不能动一下。紧接着，一只冰凉的手用力按在了自己的额头上，脑袋顺势向后仰去，章桐看见了站在自己身后的那个人的外衣，是白色的，她马上反应过来，是医院里的白大褂。可是，不容章桐多想，一把冰冷的手术刀贴到了她的喉咙上，一阵冰凉顿时划过全身。章桐惊恐地瞪大了双眼，在她竭尽全力试图发出一声恐惧的尖叫声的一刹那，她的喉咙被割开了，随后一根塑料气管插管沿着她那被打开的喉咙伸了进去，经过声带，一直插进器官深处，让她作呕和窒息。她无法转过脸去，甚至无法吸入空气。最后插管被熟练地绑在了她的脸上，另一头被迅速连接在了一个小型呼吸袋上。

邓嘉盛挤压呼吸袋，章桐的胸口随即上下起伏了三次，新鲜空气顺利地进入了她的身体。邓嘉盛显得颇为满意，他摘下了呼吸袋，把插管接上了身边早就准备好的一台呼吸机，按下按钮，机器开始工作，以有规则的节律往她的肺部输入氧气。

邓嘉盛这才直起腰，一脸的得意："谁叫你自己送上门来的？这下子你进得来可就出不去了，死了都没人知道你在哪里。"

章桐愤怒地注视着邓嘉盛，可是却一个字都说不出来。

邓嘉盛招了招手，旁边一个护士模样的年轻女孩顺从地走了过来。他突然狠狠地一把抓住她的头发，指着章桐厉声说道："芳，我对你可不薄，你看好了，这就是背叛我的下场。如果以后再发现你这样对我的话，我就会像杀了她一样把你一刀一刀地剐了。"

年轻女孩的眼中流露出了痛苦的神情，眼泪瞬间滑落了下来，她慌乱地点着头，浑身发抖。

邓嘉盛松开了拽着年轻女孩头发的手，恶狠狠地说道："把胸带给我绑紧喽，不然的话再过一两分钟琥珀胆碱的药效就要过去了，我可不想让她在我做静脉注射的时候乱动！"

琥珀胆碱！章桐的脑海里顿时闪过了汪松涛尸体上检验出来的同样的麻醉剂，看来，汪松涛也是这么死的，没有任何反抗，任人宰割。

药效已经开始消退，章桐感到自己胸腔里的肌肉在插管的倾入之下痉挛着，隐隐作痛，后脑勺的疼痛让她阵阵作呕，头晕目眩。她竭力睁开眼皮，眼前的这个魔鬼正在饶有兴致地剪开自己的衣服，然后像一个看见了宝藏的探险家一样在她赤裸的胸口和腹部用专业手术笔认真地画着。章桐愤怒地瞪大了双眼，使劲儿地看着自己眼前的这个男人。

"看什么看，以为我不知道你吗？"男人的目光和章桐接触后，不由得微微一笑，"我们见过好几次，只不过你没有注意到我罢了！说真的，你和李晓楠还真的挺像的，认死理的人，你知道吗？认死理的人是没有好下场的！当初要不是你认死理非得查李晓楠的事，我们会走到今天吗？报应啊！我真是没有想到今晚来的人竟然会是你。不过这样也好，一举两得！"他弯下腰凑近章桐的耳朵，小声说道，"告诉你个秘密！还有你的男朋友，那个认死理的检察官，他也没有好下场啊！知道吗？不过你很快就可以见到他了。你们就可以团聚啦！"

听了这话，章桐犹如五雷轰顶，脑子里顿时一片空白，她浑身冰冷，双眼死死地盯着邓嘉盛的脸，喉咙里发出了呜呜声。

“你不用求我！”说着，邓嘉盛开始在章桐的手臂上打起了点滴，“你有一个非常健康的完全匹配的心脏，可不能小瞧了！川江那边有个老板已经等了很长时间了！”邓嘉盛从阿芳手里接过一个盐水袋，挂在架子上，然后他坦然地看着她，“你反正是要死了的，留着这么健康的器官火化简直就是浪费，是要遭天谴的！我们怎么了，我们只不过给人所需罢了，收点儿钱也是应该的，你别一副恨死我的样子，省点劲儿吧！再说了，他们那些人反正也是要死的，只不过是早晚的事情，我就是帮了他们一点儿忙罢了，你呀，就是认死理！”说到这儿，邓嘉盛重重地叹了口气，不再和章桐说话了。

他继续忙碌着，把第二个盐水袋也接在滴管上，让不知名的药水直接注入章桐的血管之中。

由于喉咙被割开了，章桐发不出任何声音，只能沉默不语地看着邓嘉盛的一举一动，一滴汗珠从太阳穴上缓缓流淌而下。空气显得异常闷热。

邓嘉盛在盘子里摆上注射器，嘴里嘟囔着：“阿芳，阿芳，你死哪儿去了，快来帮我忙！”

章桐听见门打开又关上的声音，紧接着脚步声挨近台子。她看到了那张熟悉的年轻女孩的脸，只不过这一刻这张脸上竟然没有了方才的恐惧，取而代之的是无尽的麻木。

章桐的心都凉了，她痛苦地闭上了双眼。

“把戊巴比妥递给我，我们毕竟还是要人道一点儿，你说对不对？”邓嘉盛的神情就仿佛是在轻松地逛菜场。

阿芳茫然地把一根针管递了过去，邓嘉盛接过注射器，走向盐水架，拔掉针头帽，把针头插进注射孔。

针筒活塞缓缓推进。

章桐当然清楚戊巴比妥究竟是什么东西，她知道自己的痛苦很快就要结束了，只要那一片深深的灰白色到来的时候，自己就彻底解脱了。

还没有等药效完全发作，邓嘉盛就迫不及待地拿过了早就准备好的手术刀，他深吸一口气，将刀锋对准皮肤用力地插了下去。

一道长长的弯弯曲曲的切口在章桐的胸口出现了……突然，一声枪响，邓嘉盛脸上的表情瞬间凝固了。他一个踉跄，随即支撑不住跌坐在了地板上，脸上露出了怪异的笑容。

“小桐，你怎么样了？”王亚楠迅速跑到章桐的身边，焦急地询问道，双手却只能不知所措地紧紧地握在了一起，嘴里喃喃自语，“我来晚了，我来晚了……”

章桐虚弱地睁开了双眼，等看清了眼前站着的是王亚楠时，她不由得拼命挣扎了起来。

“快！快去找医生！”王亚楠拼命地嘶喊着。

就在这时，阿芳突然上前拔掉了章桐的气管插管，然后用胶带补好了伤口，低头对章桐说道：“没事，我没有把戊巴比妥给他，你放心吧，你很快就会没事的！”

章桐感激地点点头，粗粗包扎好伤口后，她猛地从台子上坐了起来。不知道是哪里来的一股力量支撑着她摇摇晃晃地从台子上爬了下来，一个不小心，重重地摔倒在了地上。

王亚楠赶紧上前搀扶，却被章桐咬牙推开了。她几乎是爬着来到了奄奄一息的邓嘉盛面前，一把抓住了他的胸口，嘴里发出呜呜的声音。

邓嘉盛缓缓地睁开了双眼，见到一脸焦急的章桐，他微微一笑，轻轻地喘息着说了句：“你永远……都不会知道到底……是谁……杀了他的！你死了……这条心……吧……”说完这句话，他冷冷地一笑，头一歪，再也没有了动静。

章桐顿时如坠冰窟，她拼命摇晃着邓嘉盛已经毫无声息的身体，眼中流出了痛苦的泪水。

一个月后。

在医院里待了这么久，章桐唯一牵挂的就是家里的馒头。还好王亚楠一口答应会把馒头当作自己的亲生儿子看待，到哪儿都会带着这个可怜的“孩子”。因为担心母亲会担忧自己的身体，所以住院到现在，章桐都没敢跟母亲讲自己住院的事，只是说自己在外面疗养。章桐知道，瞒着母亲不对，但是有时候善意的谎言还是必须存在的。

时间过得很快，一转眼，已经到了冬天，窗外飘起了无尽的雪花，章桐呆呆地坐在窗台边，看着眼前逐渐变得一片白茫茫的大地，突然之间感觉到了无尽的陌生。难道这就是自己生活了三十多年的熟悉的城市吗？

突然，身后传来了兴奋的狗吠声。“馒头！”章桐刚脱口说出这个特殊的名字时，一个硕大的狗脑袋已经迫不及待地钻进了她的怀里，菊花般的大尾巴也如上足了发条的儿童玩具一般上下努力翻飞了起来。

章桐用力搂住了馒头，眼泪却不争气地流了下来：“傻孩子，想死我了！”

“还累死我了呢！”王亚楠没好气地嘟囔了一句，“都快要把我吃穷了！没见过这么吃起来不要命的，给它多少吃多少，来者不拒啊！”

章桐这才意识到几天没见，馒头居然长胖了，也长结实了：“是我不好，虐待你了，没给你好好吃东西！”

“我今天可是费尽了口舌，人家护士小姐才终于勉强答应我把馒头带进来让你看一眼的。你可要好好谢谢我呀！”王亚楠一脸的俏皮。

馒头倒是一脸的无辜，一会儿看看这个主人，一会儿看看那个主人，菊花般的大尾巴拼命摇个不停。

“对了，我不在的这段时间，这案子结了吗？”

“早就结了，邓嘉盛抢救无效死亡，而刘芳，也就是邓嘉盛的情人，因为有自首情节，所以，从宽处理，现在已经送交检察院准备立案起诉了。”

“案件最后抓到幕后的主使者了吗？”

王亚楠默默地摇了摇头：“邓嘉盛死后，线索就断了，但是我们不会放弃调查的。你放心吧，迟早会把那个真凶抓起来绳之以法！”

章桐没有吭声，她想了想，转而皱眉问道：“邓嘉盛在医院里没有再留下什么话吗？”

“没有，在手术台上就没有再醒过来。你问这个干什么？小桐，我正要问你，你当时为什么这么紧张邓嘉盛？他最后和你说的话究竟是什么意思？”

章桐叹了口气：“给我点儿时间，亚楠，我以后会告诉你的。你今天来是接我出院的，快走吧，下午开车带我去一趟浩园。”

王亚楠点点头，没有再多说什么。

这是刘春晓死后，章桐第一次鼓起勇气来到他的墓碑前，雪花依旧在天空中飘着，空气中透着刺骨的清凉。

墓碑上，刘春晓的笑容清晰可见，章桐终于忍不住了，压抑太久的泪水汹涌地夺眶而出。

“刘春晓，对不起，你的葬礼我没有来，那时候，我还没有勇气来面对你，我甚至，甚至还恨你！恨你狠心抛下我一个人孤单单地在这个世界上。你走后，发生了很多事，我不知道以后的日子没有你，该如何去面对！”听着章桐声泪俱下的倾诉，王亚楠的眼中也不由自主地流下了泪水。

天色渐渐暗去，雪花越飘越多，渐渐地，刘春晓的墓碑被白雪覆盖了起来。王亚楠走上前：“小桐，我们走吧，天快黑了！我们回城里还有一段路要走呢！”

章桐点点头，拽了拽馒头的牵引绳：“走吧，我们回家！”

看到自己的好朋友这么痛苦，也或许从此以后就将永远生活在痛苦之中，王亚楠的心里不由得泛起一阵酸痛。

来到停车场，王亚楠正要打开车门，突然，章桐惊讶地叫出了声：“快看，这是什么？”

循声望去，就在王亚楠的红色比亚迪的挡风玻璃雨刷上，不知何时被人夹上了一个白色的信封，如果不仔细看，还真的很容易和挡风玻璃上的积雪混在一起被忽略。

王亚楠伸手拿下了信封，见上面没有抬头也没有落款，信封干干净净的，她不由得和章桐对视了一眼，后者点点头。王亚楠随即摘下手套，打开了信封，里面就一张小小的白纸片，上面用黑色钢笔写了一句话——想要知道刘春晓自杀的真相吗？172894360。

“天哪，小桐？这是怎么回事？”王亚楠吃惊地转头看向身边的章桐，风雪中，章桐面如死灰，嘴里喃喃自语：“我早就知道他没有骗我！我早就知道！早就知道……”